方达／主编

北京联合出版公司

图书在版编目（CIP）数据

2012盛开年选．美文卷：寂寞考/方达编著．--北京：北京联合出版公司，2012.6

ISBN 978-7-5502-0756-1

Ⅰ．①2…Ⅱ．①方…Ⅲ．①中国文学－当代文学－作品综合集②散文集－中国－当代Ⅳ．①I217.1

中国版本图书馆CIP数据核字(2012)第117586号

2012盛开年选．美文卷：寂寞考
主　　编：方　达
责任编辑：崔保华
策划总监：李耀辉　杨亚茹
产品经理：周　赟
特约编辑：罗亚晴
封面设计：黄柠檬设计工作室
版式设计：黄柠檬设计工作室

北京联合出版公司出版
（北京市西城区德外大街83号楼9层100088）
北京鹏润伟业印刷有限公司印刷　新华书店经销
字数320千字　710毫米×980毫米　1/16　19印张
2012年7月第1版　2012年7月第1次印刷

ISBN 978-7-5502-0756-1
定价：29.80元

目录

PART 1

谣·当爱已成往事

之远·旅行者的窗子

PART 3 思·琥珀里的蝴蝶花

静美·月光下的老屋

彼岸·沙门

瞬·若无诗意可供栖居

作者介绍

白云

笔名七月落笺，生年模糊。自我纠结忘不了的人和旋律。迷恋海、旧、木、灯光、草原、月光，海子、凡·高、李白、杜拉斯、川端康成，箫。倾心泥土和高原的气息。曾获得第十一、第十二届全国新概念作文大赛二等奖。作品发表于《美文》《萌芽》《中国校园文学》等期刊。

丁威

第十二、第十三届全国新概念作文大赛一等奖得奖者。作品常见于《萌芽》《美文》《青年文学》《中国校园文学》等杂志。

封尘

原名王永强，生于1992年初春。曾获第十二届全国新概念作文大赛二等奖。第四届上海作协小说营成员，上海作协青年作者培养计划签约作者。作品发表于《遇见》《绘年》《美文》《读友》《青春美文》《中学生百科》《中学生》《小溪流》等杂志。

韩倩雯

女，1991 年出生，江苏人。作品多发表于《中国校园文学》《萌芽》《青年文学》等期刊，曾获第十二届全国新概念作文大赛二等奖。

贺伊曼

女，1990 年生。土象金牛座。爱吃爱睡，目前就读于湖南某大学。作品散见于《萌芽》等杂志。曾获第十二、第十三届全国新概念作文大赛一等奖。

金国栋

1988 年出生，最爱足球，喜欢拜仁，曾与卡恩竞技，罚进点球一个。最自豪的是自己的体重，平均每厘米重 0.65 斤。曾获第九、第十一届全国新概念作文大赛二等奖，第十二届全国新概念作文大赛一等奖。现就读于上海戏剧学院。文章多发表于《萌芽》《小说绘》《家庭》《南风》《悦读纪》等杂志。

李唐

男，1992 年生，14 岁开始诗歌创作。现就读于北京联合大学。作品见于《人民文学》《诗刊·下半月刊》《诗选刊》《散文诗》《中华文学选刊》《少年文艺》等期刊。有诗歌、小说收录于《2008 年诗歌精选》《盛开》《21 世纪中国文学大系·诗歌卷》等选本。2011 年出版诗集《逆风行走的人》。

禾木

原名梁学明，1990 年 7 月生，典型的巨蟹座男生。现居湖南长沙。大学期间，曾任报社记者、青春文学类期刊编辑等。作品散见于全国公开出版发行的三十余种期刊、报纸以及作品集。

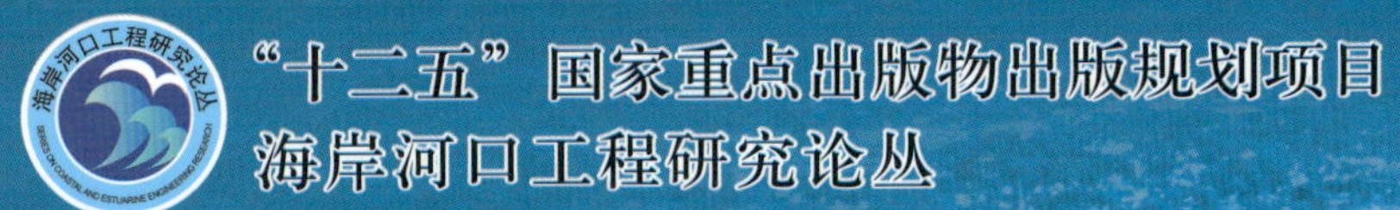

"十二五"国家重点出版物出版规划项目
海岸河口工程研究论丛

二维畸形波
模拟方法及主要特征

崔　成　张宁川　著

SIMULATION METHODS AND
MAJOR CHARACTERISTICS OF
TWO-DIMENSIONAL FREAK WAVE

另维

原名温暖，生于 1992 年，现居华盛顿西雅图，本科在读，《萌芽》《花火》《新蕾 story100》一线写手，两届全国新概念作文大赛获奖者。短篇小说广受欢迎，腾讯 NBA 人气主播，著有《美丽时光走丢了》。

刘宝儿

医学院在读医学生。生于 1992 年，射手座，B 型血，天生注定的马虎性格。信仰伟大的生命。最欣赏作家鲁迅，把先生当做为人及写作的楷模。写作与呼吸一样是生命中无法缺失的东西，尝试抓住每分每秒来感受这个大喜大悲的世界。曾获第十一届全国新概念作文大赛二等奖、第十三届全国新概念作文大赛一等奖。

涅蝶

本名胡佳敏，现就读于“北外”，学生创业书店拾光书店运营采编部经理，MIT《创新》项目总编。过期的歌者，伪文艺现实主义。穿着西装踩着黑色高跟鞋的 Office Lady 风格的姑娘。文字依然寄托着挽留远走青春的悠长目光。

苏笑嫣

90 后女生，曾获第六届“雨花杯”全国十佳文学少年称号。作品在《人民文学》《诗刊》《诗选刊》《民族文学》《美文》《上海诗人》《中国诗歌》《中华文学选刊》等期刊发表，入选《中国诗歌年选》《中国青春文学精选》等多种选本。出版有个人文集《蓝色的，是海》。中国少数民族作家学会会员。

唐棣

小说作品发表于国内外纯文学纸媒。2008 年起开始电影编导工作。

电影代表作《故乡三部曲》以及艺术录像等，获得影艺界关注，被媒体誉为国内诗性影像代表人物。

王天宁

山东济南人，生于1993年。文字个人风格浓厚。13岁在《儿童文学》发表小说，至今已在《少年文艺》发表小辑，在《东方少年》《少年作家》等杂志发表小说、散文、诗歌等数万字，有多篇文章入选各类文集。曾获第十一、第十三届全国新概念作文大赛二等奖。

魏姣

80后，北京人，毕业于中国人民大学文学院。在全国多家报刊上发表小说、散文30余万字，2010年出版长篇职场小说《空港手记》。

萧萧树

原名肖霄，1987年植树节生于河北保定，2010年毕业于河北科技大学。热爱汉语，热爱文学。

谢宝光

1990年生，中国散文家协会会员。2011年毕业于南昌大学，现供职于百花洲文艺出版社。作品散见于《散文世界》《北方文学》《诗选刊》《文学与人生》《黄河文学》等全国四十余家报刊，并入选多种选本。

辛晓阳

夏天出生，因而拥有热情、开放、不拘谨的性格。曾获得第十二届全国新概念作文大赛一等奖、第十三届全国新概念作文大赛二等奖、第十一届中国少年作家杯一等奖等国家级文学奖项。发表文字数十万字。作品常见于《中国校园文学》《新课程报·语文导刊》《中学生百科》《美文·下半月刊》等刊物。

徐衎

来自南方，生于巨蟹座的最后一天。现就读于西北某大学中文系。曾连续获得第十一、第十二届全国新概念作文大赛一等奖。作品见于《散文诗》《萌芽》等期刊。

徐璐

女，1982 年 8 月出生。毕业于陕西师范大学，北京大学中文系文艺学专业硕士，在《少年文艺》《青年文学》《青年作家》《萌芽》等刊物发表散文小说若干。出版有《西安 1460》。

杨亦飞

笔名苏易，1992 年生，是土象的婴儿金牛座，性格迷糊，寡言语。爱好黑色幽默，爱好柔情似水，爱好揣度却不爱好追问，爱好情感却不爱好交流。写作只是这些爱好的衍生，想要留住每一个点滴的沉思，想做一个有大把时间可以抓紧沉迷的普通人，向往梦想成真。

冶进海

男，1980 年生，先后在外国语学校、报社、电视台任职。四川大学法学研究生。鲁迅文学院第十二届中青年作家高级研讨班学员。发表小说数十万字，有作品先后被数家报刊转载。

PART 1

谣·当爱已成往事

游乐场

阿一告诉我，第一次失恋时反锁了厕所门，躲在里面抽闷烟，整整一包“七星”啊，等到她妈发现的时候，她妈不但没有非难，还拿了一瓶二锅头陪女儿坐在抽水马桶上对饮，喝完哭完，趴在马桶上，一阵翻江倒海哇啦哇啦……

阿一云淡风轻地回顾惨不忍睹的初恋，像个没事人似的，其实失恋也没什么大不了的。

我没有如此洒脱厉害的妈。

小的时候，我和阿一各穿一条蓬蓬裙，参加幼儿园的文艺表演，小脸被擦成俩“猴屁股”，撅着小嘴扭着小腰，唱“我们的祖国是花园”。阿一妈和我妈站在家长群中，难掩的自豪。表演结束，两个温柔年轻的妈妈带着我俩去附近的麦当劳吃套餐。妆容还没卸去，我们顶着“猴屁股”，手里拿着刚出炉的汉堡穿梭在店堂内，引得食客纷纷注目。

那时阿一满口蛀牙禁忌甜食，于是我看到阿一她妈豪爽地举起那杯可乐一饮而尽，喉咙咕咚咕咚，胸脯上下浮动，似乎也大了一圈。搁下空杯子，阿一妈敦促阿一吃东西别东张西望，坐要有坐相。

我知道阿一是美丽的，尽管彼时大大咧咧、蛀牙丛生，但是我已经洞察了阿一的美丽，很多时候我站在家里的穿衣镜前，让妈妈试着给我梳一个像阿一那样的羊角辫，可是费尽一番周折后并不能使我满意。从那时候起，我就知道我和阿一是不一样的，我妈和阿一妈也是迥然各异的两种人。

阿一七岁的时候已经能弹简单的曲目，“一闪一闪亮晶晶，满天都是小星星”。阿一她妈是附近一所高中的音乐老师，家中陈设，最抢眼的莫过阿一房里的那架钢琴，书橱里堆满了很多我看不懂的五线谱。渐渐地，阿一随便抽出一本就能把这些“无字天书”转化成动人乐章。不知为什么，房里的窗帘总拉不严实，中间留有一道缝隙，午后的阳光乘虚而入，薄薄细细一束，正好打在阿一身上，抛上一层毛茸茸的光。

阿一是美丽的，我笃信不疑。

第一次进入那所高中，是陪阿一给阿一妈送一份落在家里的简谱。穿过大门，路过的花坛里向日葵正在开放。我看到那么多大哥哥大姐姐。那些在球场上赤膊上阵挥汗如雨的篮球队员，像向日葵般生机勃勃。出了校园，无所事事的我俩无意间发现了一个游乐场。

旋转木马、秋千、爬竿、蹦蹦床……我和阿一混迹在一堆年纪相仿的男孩女孩中间，大家性别模糊地你推我搡，百无禁忌。蹦蹦床真是一种有趣的东西，惊恐的我千方百计想要靠近阿一，却总是事与愿违地被弹力绷出老远，南辕北辙，我和阿一越离越远。

我远远地看到阿一和一个小男孩滚到了一块儿，咕噜咕噜地滑进蹦蹦床中央的彩球区，溅起无数五颜六色的塑料球，其中一只正好打在我额头上，很疼。阿一和小男孩淹没在数量可观的彩球中，她忘了我。

不觉天色已晚，感觉还没来得及骑木马、荡秋千，天色就毫不犹豫地暗了下来。阿一兴高采烈地扣上小皮鞋的搭扣，拉上我往出口走。出口附近浓阴密布，栽种了很多树，我从它们不同的叶片判断出至少是两类树种。

一路上，阿一大呼过瘾，没完没了地和我说蹦蹦床之乐，她没发现我青肿的额头。

回到家，妈妈没有像往常一样做好晚饭，只是一言不发地坐在沙发上。里屋的电视开得很大声，新闻正在播报洪涝灾害的最新消息。整个屋子阴暗深沉。

晚上我做了一个梦，一个五彩斑斓的梦。梦里我陷入一片沼泽中，柔软滑腻，不断下沉之时，我看到天边有一道彩虹，但是只有三色。

醒来，妈妈不见了，里屋电视的音量依然大得吓人，我推门进入，空气污浊充满浓重的烟味，爸爸昏睡不醒。

从那天起，妈妈不知所终；家里的电视每天都以大分贝上演着新闻、广告和冗长的肥皂剧——我成了没有妈妈的孩子。

关于妈妈的去向，爸爸总是三缄其口。

写字台下压着的那些黑白照片一夜间不知所终。那是爸妈年轻时候的合影，黑白的，带有整齐规则的锯齿边，有一张甚至还残留着照相馆师傅描画的颜料。在彩色照片尚未普及的年代，老师傅们用彩色颜料往黑白照上勾勒填充，以此造就一张张特别的彩照。然而那些颜料也终究还是淡了，照片纸也黄了，妈妈走了，爸爸沉默了，淡了颜色的发黄旧照下落不明。

那段日子，我翻箱倒柜企图寻找那批照片，我怕过不了多久，我会忘了妈妈的音容笑貌。寻找的过程中，我发现家里突然多了很多锁，大大小小把守各自阵地，禁忌林立。

爸爸重新振作出门上班的时候，我也成了一名小学生，和阿一同班。

小学三年级，阿一开始换牙，洁白的新牙蠢蠢欲动，开始挑衅旧牙、蛀牙的地位。那段日子，阿一时常叫苦，三天两头不是左脸肿了就是右脸红了。周末和阿一去游乐园，坐在秋千上，阿一在后面推我，我像只快乐的小鸟，迎来短暂的飞驰。飞了许久，我换阿一坐上，可是阿一只是静静地坐着，不许我推她。

游乐场的广玉兰开了，洁白硕大的花苞，匿于繁叶深处，像某种美好，一点点羞赧地试探人世。阿一向我抱怨，每晚牙根肿胀，疼得她睡不好。我轻抚她的脸颊，阿一变得更美了，就像童年时代坐在麦当劳的落地窗前，一窗之隔的外面是人声鼎沸的车水马龙，里面是被阿一妈明令禁止喝可乐的阿一，满口小蛀牙咬着汉堡里的生菜叶。彼时我就预见性地看见了多年后的阿一，美丽的、清澈的。

而初次的洞察也是诞生在那样一个戏剧化的场景中，刚刚崭露头角的美隔绝于市侩之外，被窗玻璃精心呵护，像温室植株，小心翼翼地养着，等待出阁面市之日……小学五年级，换上一排整齐洁白的牙齿，阿一出落得更加明媚。上下学的路上，阿一会掏出一沓情书，本班的隔壁班的还有低年级的。阿一也不看内容，指着精心折叠的信纸背面的各种名字，评头论足一番，然后在过桥的时候抛到河里。

回到家，我照着破了水银的穿衣镜，妈妈消失后穿衣镜就成了现在这副德行，镜子里的女孩儿目光呆滞，小小的眼睛嵌在大大的脸庞上方，几乎被眼镜遮掩。平平无奇的短发，自从妈妈走后，家里再没人帮我梳理。为了方便省事，爸爸带我去理发店剃了这个类似平头的发型。阿一外张的美，形成强大的迫力，逼着我相形见绌不忍卒睹。

饭桌上，我曾想和爸爸谈谈，希望等我这次蓄长了头发后，可以保留下来扎一个简单的马尾辫，因为我可以胜任了。漫长的暑假，我和阿一的大半时间都耗在了游乐场。阿一折了很多柳树枝条，我摘去柳叶，五指分开地梳理，最后扎成一条马尾辫。柳枝在我手下汇拢扩散，像游乐场门口的花摊上摆放的插花花篮。

可是爸爸永远那么沉默，脸上挂着雾蒙蒙的冰霜，不辨喜怒。

死寂的空气布满了家里各个角落，爸爸也成了死气沉沉的寂静的一部分。头发长长，我还是捏着两个硬币，跑到路口的理发店剪了一个男孩子似的平板头，沦为外人眼里的“假小子”。理发店的温水浇在光溜溜的脑袋上，一双温柔的手触摸濡湿的头皮，好像妈妈，一手举着水瓢浇水一手为我抚摸揉搓。那是记忆，很久很久了……水温适宜，恰到好处地滋生了恍惚和幻觉——短暂地抚慰平复。

一本正经地坐回位置上，理发店的电推头哧啦哧啦轰鸣，像一拨蚊虫嗡嗡嘤嘤盘旋头顶。面前的大镜子反光，映出一个他，好像见过的，是隔壁班的……

升入初中，不再和阿一同班，但同校，断断续续还是能从好事者那儿听到关于她的零星传闻，当然还有流言蜚语：她也配当校花？她也配和罗凯凯在一起？阿一永远活在众人爱的集中处，也活在众人恨的中心，褒贬不一。所谓人红是非多，大概就是这样。我彻底成为一个平庸平淡的女孩，眼镜度数又加深了，我真害怕有一天会像我们数学老师那样，戴两块比瓶底还厚的镜片，一旦离了眼镜，与瞎子无异。鼻翼上出现了细细小小的粉刺雀斑，摘下眼镜后凑近穿衣镜，我看到外凸的眼睛无力地注视着另一个自己。我真害怕。

第一次出操，我和阿一两个班的队伍紧挨在一起，早操音乐响起前，我不断挥手示意阿一，可惜她没看见。做操期间只见她不断和前面的男生有说有笑，一定是在说什么有趣的事儿。那个男孩的侧脸明朗英俊。初中的早操队伍是这样的：每个班一个纵队，男生先排，女生紧跟其后，于是那个最挺拔的男生和最柔弱的阿一因着这衔接之位，有了很多攀谈的机会。后来不止一次见过俩人出双入对。

习惯完成老师布置的作业后，再额外做很多题，然后倒头便睡一夜无梦，毕竟我没有阿一那样的才艺特长，可以凭借出色的独舞在毕业考试成绩上平添三十分，我要很努力才能在两年后考入本城最好的高中，那所阿一妈妈所在的高中。另外，初中第一学期期中考试后，拿着第一名的成绩单回家，我分明看到爸爸僵硬的面容有了一丝破冰的松动，我捕捉到了那一瞬的欣喜。

可是，有段时间连续几天都做梦，梦里有那个隔壁班的男生，站在他身边的不是明艳动人的阿一，而是我：大眼镜、牙套、青春痘，狼狈和平庸的自己，可心里却是开心的，因为能和他并肩而行。梦近尾声，一仰头才发现那张脸被淡化淡化，成为另一张脸，一张我如此熟稔渴望的成熟男人的脸……

很多年后，我迷上了纳博科夫，我爱他笔下的亨伯特先生和小洛丽塔，因为似曾相识，因为后知后觉，因为淡淡的共鸣。

阿一有了男朋友，这个从小将追求者的情书弃如敝屣的高傲的小天鹅，终于收心从天际回归人间烟火。毫无悬念是他，那个和她永远有说不完的话、走不完的路的他，那个我在路口理发店不止见过一次的他——罗凯凯。

不约会的日子，阿一还是会叫上我同去游乐场。蹦蹦床已然不适合“大龄”的我们，秋千年久失修，生怕荡着荡着松动脱落下来。那一阵子，心思敏感，即便坐在教室，偶尔抬头看见疯转的吊扇，也会神经质地联想一下，万一转动的吊扇突然砸下来，会有多少人被绞得血肉模糊，自己会幸免于难吗?

林林总总的小情绪小心思滋生暗长，一同蔓生的还有模糊的欲望。

阿一爱上了爬竿，游乐场各种游乐设施只有细细长长的高竿入她法眼，上上下下乐此不疲。

“你试试看，特别带劲。”阿一面色潮红地怂恿我。我们俩差不多同时攀到爬竿顶端，尔后像两颗水珠，从上而下缓缓滑落。“你感觉到了吗？”阿一兴奋地问我爬后感。我一脸茫然地看向她，除了手心的热度和铁锈屑，并无其他收获。

阿一满脸失望，回家的路上，我们一言不发。游乐场里的玉兰早已开败，樱花的花期到了，粉红粉红地满树绽放，像喷薄欲出的火焰，焚烧了枝丫树干。

第一次感受到那种源源而出的涌动，温热黏糊，类似沼泽的湿度与触感。

惊慌失措地逃入厕所，触手一片猩红，我为这莫名其妙的出血惶恐，并且在心理作用下产生一阵晕眩，前前后后思忖回忆各种细节，是不是有什么伤害是我所不知或者被我粗心忽略的?

晕乎乎地熬过下午，一回家立刻把换下的内裤塞进枕头下，找了条新内裤躲进厕所换上。夕照透过百叶窗稀稀疏疏地漏进来，照在皮肤上形成一条一条规则的光斑，仿佛一条条细长的伤口，凌迟肢解肉身，却不见血。

厨房里是哗哗的水声，爸爸在往空水壶里灌水，我抚摸下身残留的血迹，镜中映出一张惨白的脸，羞耻惶惑紧张迷茫。厨房里的水声还在持续，回响在空洞的房里，唤醒体内对液体流失的某种感知，令我瑟瑟战栗。

晚上，爸爸发现了那条带血的内裤，随手泡在脸盆里，洇红了整盆清水。晚饭后，趁着爸爸外出，我赶紧捞起内裤，白花花的洗衣粉在倾倒的那刻给我纯洁的安慰，我看着那些羞耻的红色逐渐被稀释溶解，终于漂洗干净，如释重负。

爸爸回来丢给我一包卫生棉，按着外包装上的图示，一切安置妥当，内心恢复平静，仿佛经历大风大浪的一叶扁舟终于驶进港湾。

从此，特别是夏天，我特别害怕爸爸出现在房里，浑身上下只穿一条三角裤，趿着人字拖忙里忙外。其实爸爸还很年轻，五官端正一脸正气，可惜我找不出当年他和妈妈的合影了，要知道那时候的爸爸更帅更英武。

初二放暑假，我囿于小书房看书，日子宁谧安妥。某天早上爸爸出门仓促，一脸盆待洗衣物放在水池边。我挽袖开始搓洗。衬衣底下翻出一条爸爸的蓝色裤衩，颜色有点旧散发着一股淡淡的腥味，对，就是腥味，就像是夏天吃海鲜烧烤的气味。

连日酷暑难得一个阴天，阿一邀上我去南山烧烤。她和罗凯凯已经好得跟一个人似的了。阿一贤惠地串好各种烧烤食材，全程照顾我和罗凯凯。有一串半生不熟的烤鱿鱼，腥味很重，那气味猛地将我拉回那个搓洗爸爸蓝裤衩的清晨，如出一辙的气息。

别过两人，我只身来到游乐场，夕阳下的游乐场，孩子们都不知去向。我来到爬竿前，比之从前的身轻如燕，这次笨拙了许多，但好歹还是爬到了竿顶。我迟疑着往下滑，夕阳照在爬竿上的余温仿若一条温热的带子，从胯下缓缓抽离。

我体会到了彼时阿一的兴奋和口中所谓的“感觉”。

樱花早已凋落，掉在树下泥地里，溃烂成一具具鲜红色的尸体。

“以后这些衣服还是我自己洗吧。”下班回家，爸爸看到阳台上晾晒的衣物，小声嘀咕，不像嘱咐也不似命令，倒像怯弱的求饶。

“我和罗凯凯接吻了呢。”阿一化了淡淡的妆，有别于先前女孩时的姿容，多了一份自知的把持运用。

这两种声音萦绕交织，自如出入梦境，有声有色的梦。

温热的河，迟缓流淌，我从上游漂至下游，又奋起直追，从下游逆流而上，精疲力竭、气喘吁吁。渐渐地，河面变红，水天一色。

每一晚都做着湿淋淋的梦，每一个梦里都在不断地下河潜水、泅游，上岸醒来感觉浑身精湿。阴湿的一段日子，恍然大悟所谓“花季雨季”的说法。

我的雨季降临了。

坐在路口的理发店，我不再需要假小子的平头来满足日常之便，相反我有了大把时间也有更多耐心去打扮自己。看着理发师一点一点修剪成的刘海倾覆而下，我自然地笑了，由衷的。

成长的蜕变和成熟的担当在彼此之间生出一些无声的约定俗成，正在发育的我和正在迟暮的爸爸都在改变。

爸爸不再怨天尤人，不再惜字如金，他愿意和我攀谈，说一些小时候的事，同时恢复了足够的耐心，照顾我，也照顾小晶。小晶是一只纯白猫咪，在妈妈刚离家出走的那段日子，小晶被爸爸关在阳台的猫笼里，没日没夜地叫春，最后在惨遭爸爸凌空一脚后终于安分消停，只可惜小晶的牙被暴戾的爸爸踢断了……

而今爸爸带着忏悔之意，重新照料小晶的饮食起居，就像照料我。我也不用再面对每月的出血大惊失色，娴熟地换好卫生棉，大大方方地漂洗秽物，晾晒在爸爸的裤衩边上。

小的时候，妈妈失手打碎了花瓶，爸爸捡回碎片修修补补居然重新黏合出了一只新花瓶，妈妈在上面插了一束新花。纵然裂痕遍布，但它终究是一只花瓶，盛放得下满满一瓶葱茏繁盛。一如和爸爸同居的生活，似乎都恢复了常态。

过完暑假就是初三了。阿一和罗凯凯公然在走道上争吵，两人针锋相对破口大骂，无疑满足了不少好事者唯恐天下不乱的看客心理，也给双方的追求者们带去了曙光和希望。

放学后，阿一在人去楼空的大教室里啜泣不止，断断续续回味她的初恋。我瞥见阿一课桌上两枚爱心的刻痕，下面是罗凯凯的首字母缩写“LKK”。

时过境迁，恍若隔世。

没有径直回家，绕很远的路去了趟游乐场，坐在秋季泛黄的草坪上，没有玉兰也没有樱花。阿一说，去年的中秋，她和罗凯凯躺在这片草地上，她的身体在罗凯凯的抚摸下仿佛激活了一般，有了新生命。阿一回忆，那种稚嫩的敏感让她战栗，以至于双手紧紧插进身体两侧的草丛中，泥巴、草屑都嵌进了指甲缝，之后抠抠洗洗好不容易才弄干净……眼看又一年月圆之夜，却已物是人非。

原来一年的时间能够改变那么多事。

好在阿一有个爽朗的妈妈，母女俩举杯痛饮之后，阿一恢复了斗志，一心扑到学习上。其实用不了一年也能改变许多。

中考前的教室万籁俱寂如一片墓地，每个人都肩负一块十字架踽踽独行，死心塌地。我埋首做题，把那本字典一般厚的物理题典愣是做了两遍。

又到了夏天，中考成绩好得出奇，爸爸决定让我去上外省的某重点高校附中，阿一也顺利地进入了她妈妈所在的重点高中，不知道门口的花坛里还有没有那些生机盎然的向日葵。身在异乡，和爸爸通电话，这个严肃寡言的男人居然有点婆婆妈妈，每次都说“好，那先挂了”，又会猛然想起什么，急急补充，无非是天冷添衣、夜里别蹬被子之类。唠唠叨叨事无巨细，仿佛妈妈。

阿一来信说，游乐场扩建了，新添了很多游乐设施，不再免费开放。

我回信说，等我暑假回来一定要好好看看。

寒假因为参加集训班没有回家，但一直和爸爸保持联系，有一搭没一搭地聊着近况，除夕夜爆竹声声，电话那头也是轰轰隆隆乱糟糟的一片，爸爸的声音含混不清。

又是新的一年了。

新学期，没等暑假，突然接到家里的电话，爸爸生病住院了。

草草收拾买了南下的车票，回到小城。赶到病房时，几个护工正帮爸爸擦身。爸爸英俊的面庞苍老不少。我想起那些阴郁得难以为继的日子，想到那些不得不直面的变故，一下子眼眶肿胀，又是一种液体的流失，只是我早已不再惊惧害怕。

爸爸很健谈，我坐在病床上没日没夜，总有说不完的话。爸爸没有说起和妈妈离异的原因，只是康复出院后，家里的大小锁悉数收去，先前认定的一个个禁忌豁然洞开，我翻到了那些旧照片，黑白色的二人合影，那张有颜料描画的旧照上，爸爸妈妈各戴一朵红花，新婚燕尔时的定格。

身边这个发福盗汗的中年人，轻轻地翻了一个身，继续睡去。这个在我青春之始模模糊糊闯入我梦中，勾起心底模糊欲望渴念的男人，还是无可避免地老去了。

阿一约我去游乐场，拐出路口时看到曾经英俊的罗凯凯，眼下过早地露出老态，子承母业，成了理发店的一名新理发师。

久候多时的阿一一见我，恨不得扑过来咬我一口。凭票入场，我们站在巨大的摩天轮下引颈仰望，就像彼时我抬头看着爬竿顶端的阿一，未知莫测的不定感和尝试欲。

“走，我们去试试？”

摩天轮转动，转到顶端最高处的时候，脚下的城市一览无余，我伸出手指问阿一：“你看，那是我们的家吗？”阿一困惑地追问道：“哪里哪里？”

摩天轮已经急转而下，一并而下的是消失的城池和来不及的指认，我知道地面上还有不少游客在等待轮转，循环往复的轮回，就像我知道的扩建后游乐场所保留的那些树种，玉兰后面是樱花，四季分明落英缤纷。

但毕竟又是另一拨人的狂欢、另一季的花期了。几米说，我的心里每天开出一朵花。

有喜有忧有笑有泪。再见，游乐场。

（原载于《萌芽》下半月刊，2011 年 4 月）

这不是小说

刘宝儿

我一直记得自己在上初中的时候喜欢过一个男孩，就像所有步入那个年龄段的女孩子一样。彼时我刚刚跨过小学的门槛，进入那个我憧憬了许久的不一样的世界。我拉着母亲在校园里漫无目的地闲逛，对所有的一切都感到无比好奇。我记得我们初中的走廊上有一排宣传栏，里面贴着各个班每季度选出的优秀班干。我挨个看过去，然后我看到了那个男孩的脸。

老天，他几乎符合我当时所有的审美，即便现在我一样会坚定不移地认为那是一个漂亮的男孩子。他的皮肤很白，留着当下男生中最时髦的发型，额前的刘海微斜，恰到好处地遮住了他的半边眼睛。就像所有漂亮的男生一样，他很瘦，虽然在照片上看不出来但我能肯定他一定很高，不为什么，就是一种感觉而已。我迅速将目光移向照片旁的名字，初二 1 班，刘裕斌。

这是我进入初中时记住的第一个名字，高我一届的刘裕斌。我几乎下意识地确定了我喜欢这个男生，仅仅因为看到了他的照片。这似乎很可笑，但对于一个初中女生来说所谓的一见钟情也不过就是如此。我扭过头打算继续端详他的脸，可我突然间发觉我无法再次镇静地面对他，哪怕只是一张照片。我能感觉到自己的心脏正在胸腔中猛烈地来回撞击，声音之大仿佛是奔腾的千军万马。我告诉自己你不可以这么放肆，这么美好的男孩子，你只能偷偷看。

你看，我是那样自卑，把爱都放得如此低。

开学的前几周总是忙碌，只有少数几次我独自穿过那条走廊，然后犹豫着放慢脚步再次端详他的笑容。我甚至发现他一颗细小且可爱的虎牙，就隐约躲在他上扬的嘴角后面。每每此时我都会有一种病态的满足感，连离开时的脚步都显得轻盈起来。

某天经过那条走廊的时候我看见几个学生正在更换宣传栏里的海报，这才想起新学期第一次的评选结束，这里即将换上新的一期优秀代表。我难过地站在那里，看着他们粗鲁地扯下被大头钉摁在宣传板里的海报，看着我爱的人的脸庞用凝固的笑容撞击在冰冷的水泥地上。我莫名地就感到一阵悲伤，悲伤得几乎就要透不过气来。我一度以为我可以一直这样在经过走廊的时候偷偷瞥见他的笑容他的脸，可是我忽略了更替的发生，所以现在我将失去我仅有的一次注视他的机会。

我多么想像小说里的女主角那样走过去，轻轻拾起那份印有我爱的人脸庞的海报，进行最后一次凝望。但是我没有那么做，我只是站了一会儿，然后转身离开。

如果非得说这其中有什么遗憾，只能说我们的生活不是小说。

当天吃午饭的时候我发现原来暗中注意他的人不止我一个。我隐约听见有谁在我耳边抱怨："他们把他的照片换下来了啊，真讨厌。"几乎下意识地肯定我们口中所讲的那个"他"是同一个人。顿时我觉得自己被侵犯了，有什么人冲过来抢走了我身上的衣服然后不断在一旁赞叹衣服的款式、衣服的质地，而空留我一个人在原地对自己的裸体感到无比羞耻。更羞耻的是没有人对这个没穿衣服的姑娘显露出任何兴趣，人们只是不断地围观上去惊叹那真是一件漂亮的衣服。

我第一次感受到了爱情中吃醋的味道，虽然我没有理由吃醋。我不断告诉自己要忍耐，不可以在众人前面暴露了你的秘密，于是我忍耐得只差一刻就要放声大哭起来了。

自从换了海报之后我经过走廊的脚步都显得那样匆忙，我甚至刻意扭开视线不让自己看见宣传栏里其他微笑的脸，同时暗自小心且甜蜜地回忆他的眉眼。这样的精神支撑一直到快学期期末的时候，有一个下午我登上校车，愕然发现他就坐在某个靠窗的座位上。

如果这是小说，那么此时车上应该只剩下男主角旁边的那个座位，而女主角迫于无奈只得坐过去。之后的剧情发展就像大家所想所期待的那样，走向千篇一律的Happy Ending。

可是这不是小说，不是。我灰头土脸地登上校车，书包的重负让我气喘如牛。车上很空，而我的爱人恰好挑选了一个单人座位。我埋着头从他身边经过，胸腔中传来一阵甜蜜的抽搐感，伴随着些微疼痛。我在他的斜后方坐下，反手抱住了自己的背包，努力克制着，却又无法克制扭过头去看他。

近距离看才发现他真的很高，双腿细长。他把校服的裤脚改得很窄，紧紧地裹着他好看的小腿。当时正值冬天，我吸着鼻子感觉自己像一只臃肿的熊，而他仿佛只是在平日装束的基础上加了一件外套，与他相比我又显得多么丑陋不堪。他戴着耳机，脸微微侧向窗外，表情淡漠，平静得像一潭水。我注意到他蓄了指甲，那只修长的左手此时正撑着他的下巴，若有所思。校车停顿的间隙上来了一个女生，用很高亢的音调跟他打招呼。他浅浅地笑着，摘下一只耳机，透过冬日傍晚最后的一点阳光，我发现他的睫毛很长，笑起来时会随着眼睑有些微的颤动。我听见他说："嗯，上个礼拜搬的家，以后都走这条线。"

我不信上帝，可我却在那个时候真诚地感谢天父赐予我的这个礼物。我小心地蜷缩着自己的身体，不让他们发现我正在偷听他们的谈话。他的声音不如我想象中的好听，有些沙哑，并且带有明显的广东口音。但这不妨碍我喜欢他，就如同我一向无法接受男生蓄指甲但却毫无保留地接受了他一样。小说告诉我们，人一旦陷入爱情就总是盲目的。

某日同行回家的女生跟我谈起他："知道吗，初二（1）班那个刘裕斌，跟我们坐同一辆校车了。"

我的心咯噔了一下，下意识地伸手护住了衣领。刘裕斌？我听见自己比平常高出了几个八度的声音——美国联邦调查局测谎记录显示说谎者都会不由自主地抬高音量："谁啊，没听说过。"

"没听说过？"那女生夸张地拍了我一下，"初二的级草啊，甚至可以说是我们学校的校草了，你怎么会连他都不知道！"

我能感觉自己的嘴角正有种无法抑制的上扬趋势，我是那样的自豪以至于我压根无从掩饰。我说："是吗，你形容给我看看。"

这次的形容远比我期待的要详细得多，我从来不知道原来一个八卦的女生可以同时兼顾学生及"联邦调查员"的身份，并且将后者的力量发挥得淋漓尽致。刘裕斌，巨蟹座，现初二（1）班班长。数学很好，爱好街舞。一直没有女朋友。

没有女朋友？我明明窃喜却装作惊讶地问，他这样的人怎么会没有女朋友？

“调查员”耸了耸肩：“没找到合适的吧，我们学校也没哪个女生能配得上他。”随后又恶毒地加了一句，“如果有哪个女生成了他的女朋友，恐怕第二天就莫名暴毙了吧。”

至今我仍无法确定那句话的真实性，就如同在那之前我压根不知道原来我身边有那么多人跟我一样一直关注着他，甚至掌握了那么多我所不知的秘密。当下我的感觉就像是有什么人指着我的衣服说开线了，我来帮你补上。

我的衣服开线了，却是别人发现的还来帮我补上。我爱的人的那么多小秘密，却都是由我的诸多情敌告诉我的，多么可笑。

学校在学期末组织了一场文艺汇演。那天晚上，在六楼的礼堂，当全场唯一的街舞表演登场的时候，我听见了自己沸腾起来的声音。我爱的人站在最耀眼的那束聚光灯下，鸭舌帽淹没了他的眼睛，他穿的白色衬衣黑色马夹形成一股飓风从我耳边呼啦啦嚣张地刮过，我不由自主地站了起来，鼻尖忽地传来某种莫名的酸胀感。

如果这是小说，男主角最终发现了台下热泪盈眶的女主角，两人目光相接于是又是一个俗套的故事，可这不是小说，不是。

全场都沸腾了，早在我起身之前就沸腾了。他们的声音、他们的身体把我完完全全地包裹了进去，我只是众多兴奋观众的其中之一，在镁光灯的照射下他根本看不清台下欢呼着的任何一个人影，包括我。我努力伸长脖子企图越过层层肩膀追随他的动作和他的脸，然后被激动的人潮一次次推回来。我望着打在他身上的那一束光，无比热烈地期待他能在那束光里感受到我的存在。

演出结束的第二天晚上，我花了一节课的时间给他做了一张卡片。我想他应该会收到很多这样的卡片和短信，我也有理由相信他不会独独记住我的这份。但是我还是那样希望他可以看到，哪怕只是一眼也好。做卡片的期间我无比懊恼为什么我没能练出一手好字，为什么我画的画那样糟糕，但最终我总算拿出了一份相对满意的作品，伴随着下课铃声奔上了初二的教室。

可是我站在初二 1 班的教室门口犹豫了，我不知道自己是否可以直接把他叫出来然后把卡片给他，这样似乎太过直接。正犹豫的时候，一位学姐抿着嘴走了出来，问："是找刘裕斌的吧，他不在。"

我松了一口气，同时又失落起来。我不敢面对他，但又如此期待亲手将卡片交到他手上的时刻。"要不，我帮你放他桌上吧？"学姐伸出手。

我想了想，说："好。"

学姐拿着我的卡片进去了，我看着她走到第二组第三排的位置上停下，把卡片放在了他的桌上。我的身体忽然轻快起来，仿佛奏响了一支轻快的笛。

就在我走到楼梯的拐角时我看见了我的小爱人，和他对面站着的女生。我爱的人倚在被阴影笼罩的墙壁上，轻轻地无害地眨着眼，让我想起小时候玩过的纯黑色的玻璃弹珠。女生低低地抽泣了一声，黑暗中我只能看清她苗条的身形，长发披肩。他们似乎又说了些什么，随后那个女生冲了出来并从我身边掠过，我惊讶地发现她居然是那么漂亮。

我的小爱人也从阴影里走了出来，望着女生离开的背影扯了扯嘴角。我躲在角落里看着，突然间觉得可怕，我的小爱人怎么会露出那样可怕的讥讽的表情，几乎完全打破了他美好的脸。他捏了捏拳头，随后把手里的什么东西扔进了最近的一个垃圾桶。

我犹豫了两秒钟，闷着头冲进了初二（1）班的教室，冲到第二组第三排的位置上翻出了我的卡片，我知道它即将面临的命运，即便那是我不愿看见的。我突然很想哭，但是忍住了，我捏着我涂涂画画了一节课的卡片走出教室，将拳头捏紧然后把它扔进了垃圾桶。

因为这不是小说，所以这一切我的小爱人都没有看到。

自从那次之后我开始躲避我的小爱人，不管是在精神上还是现实中。我是一个那样平庸的女生，而他有资本拒绝一个那样漂亮的姑娘，临了还附上一个嘲讽的微笑。我不愿意把他想得如此邪恶，于是只好停止思考。

故事到这里似乎就该结束了。街舞表演因为校方的压力再也没有上过舞台，而他也因为家长接送的原因不再搭乘校车。每每我抱着书包登上巴士的时候总会习惯性地扫一眼车厢，然后看见被我称为联邦调查员的女生在后排冲我挥手。

“他没来。”她劈头就是一句。

“谁？”我的声音有些模糊。

“刘裕斌啊，你不是在找他吗？”“调查员”嚼着口香糖啪地吹了个泡泡。

“哪有。”我从包里掏出 MP3，“我找他干什么？”

“哎呀，开个玩笑嘛。”她扯过一边的耳机，“最近他的消息不少，据说跟一个初三的女生好了。”

我摁着按键的手顿了一下，音量瞬时被调到了最大。调查员“哎呀”了一声扯下耳机喊：“你干吗，吓死我了。”我连连抱歉调整着音量，同时装作漫不经心地问：“什么时候的事，哪个初三女生？”

“不知道，据说追了他两年，刘裕斌可怜她现在快毕业了，就在一起了呗。”

“就在一起了呗”。就因为这么一句话，我难过了整整一天。晚自习的时候我躲进厕所戴上耳机，那里面存满了我认为他会喜欢的歌曲。他是那样一个安静且美好的男孩子，理应听那些安静且美好的歌，可是为什么我现在听得泪流满面开始怀念自己所喜欢的摇滚了呢?

我开始逼迫自己彻底忘了他，不去想他，尽管我还时不时从调查员那里打听来一些他的消息，尽管我还是去听那些我自以为他会喜欢的歌。这期间他和那位初三的女生分了手，而我对此已无心理会。时间一晃就到了初二的下学期，我的小爱人，毕业了。

他们毕业典礼那天我没有坐校车，一直守在校门口决心要见他最后一面。我记得那天明明正值 6 月却有些阴冷，风刮在脸上，像带水的刀子。我站在校门口等他，我对自己说："就看一眼，一眼之后我就离开。"这个时候我看到了我的小爱人，穿着白衬衫和礼服外套，向我走来。

我僵硬在那里，感受我的心脏恢复了它有力的跳动。就像我在入学的第一天看到他的照片时那样，我的心脏开始欢腾开始雀跃，加速了全身血液的沸腾。我看着他，那张脸一如当年。

我等待在原地，等待着他发现我热烈的目光。然后他走近了，更近了。不过他始终没有注意到我，因为他正在和身侧的另一个女生交谈着，十分愉快。我的小爱人甚至抬起他修长的右手捏了捏那个女生的脸。待他走近，我才发现原来他的皮肤并不像我想象中的那么好，他的脸侧一样长了许多油腻的粉刺，他的发型老土得不可救药，他居然还蓄着我无法忍受的长指甲。一瞬间，我发觉我的审美趣味是如此可笑，而我所付出的两年爱恋是多么令人无奈。我觉得我应该大哭一场，肆无忌惮地蹲下身大哭一场，就像所有小说中描写的那样。

可是这不是小说。我挣扎着睁开酸胀的眼睛，"带水的刀子"再次在我的脸上划开一道伤口。熙熙攘攘的校门口堆积着那么多故事，可是我的故事并不在其中。大批的毕业生从我的眼前经过，可是属于我的那件白衬衫却始终没有出现。他似乎随着攒动的人潮去了一个很遥远的地方，而那个时期最初也是最后的一场爱恋，大概也就随着那日的冷风，一并远去了吧。

想到这里，我才终于能像一个小说中的女主角那样，蹲下身，俯抱着自己的膝盖，为了某些失去了就不再回来的过往，放声痛哭起来。

（原载于《中学生博览》2011 年第 19 期）

当爱已成往事

封尘

我会记得与你相遇的年华，记得你的每一点音容笑貌，记得你给我的温暖。现在，请让我说谢谢，也请让我说，再见。

——莫羽

1

夕阳尚未落下，只是边缘已经触碰到了遥远的地平线，像是颗熟透的橙子，烧红了半边天空。阳光早已遗失了正午的力度，洒在身上只觉轻微的暖意。

因为是放归宿假的日子，整座教学楼都已经空掉，我独坐在教学楼的天台上看落日，吹晚风。我只是不想回家——应该说是一个充满火药味的军火仓库，热水瓶、拖鞋、镜子以及一切的一切都是战场上的利器，与其卷入其中，不如远远躲开。

天慢慢黑尽，暮色四合，星星在漫天的黑暗中挣扎出一丝微弱的光亮。放归宿假时教学楼和宿舍楼的大门开到10点，10点以后那个瘦小的老头就会费力地拉下卷帘门。我走进教室，一座座的书山让教室显得十分逼仄，让我有些喘不过气。我坐在死一般寂静的教室里看一本小说，苏童的《河岸》，再次被他那种独有的冷艳所感染。

突然停电，黑暗瞬间降临。我从抽屉里找出电筒——这也多亏学校经常停电才让我有所准备，下楼的脚步声在楼道里清晰可闻。

突然传来一声很沉闷的钝响和一声尖利的拍打声，声音来自教学楼另一端的楼道里，听起来应该是什么人摔倒的声音。我穿过走廊过去，在拐角的地方看到了你，你抱着膝盖坐在台阶上，手机在离你几米远的另一级台阶上躺着，微弱的光突然熄灭。

我问你有没有问题，手电筒照在你附近，你眼里被强忍着的泪水在光线里泛出如钻石般洁净美丽的光芒。你脸上的表情如你的话语般倔强，你说："我没事，不小心摔倒而已。"我看着你努力挣扎着站起来，却又因为脚部的疼痛而跌坐了回去。

我捡起手机递给你，你接过，却没有说谢谢。我说我背你去医院吧，然后蹲在你面前一级的台阶上。你犹豫了好一会儿才上来，两手轻轻地扶在我肩膀上。一路上我们都没有说话，走到校门处才发现校门紧闭，门卫不知在什么地方。

犹豫了一下，只得将你往女生寝室的方向背，到大门口，轻轻将你放下。铁门尚未关，而管理员阿姨也不见踪影。你说："我自己上去吧。"看着你歪歪斜斜地走了几步，我于心不忍，又走到你面前蹲下。这次你没有犹豫，也或许是没有站稳扑到我身上的。问清了你的寝室，爬上三楼，将你送回去。

一股若有若无的淡淡香味萦绕在房间里，我对你说了"那没有事我先走了"便转身离开。关上门的瞬间，我似乎听到了你哭泣的声音。

刚要走出宿舍楼，却被那个突然出现的阿姨叫住。她上下打量了我，然后试探性地问："同学，你是男的？"我下意识点了点头，还没有反应过来，双手便被她反扣了起来。她咆哮着："好你个小流氓！想趁着没人进去干什么？"

没有解释的机会，最后被迫留下了学生证件才得以离开。回到自己的寝室，挂式电话刚好响起来，我恍惚了好一会儿才接起来，电话里磊子说："你刚去哪里了？对了，今天发的那两套综合题我忘了带回来，就在我的抽屉里，你帮我做了吧。"

等我发现我莫名其妙地答应了帮他做作业时，电话已经挂掉了，我后悔莫及。

2

周一的早上照例开集体朝会，学校领导在上面说着一段又一段的废话。那个领导突然提高了声音说："最近有个别学生思想败坏，竟然偷闯女生寝室……"周围的人群开始议论纷纷，隐约间只听见领导在说着什么"有辱学校声誉"一类的话，最后该领导再次提高声音说："现在对该生处以全校通报批评和记过处分，该生是……"同学们见领导在一沓纸里翻翻找找的洋相，不禁都笑了起来。

那个肥胖的管理员阿姨冲上讲台将一份证件递给领导，并且在转身的时候很得意地往人群里看了看，意在表明她的功劳。

“该生是高三（11）班的……夏安……”那个领导怀疑地看了看，接着又慢慢地说道，“呃……这个可能是搞错了，等学校调查后再重新公布。”

磊子用手肘碰了碰我，悄声对我说：“没想到你还挺有能耐的，那人真是你？”我刚想说话，抬头发现四面八方不时有人往我这里看来。他们早就等着看我的笑话，这次终于有机会，当然要好好把握。

散会了，在拥挤的人群里突然被林薇叫住，她说：“哟，咱有名的好学生夏安也会闯女生寝室呀，还真是看不出来。怎么样，有什么所见所闻所感？”她的眉眼里是掩饰不住的得意和好奇。我说：“还不是想趁你不在把属于我的东西拿回来。”她说：“你还有什么东西在我这里？说出来，我还给你。”

我指着心脏的位置对她说：“喏，这儿缺了一块，你还给我吧。”她笑了，说：“对不起夏安同学，这个我可还不了。”

上到三楼，没有那么拥挤了，她说：“说吧，到底是为什么事情，我实在太好奇有什么原因能让你大驾光临。”我说：“不想解释。”她的表情冷下来，小声地对我说：“你这破脾气还是没改，真不知道谁受得了你。”

“所以你找了个你受得了的是正确的选择，恭喜你终于明智了一回。”我说完话，把她丢在身后走上五楼。我想她的表情一定很精彩。

课间被找去问了话，又核实了监视器里录到的画面，才让我回去。学校把情况在广播里通报了一遍，然而不管怎么听都像是学校为了故意包庇我而编造的。

班上倒是没有动静，只是在食堂、操场或别的什么地方可以听见一些对话，如，

男A：“凭什么我吸烟就要写检讨？”

男B：“谁叫你不是年级第一名？你要是年级第一，学校也可以说你吸烟是为了驱走厕所里的蚊子，是为人民服务，说不定还给你发个奖状呢。”

再比如，女C说：“早知道他对女生寝室有那么高的兴趣，我就应该邀请他到我们寝室来玩嘛。”

女D说：“别花痴了，那座冰山怎么看得上你哦。”

他们说这些话从来不避开我，或者说，就是说给我听的。

晚上磊子说外面有人找我，我出去，看到你。你说："对不起，给你添这么大的麻烦，我会想办法弥补的。"说完不等我说话就转身离开了。我看你跛着脚走路，居然有再次背你的冲动。

回到寝室，憋了一整天的兄弟们终于憋不住了，纷纷问我看到了什么。我说："想知道啊？想知道自己看去。"磊子走过来拍拍我的肩膀，他说："你以为我们不想啊？但我们没有保护伞，贸然前往是要付出惨重代价的。要不下个星期的月考你帮帮我们，让我们也体验体验闯女生寝室还有后盾的感觉？"

上帝知道那一刻我有多希望我天生神力，一脚让他的梦想成真。

3

第二天中午午休时间，学校里的广播却突然响起来了。睡得正香的人们都被吵醒了纷纷抱怨着。广播里的声音传来："大家好，打扰一下，我是高三（7）班的莫羽，我来解释一下关于夏安同学进女生寝室的事情。过程是这样的……"

我第一次听到你的名字，莫羽，居然是以这样的方式。

午休结束，你来找我。你说："该还的我都还了，不欠你了。"说罢又是转身便走。你这样像风一样来来去去的，让我的情绪变化很快。

多谢你的帮忙，让关于我是流氓的流言戛然而止，可是你怎么没有想到取而代之的会是关于我们的流言呢？

我向来不会理会这些流言，但这只是表面，实际上我曾无数次被那些流言伤到。而最近的这一次传言，为什么会让我感觉温暖呢？

暗无天日的月考之后，磊子邀请我们周末去听一个乐队的演唱。他平时就给我们灌输这个从地下走到地上的乐队的传奇经历，他说："反正你周末也不回家，就跟我们一起去吧。还是你又想去女生寝室了？”我相信那一刻上帝一定感觉到了我。

很大的酒吧，酒气很重，声音繁杂，光线暧昧。磊子说：“你们别大口大口喝啊，要细水长流，要心疼我的钱包。”我说：“没问题，大不了把你卖给他们做舞男。”

一支二流乐队下了场，然后DJ说：“下面是大家期待已久的枪口乐队！”几个留着长头发的男青年和一个女生抱着乐器上了台，然后我惊呆了，那个女生不就是你吗？！

你们一共演唱了三首歌，这个过程里我们寝室八个人喝掉了不到十瓶啤酒，看得旁边的服务生估计都想直接拿酒瓶子往我们嘴里塞了。你们演唱完，坐在了我们旁边的桌子上。我对磊子说：“确实不错，我们走吧。”他说：“你着急啥？待会儿还有呢。”

你们似乎起了什么争执，侧过头，听见你说：“是你自己说分手的，现在倒还来怪我无情了？我无情，那你去找你那有情的小狐狸去呀。”鼓手和贝司手劝着些什么，那个头发很长的吉他手说：“你不要这么不讲理好不好？”

你以倔强的语气说：“我就不讲理了怎么样？我告诉你，我现在有男朋友了，你别在这儿嚷嚷影响我们的感情。”说完她径直向我走来，挽起我的手，拖到吉他手面前。我感觉很不好，仿佛看见一群乌鸦正在我的头上打着转，还瞎叫着。那个高大的吉他手看着我，说：“你是他男朋友吗？”我没发声，直到你用挽着我的手偷偷掐了我一下我才说是。

他向我走近了一步，以洞穿一切的眼神看着我说：“你确定？”我心想我不过就来听听演唱，怎么这么倒霉撞枪口上了。你见我没有反应，对吉他手说：“你爱信不信。”说罢，转头，双唇贴上我。突如其来的热度让我不知所措。

你又回过头对他说：“现在你相信了？”我分明看见他眼里冒出的火焰，他的拳头紧握起来。磊子他们见状迅速过来，鼓手他们也站了起来，只不过是在拖住他。气氛有些紧张，周围的人纷纷往我们这里看过来。

最后吉他手什么也没有说，转身离开，鼓手拉住他说：“今天演唱完再走吧，这里的老板手黑，你今天扫了他的场子以后很难说。”他甩开众人，愤然离场。那一刻你是在伤心吧，我感觉到你挽着我的手明显紧了。

鼓手问你：“那现在怎么办？没有吉他能行吗？”磊子高兴地说：“我会弹我会弹。”说完磊子拿起吉他手没有带走的吉他弹了起来。

鼓手说：“你的吉他弹得不错，不过你的声音……”

磊子失望地说：“为什么还要声音？光弹吉他不行吗？”

鼓手说：“《千年之恋》，你说不要男主唱行吗？”

我说：“要不我试试吧。”所有人都惊异地看着我，也包括你，你的眼里满是不相信。DJ 再次喊：“让我们再次有请枪口乐队——咦，怎么换人了？”

我拨动琴弦，熟练地弹着，这时你眼里竟然有了一丝惊喜。吉他、贝司、鼓，与我们的喉咙一起声嘶力竭，血液燃烧着在身体里乱窜。

4

那晚老板请客，磊子喜笑颜开地让服务生送了两打啤酒过来，没多久又要了两打。啤酒沫升起又破掉，杯子相互碰撞，人群东倒西歪，处处洋溢着快乐与放纵。可是为什么，我从你眼里看到的却满是落寞？

其他的人都醉了，趴倒在桌子和沙发上，只剩下千杯不醉的你和从头到尾连一杯都没有喝完的我。你说谢谢，我傻傻地笑，不知道该说什么。

你给我讲你和吉他手的故事。你们也是在这样的酒吧认识，那时他和他的乐队都还只是众多地下乐队之一，没有名气。你们很快认识，然后你做了乐队女主唱，乐队也慢慢有了知名度，一直到现在成了这个城区最有名的乐队。

你说你们相爱两年，从没有吵过架，我遇见你的那天是你这十多年里最为脆弱的时刻。吉他手打电话给你说分手，因为他爱上了别人，你在黑暗的楼道里一脚踩空，然后遇见我。你说本来打算在黑暗里大哭一场的，结果被我打扰了，只好在我送你回寝室转身离开以后才哭出来。我心想，你果然是倔强的女孩，不肯在别人面前展示自己的脆弱，可你现在怎么就肯让我知道你内心的软弱了呢?

我问你是不是还爱他，你说，怎么可能说不爱就不爱了呢? 我说，那之前……

你打断我说，给我一点时间忘了他吧。最后我想问的话还是没有问出口，那就是，你真的爱我吗?

我们在酒吧待到了天亮，然后作鸟兽散。磊子加入了枪口乐队，开始为他的音乐梦想而奋斗。他对我说："谢谢你的成全啊。不过，你弹得这么好，为什么不加入乐队呢? "我说："我总共就会弹那么几首，你让我怎么加入? "

磊子说："不会吧? 就会弹几首还弹得这么好? 看来上帝造人的时候真是太偏心了，怎么给了你这么多天赋，平时没见你弹过，弹得这么好，你学习也没有那些书呆子努力——当然比我们刻苦些，考得比谁都好。"我说："所以我就更没有时间去排练呀，再熬几个月，高考之后我就远走高飞了。"

磊子问："你家里还是那个样子? "我说："世界末日没到，他们怎么可能不吵啊? "

磊子在上铺翻了个身说："那你远走高飞要不要带上莫羽? "

那一刻我确实被问住了。

你也要离开枪口乐队，不过是在他们找到新的女主唱之后。我慢慢地了解你，知道你在过去的两年里经常逃课去排练和演出，因此功课很差。我用课余时间给你补课，我知道，以你的聪明，一定学得很快。

更快的是关于我们的流言，不论是在传播速度上还是变异速度上，这些流言自然也传进老师们的耳朵里。不过，在这所学校里，只要成绩够好就会被自动归为优等生，大部分的班规校纪是不起作用的。老师们睁一只眼闭一只眼，只找我说过"不能分散精力在不必要的事情上面，学习成绩不能下降"便坐视不理了。

我给你买早餐送到你的教室，一起去食堂吃饭，给你准备生日礼物，晚上给你补完课后牵手在灯光昏暗的操场上沿跑道转圈，再送你回宿舍。日子在这些点点滴滴的浪漫与温暖里流失得很快。

在楼道里碰到林薇，她说：“哟，不错嘛，这么快就找到能受得了你那破脾气的人了？”我说：“也不知道为什么，这破脾气也只有跟你在一起的时候才有。”

她说：“得了吧，你是只有跟莫羽在一起才没有而已。你也不听听别的女生说你有多冷，你们班里跟你说过超过十句话的女生用一只手就能表示了吧？”

我说：“那你是说我找对人了？那还不祝福我？”林薇别过头，又转回来，脸上依旧是带着笑的，只不过掺杂了一些意味不明的情感，她说：“那你是希望我脱鞋子砸你还是怎么？我就想不明白了，你对别人好一点会死吗？还记得高一刚入校的时候不？那个时候给你送情书的女生多到数都数不过来，你再看看现在，哪个女生不讨厌你呢？”

我想了一会儿，没有想到任何可以说的话。

5

高考日益逼近，气氛紧张了不少，试卷以更加疯狂的速度发下来，大部分都没有时间做，一叠一叠的空白着。此刻的我们颇有些抓救命稻草的感觉。

生活变得无比忙碌，以至于我已经腾不出时间给你买早餐，给你补课也显得有些多余。我突然发觉我们之间有一条现在隐藏着而下一刻却会将我们远远分开的鸿沟，那就是大学。虽然你进步很快，可我知道，我们绝考不进相同的大学。

相对于那些纷繁复杂的考题，这个问题更加令我头痛。我的脑子里不停地如幻灯片般播放着你的样子、梦想已久的大学、不存在爱的“家”……没有停顿，速度加快，最终在我的脑子里像要爆炸一样。

我偷偷做了一个决定，那就是，要么和你上相同的大学，要么和你一起复读一年。

打定主意，我试探着问你的打算，你说："当然是考上哪儿走哪儿，坚决不复读。"

5 月的三模，我第一次考差，被各科老师轮番请进办公室。

可是，莫羽，我真的没想到你能给我这么大个意外。

磊子告诉我他失业了，原来那个吉他手回来了。你告诉我你们重归于好了，之前和我只不过是逢场作戏，是为了让吉他手死心塌地地回到你身边。你说我只不过是你的工具，你说对不起。

天空瞬间黑掉，我闯出校门，在夜凉如水的街道上疯跑，风在追我，路灯在追我，痛苦在追我，你的对不起在追我。为什么，为什么，为什么?

我再也没见过你，我知道你的生活规律，因此我都小心翼翼地避开。因为我不知道该用怎样的身份和心态来面对你，无法强颜欢笑地问你过得好不好，亦无法如陌生人一样对你视而不见。你曾经填满了我的整颗心，现在你走了，我的心也已空掉。

终于，在那个流火之夏，我远远地走开了，也或者说是逃开了。我去了那座繁华的城市，在汹涌的人海里享受独自的冷清，在宽阔到难以置信的校园里独自抚平创伤。我曾经用过的 QQ、邮箱，还有电话都被我换掉了，我固执地没有联系任何人，怕从他们那里听到你的消息，我怕我那颗粘好的心再次碎掉。

我只好默默地祝你幸福，再慢慢地将你遗忘。

6

在大学里碰到林薇是件很偶然的事。她说："怎么，不认识我了?"

我们在小清吧闲聊，说起高中时候的事。她说："那个时候其实就是想找个人假装一下我男朋友，你一句软话我就回来了，没想到你居然转身走了。"我苦笑一下，说："你们女生怎么都爱玩这样的游戏?你们有没有考虑过别人的感受?"

她说："谁的？你说那个男生？拜托，演戏这种事儿我当然是提前跟他说好的，要不他万一当真了我怎么办？当初为了让他帮这个忙我还请他吃了火锅呢。不过，你这人也太粗心了，我跟他在一起手都不拉一下你都没有发现。"

我没有接话，小口喝着鸡尾酒。

她说："怎么样？现在有没有把我追回来的想法？"

"这想法已经过保质期了。"我再次苦笑。

"胆小鬼，受过伤就不敢爱啦？"她哈哈大笑，很开心。

晚上回宿舍，不知怎的就打开以前的QQ，却已经被腾讯回收了。再打开邮箱，密码是你和我的生日。我以为我已经忘了，却原来什么都还记得。

信还真多。你发了一封，是前不久的，很短：祝你在那里找到自己的真爱，我们已相隔太远，原谅我不能再陪你前行。我会记得与你相遇的年华，记得你的每一点音容笑貌，记得你给我的温暖。现在，请让我说谢谢，也请让我说，再见。

一封一封往前看，看到磊子给我写了很多信，他在信里告诉了我一切。

你最后对我说的那些话，只不过是骗我的。我以为我悄悄做的那个决定你并不知晓，却只是我以为而已。你怕我做傻事毁了前途，请磊子帮忙，你们合谋演了一出戏只是为了让我暂时离开你，本打算高考后再告诉我的，却没有想到怎么都联系不到我。你去过我家，往我的QQ里发过很多信息。我整个人从你以及你所能接触到的生活里消失了。

我不知道我看这些文字时心里是什么样的感觉，我只知道，因为我的懦弱怕再受伤害，而失去了你。

你现在在哪里，你过得好不好，你是不是在恨我？

我看着窗外慢慢亮起来的夏日独有的明澈天空，仿佛听见你对我说再见时漏掉的那一拍心跳。

（原载于《萑苒》2011年第7期）

僵尸

辛晓阳

忘了是哪一年的事情。

那时候我还在一所厂办学校念小学，不知怎么的学校开始疯狂流传一个骇人听闻的消息：某某地火山喷发炸出三只僵尸，其中一只随着火山灰落入了大海，剩下两只得以幸存。一只正在京广线上往新乡方向赶，另外一只早已躲在新乡不知名的角落里窥伺着自己的果腹之餐。

霎时，人心惶惶。没有人怀疑这则消息的真实性，强烈的恐惧感弥散在一群褪了颜色的“红领巾”之间，带着浓浓的火药味：“你敢不信吗？小心僵尸吃了你！”

依稀记得那是一个惨淡的三月天，唯一一座三层教学楼早已泛起了淡淡的青苔，一排伫立了光年岁月的杨树青糙得扎眼。我一个人趴在三楼的栏杆上呆呆地往下望，教学楼的走道很窄，我趴在那里几乎就挡住了整条通行的道路。有个男生走过来，我用余光扫射到他蠢蠢欲落的鼻涕，专心地看着纷飞的柳絮悄然濒逝。

他骂了句脏话，识趣地走开了。转身前还不忘撂下一句：“僵尸一定会吃了你！”

多么恶毒而悲壮的诅咒！

我是全班最后一个知道这个新闻的。因为借读生的身份，我被排挤在那个小小的集体外。愚昧的自卑让我感到他们在电视厂子里工作的父母正在从事一项多么伟大而高尚的工作。尽管我的成绩永远在他们任何一个之上，尽管我拿的区级证书比他们得良好以上的考试卷子还要多，尽管我的母亲一个人的工资就可以养活他们全家。

但是这些又有什么用呢，我终究还是一个异类。不管我怎么努力，用糖果去讨好，用彩笔去交换，用恳求的眼神抓住他们的衣襟，从头到尾还只是单身一枚而已。

但是我就是想要试着去融入那个并不属于我的世界，就像今天这个爆炸性的传闻，其实如果是他们告诉我的，即使再扯我也会当成神明的祈愿一般虔诚地信守。但是很遗憾并没有，我只是坐在离他们很远的位置上听着一阵又一阵愈发高昂的惊呼声。

如果僵尸真的来了，把你们统统吃了才好！

突然发现，我比那个惹人生厌的小男孩还要恶毒一百倍。

终于，我用一本作业的代价换到了领头的那个女生些许的注目和扶持，走进了那个喧闹沸腾的圈子。那是“僵尸新闻”的第二天，我双手把码得整整齐齐的数学作业本递到她眼前，在她美丽单纯的笑容绽开的瞬间迅速别过头去，天气并不差，只几秒钟就蒸干了眼角难以名状的雨滴。我回过身子给了她一个友好的微笑，觉得自己的前途一片光明。

她并没有立即宣布我“入伙”的消息，只是在大家兴致勃勃地讨论僵尸大作战的时候瞥了一眼站在人后的我——这样应该算是默认了吧？突然有谁的目光射过来，看了看我几百块钱的运动服，随即拉开了身上脏兮兮的校服拉链。

我只好认命地脱衣，任由那件洁白光亮的单衣在她们起球的毛衣上摩擦着。其间我看到谁用刚吃完“辣片”还沾着油污的手把我的衣服从另一个女孩子的肩膀上一把扯下，纯洁间瞬时沾上了点点黄迹。我走上前去想夺下来，却被人死死卡在后面。什么时候，居然让妥协变成了一种无声的消沉。那一刻的感觉至今无法弥散，我一直以来视如生命的自尊被践踏得一文不值。小学生的世界，现在想来竟然如此恐怖。

关于衣服的细节已经忘了大半，关于僵尸的讨论却没有就此停止。

我终于顺利成为她们中的一员，虽然只是跟在后面拿书包带水瓶的小妹，但总归是给自己形单影只的身影找到了个归宿。今天的话题是第二只僵尸已经到新乡了，他们即将联手，置人类于死地。

我惊恐地冲出校门，一路飞奔到幼时经常看病的一家廉价诊所。跟那儿的医生也早已是老交情，我气喘吁吁地讲着，他看着我因跑步快要泛起两抹高原红的脸蛋不住地笑。我狠狠地瞪了他一眼，开始爬上桌子去找那天的《河南日报》。就一个小学生近乎呆板的思维来说，这么大的一件事情，应该都可以爬上头条了。但是报纸上只是一些简单而又平常的新闻，那些长长的混着好多陌生字的专有名词好像都是从《新闻联播》里钻出来的。

我抬起脑袋，一脸茫然。

转而，一位年迈的老婆婆拄着拐杖走了进来，医生推了推鼻梁上的眼镜，坐到了唯一一张被当做诊台的木头桌前。我识趣地转身向门的方向走去。突兀的声线把我的脑袋转回了270度——

“你放心吧，这么多大人呢，就是要吃，也轮不上你。”

我笑了笑，把书包往肩膀上拉了拉，一路上都在回想着用背课文的时间努力背下来的那些“好朋友”的电话号码，我要把这个答案分享给每一个人，这样大家就不用害怕啦！斜穿着的街道沐浴在一片苍茫的暮霭之下，卖晚餐的小摊贩们在乌七抹黑的围裙上擦拭着盛舀胡辣汤时粘上的饭渍，街道旁另一所小学练鼓号队训练的声音不绝于耳……未到盛春，却有浅风拂过，我的心情真是再好不过了。

回到家，外婆站在筒子楼烟雾弥漫的走廊里摊着煎饼，金灿灿的油香迸射在空气中，绵绵密密。带着笑容拨下那一串串带有未知的美好的电话号码，说着自己探悉出来的结果，电话那头的声音要么冰冷，要么不屑，但是这些统统不重要，重点的是我已经在这个团体中找到了自己的位置，或者说，更是一种涉世未深的价值。

到了夜晚，外婆打起了呼噜。我不安地在大床上来回翻动着身子，像是在等待着一种莫名情境的莅临。昏昏欲睡间，窗外倏地响起了一阵警鸣，我猛然坐起了身子，把身边的外婆吓了一跳。尔后，拉上被子，一直遮住了眼睛，遮住了额前细细密密的刘海。沉闷的被子压住了愈发艰难的喘息声，像是一个临行前光辉盛大的仪式。不知过了多久，扫大街的声音穿过玻璃，夜告罄了。

猛地搁下悬了一夜的心，昏昏沉沉地睡去。

还好，这一夜，僵尸没有来找我。

之后关于僵尸的新闻逐渐被星辰淹没，我们就那样在校园一排杨树青葱的剪影下走向了分别。毕业前的最后一个月，我在教导处门前的砖壁上狠狠划下“我恨你们”四个小字，天气正是青蓝的初夏，呼吸在瞬间就可以被蒸腾成一片未知的渺远的光线。

“我恨你们！”我冲着三楼的教室大叫。

蝉鸣愈发浓烈，声线在一片恣肆中无限缩小。整个世界只剩下我一个人，我知道我终于可以逃离了。

最后一个月，我没有再走进那个圈子，已经拿到省重点中学录取通知书的我好像骤然醒悟，生活本就不该是这样的。

尔后的初中生活把关于小学的全部记忆一并填满，我爱上了在标准塑胶跑道上酣畅淋漓地奔跑的感觉，我知道曾经那圈子里的很多人最终都选择那个国企厂子的子弟中学就读——他们跳脱不出来了，至少那个操场只是两个对立而落的篮球架子勉强撑起来的。

分别后的第一个圣诞节，那帮女生组织了一次声势浩大的同学聚会。很意外，居然有人会通知我，就像我当时通知她们关于“僵尸”的事情一样。

后来我才知道，那一天正是其中一个小个子女生的生日，那个女生现在混得不赖，进入了一所师范大学的附中，算是有了比较好的归宿了。

有点难掩的兴奋。至少，我还没有被她们遗忘。

有的时候觉得自己很贱，明明愈发鄙视那些虚荣攀比的家伙，却又因为人家偶尔的善意感动不已。以至于这个时候，我翘掉晚自习去一家很贵的精品屋给她挑选生日礼物。所以我总说我是个虚伪的人，不仅虚伪，而且还善变。

在柜台前徘徊了许久，终于挑到了一只很别致的发卡。至少我很喜欢，喜欢到忽略了下面的标价。

算了，友情本来就是无价的。两个星期的晚餐费，撒由那拉。

圣诞节那天飘起了久违的雪，顶着一床厚厚的被子拉开窗帘，隔着爬满烟雾的玻璃窗兀自向外望着，竟有了一丝难觅的怀念。犹记得刚和她们打成一片时，天气也是如此这般。我们在那片巴掌大的小操场上打雪仗，她们命令我站在原地，接着一个一个雪球便像炸弹似的从四面八方飞来，几乎要把我淹没。

身体的疼痛和洋溢而出的快乐，笑到最后的人绝对不是我。

回忆又变了形，但是至少证明虽然我总是那个被欺负的角色，我们之间还是有一些共同的曾经在的，即使这些曾经照例是灰蒙蒙的。

电话铃声来得有点仓促，我来不及收起已经溜远的思绪慢慢吞吞地从被窝里爬出来冲到客厅，拿沙发上大大的抱枕紧紧捂住双腿。我发现在零下几摄氏度的雪天窝在沙发里也是一种享受。

“喂，下午一点，小学门口，不见不散。”

“哦，我给她买了很贵的发卡，你呢？”

“见面再说啦！”

还是一样不屑的语气，领头的那个女生还没等我一贯礼貌的“再见”发声便匆匆挂了电话。不知是不是错觉，我好像听到话筒还未落下的瞬间里面传来一阵并不悦耳的窃笑。我想自己应该是多虑了。至少这个电话证明，我在她们的世界里还是有一些分量的。

出门时雪花已经变成了大颗的六角形，路边也已经堆积起了薄薄的一层浅白。我小心翼翼地绕过去，生怕自己不规则的脚印在这样一个“喜气”的日子里落下一串并不和谐的昏黑。身旁的四季青长得老高，叶子却被雪粘得不成样子，耳际的风划过时甚至像是一个被埋葬千年的木乃伊——

小学时传说中的那只僵尸，是否也是如此模样?

我不知道。

约定的时间是一点，我十二点半钟便赶到了那个简易的大门口。透过钢丝间的缝隙往里望，整个小小的操场看不见一丝悦动的气息。一场雪，搞得世界上的一切，都死得干干净净。

小等几乎变成小憩。我从门口小卖部前的台阶上无奈地站起，拍了拍屁股上残留的雪迹，却还是留下了一片雪水凝成的挥之不去的冰凉。忘了是第几次把冰冷的手从衣袖中艰难地伸出来摩挲着腕上的手表，那只样子孤傲价格也孤傲的发卡也有点发蔫似的俯下了身子。再也没有耐性等下去，我索性朝着更深的生活区探去，找到印象中那个领头女生外婆家的那栋小房子。一路上我都在惴惴不安中揣度着——集体出车祸啦？因为下雪被家长扣在家里啦？记错时间啦？临时有事活动取消啦？

一种莫名而来的想法冲撞着脑膜和神经，我下意识地去屏蔽，尽管后来事实证明它的出现绝对不是空穴来风。

我小心翼翼地叩着那扇木门，心底突然腾空生起一阵莫名的恐慌，像是怕之前那种怪异的潜意识真的就那样仓促地浮出水面——

不带一丝缓冲，一字一句刺得我生疼。

“她们上午就走了呀！你们不是约好了一起吃午饭的吗？”

“是哦？”

“对啊，她走之前不是还给你打了个电话吗？”

“哦哦，大概我记错时间了吧。姥姥不好意思打扰您了。”

记错时间？扯。

心里涌着说不清楚的情绪，好像有点苦，有点无奈，有点想要流泪的冲动，甚至有点为自己准确的第六感莫名而来的自得。

是的，这从一开始就是一场骗局。也许，是我太自以为是了。就算是心理安慰，都找不到更好的理由。这就是人生最大的悲剧。

印象中那天的雪一直扩张到鹅毛般雄壮，我独自一人走在闹市的边道上，周围有人在卖圣诞老人的袜子。我记得那几年好像很流行这个东西，还有一种僵尸的面具也很热销。我突然很想买一顶，在暗夜里潜进她们的房间，把她们统统肢解然后扔到卫河里永世不得翻身。

我承认我是狠了点，但是比起她们的手段，我真的嫩太多了。

这是我第一次真切地感受到，孩童的世界可以有多么复杂，复杂到受了如此委屈也只能瞒着家长说“我记错时间了”这样的鬼话。

后来看了她们中一个不起眼的小女孩更新的日志，知道她们玩得很开心，但是最开心的事情还是成功整到了我。

嘴角慢慢上扬成一个奇怪的弧度，原来这样的角度从镜子里反射出来就叫做自嘲。

之后两个原本还有一丝交集的平面终于拉开了一道无法逾越的鸿沟，我们蔓延在自己的世界里，无人再来用任何过激的手法讨那样一个卑微的开心。我有了固定的朋友圈子，不但有她们，还有他们。我们每天相处在一起，甚至在冥冥间已经互相包容了彼此的缺点。这个时候回头再看，发现曾经被自己视若珍宝的友情就是一个有声无形的屁，一文不值。

突然想起了教导处门前砖头上的那四个小字“我恨你们”。

偶尔也会想起她们，一个接一个的影子在昏黄的灯下愈发模糊，想知道她们现在过得好不好，更想确认自己就是比她们过得好。

后来无意间闯入其中一个女孩的日志，她在里面用不堪的言语污秽着这个世界，她骂每一个离开她的朋友。这个时候我突然觉得自己是那样富有，因为我比她懂得什么叫做滴水之恩当涌泉相报。但是关于久远年代的那次刻骨铭心的欺骗，我却始终想不出能够回报她们的最好的行径。

其实有的时候，我也挺无能的，至少在那帮女生面前。

本以为就这样诀别，各自淡漠在属于自己的青葱岁月里孤独地膨胀，我把她们遗忘，也被她们遗忘。就是这样。

16 岁生日。

生日快乐。

从来没想过，第一个对我说这句话的人，会是当年那个领头的女生。对于她我始终无法释怀，斑驳的印象中那个圣诞节恶作剧性质的电话让我记忆犹新。在那个世界里我是一只被愚弄被玩在股掌之间的猫，连往下一跃逃脱出去的出口都找不到。

但是我还是回了句“谢谢你”。然后好像还有一种奇怪的感觉在心底蔓延开来——她们过得都不好，真的。在那个中考升学率尚不及平均水平一半的中学，毋论大学或者其他。我还记得在那次关于僵尸的讨论结束后，她站在我们中间一脸骄傲地宣布“非复旦不读”，当时我们对那种居高临下鹤立鸡群的神气是那样崇拜与憧憬。

而她去年中考的成绩，据说还不及总分的五分之一。

不管怎样，我觉得在赤裸裸的祝福面前自己应该怀着一颗感恩的心卑微地接受的，至少她还记得——六年级那个充斥着复杂情趣的夏夜我曾经邀请她们赴过我的生日约，那一顿吃的是“2008 香辣虾”，味道很好，后来饭店停电了我们就在屋子里点蜡烛唱歌。印象中她唱着周笔畅超女比赛时演唱的那首《爱是怀疑》，以至于我一下子就喜欢上那首歌了，一直到现在还会哼唱两句，但是时至今日才知道它的原唱其实是陈奕迅。

我和她又聊了一些，漫无目的——我们已经毫无共同语言了。本以为再聚首时我会高调地宣扬自己在某些方面的优人一等，但是很奇怪，我却始终用一种极其平和的语气回答着她各种各样的问题，甚至于在交谈间刻意掩盖自己已经取得的小小的成绩。我和她和她们已经不是一路人了，如果把这当成最后一次的交谈，或许心会更虔诚一些，或许会留下更多比原来的回忆美好一点的东西。

其间右下角弹出了 QQ 的留言提醒，我把最后一个音节打完进入空间——××生日的那件事，真的很抱歉，我知道我没办法弥补自己对你造成的伤害。以后的日子，我们一起奋斗吧！

很多东西，好像就那么一瞬间，烟消云散。

释怀，也是件蛮容易的事情。因为我知道一起奋斗，是再也不可能了。

直到前些日子，河南流传着骇人听闻的“大地震说”，还在读小学的妹妹回家，一脸神秘地对我说：“知道吗，我同学说，有僵尸要来呢！”

哦？嗯。

心底的弦好像不由自主地颤动了一下，一直以来牵扯拉伸着的那道神经重新绷直了。我转身，好像从她一路狂奔微微扩张的毛孔里读出了什么东西，跟以前的那个影子是那么那么像。恍惚间看到她用抓完沙土的手抹了抹酸胀的眼球，站在教导处门前的土砖上朝着三楼大喊：“我恨你们！”

真的会有人听到吗？我不知道。

我们真的断绝了一切往来，直到现在。唯一还有一丝联系的是当初那个过生日的女生，对她我一样并无好感，小气，霸道，自以为是。尽管后来的四五年中我再也没有见到她，那股子印象却像挥之不去的魔咒萦绕在心口最敏感的角落里，轻轻一拽就是生硬的疼。

她经常会回复我的心情，在得知我要去录节目后一直关注着我，电话短信留言评论。我很不安，好像又被什么蒙蔽着黑暗的东西包裹起来一样，恐惧地防备着未知的欺骗。尽管她可能并没有那个意思。

我知道有些东西是回不去也找不回来的了，同一条路可以走很多遍，能够深深扎根在脑干上的却只有被台阶绊倒摔出一身青紫的那次而已。

烽烟弥漫的成长，连青春都快要走向终结。我始终都不知道是谁在偏激。对于她们，我有着太多抗拒排斥鄙视不满的理由。但是偶尔转念，自己还不是一样吗！

如果可以重来一次的话，也许更大可能我亦会像当初那样执著地在她们的世界里打转，谋求一个卑微渺小的位子，即使在整个过程中间，依旧充斥着太多血肉模糊的间离。

但是人生最悲哀也最值得庆幸的就是从来不会留给任何人重来的机会甚至是念想，一切的一切都只能存活在快要磨蚀掉的断壁残垣上，就像，我曾经为了一个关于僵尸的故事那样虔诚过一样。

转过身，一切都已烟消云散。

（原载于《中学生百科》，2011 年 4 月）

记一个小同桌

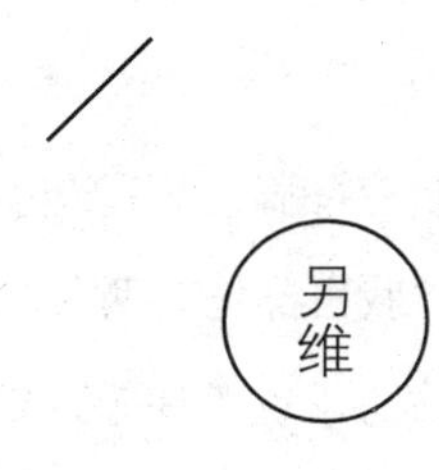

这些事情已经过去很久了。

但我想，无论过去多久我都会一直一直记得，记得清晰得任何时候都能像这样脱口而出。

我要讲的，是我的一个小同桌。

初二那年，物理、化学横空降临，每日一节地位直逼主三科。我对理科一向没有过多的爱，两次大考下来，我已然拖着两条后腿落到了班上二十名开外。

妈妈心急如焚，左拜托右央求班主任千万要为我想想办法，之后，班主任把我的同桌换成了严嘉帅。

严嘉帅不帅，小眼睛小嘴，个子又高又单薄，皮肤苍白得活像作业本里的纸。他以空气的身份生活在我们班里，不哭不闹不说话不运动不交朋友不组小团体，下课了也坐在那里，除了理科奇好总成绩一般之外，他简直没有任何为外人道的特点。

而我则相反，我是一只爱说话的小喜鹊，常常在人堆里眉飞色舞唧唧喳喳，所以，即使是面对内向到极点的严嘉帅，我也会在搬完桌子的第一时间对他笑出一朵花："你数理化都好厉害，老师把我们调成同桌，一定是想让你影响影响我的物理化学，你以后要多多教我哦！"

坐在我旁边，严嘉帅把头从习题册里抬起来，表情木讷地看了我一会儿，然后动动嘴唇，说了句话的样子。

"你说什么呀？"下课教室里那么吵，我自然没听清。

他竟迅速摇摇手以示作罢，经过我几番追问，他干脆连头也一并摇起来，不说一句话。

我有点扫兴，"哼"了一声，心想着"怪不得你没有好朋友"，不再理他。

上课的时候，严嘉帅持续不断地发出"呃"、"唉"之类奇怪又不知所云的声音，我不堪其扰，扭过头正要说一句"你烦不烦呀"，却看到严嘉帅竟正看着我，手里捏着一张折叠整齐的小纸条。

我指着他的手，说：“这是给我的吗？”

严嘉帅点点头。

我拿过纸条，狐疑地摊开：

“对不起，我刚刚想说的是：你的语文、英语都很好，老师把我们调成同桌，应该是想让你影响我的双语和史政才对，所以也请你以后多多教我吧！”

那还是在说好了事情要“拉钩上吊一百年不许变”的年纪，勾着我的小拇指，严嘉帅从脸到脖子根都红如番茄，我终于忍不住了，扑哧一声笑起来。

我和严嘉帅成了好朋友。

上课一齐听讲，下课互补笔记，他给我讲我怎么也配不平的化学方程式，我跟他说他一直摸不着头脑的英语语法，每一天都其乐融融。

最有默契莫过于写作业对答案，我们的做题速度惊人一致，常常我完成一道完形填空，换上红笔小声预备念“ACBBC”、“BCABD”的时候，都能听到他手中四色圆珠笔换芯的声音；我刚做完一道大题的同时，耳边也一定会响起他类似于“二分之二减根号七”、“△小于零所以该方程无实数根”轻微却自信的声音。每天，我们把不一样的答案圈起来讨论思考，一段时间下来，彼此的分数都大有提高。

而我也渐渐发现，虽然严嘉帅死不承认，但他真的有一副好嗓子，他会在算题算兴奋的时候忍不住哼歌，从《黑色毛衣》到《夜曲》，声音柔软婉转且模糊，俨然一个小周杰伦。

我让严嘉帅唱歌给我听，他立刻把手和头摇得像我们刚成同桌时一样，可是我早已谙熟了治理他的办法，在他问我题给我讲完题的时候利用他急切的求知之心和善良，得瑟地说上一句“你给我唱歌就跟你说”或者“我做对了你就奖我一次点歌的权利怎么样”，他通常都会表情木讷地叹一口气，然后点头。

当我挂着笑闭着眼，陶醉在严嘉帅悠扬动听的“流泪也只想刚好合意，我早已经待在谷底”的时候，丝毫没有发觉自己已被恶魔悄然张开的巨大爪牙的阴影笼罩，而我即将为此付出惨痛代价。

一个我和严嘉帅凑在一起照常讨论数学题的课间，我们的头突然被人从身后制住然后狠狠按在了一起。奋力挣脱之后，我蓦然发现全班都正看着我们，按过我们的少年最兴奋，手舞足蹈地把自己当成指挥家，高声叫起来：“哦——严嘉帅另小维天生一对！”

顿时，整个教室沸腾了，每个人都带着嘲笑的戏谑的夸张笑容，跟着“指挥家”的挥舞异口同声地呐喊：“严嘉帅！另小维！”

“严嘉帅！另小维！严嘉帅！另小维！严嘉帅！……”

我再也忍不住，推开严嘉帅跑向教室门口，向来安静内敛的严嘉帅也冲上去，像一头发怒的豹子和“指挥家”扭打起来。

跑到隔壁班的走廊上，我还能听见教室里男生们兴奋的叫好声。

我去向班主任告状，说陆安陈，就是“指挥家”骂我，可没等我说完诉状，班主任便接到有人打架的消息，叫来了严嘉帅和陆安陈。

三个人站在办公室里，我是唯一的女孩子，好事的同学们趴在门口看热闹，边笑边推边窃窃私语，连班主任都赶不走，所有的一切都让我只盼 2012 立刻来到，让我跳进地缝，一了百了。

幸好，班主任刚刚问起最尴尬的打架缘由，上课铃就响了，他只得拿起教案，留下一句“另小维和严嘉帅下课再来找我，陆安陈放学留下来”，便让我们离开。

那是我整个中学时代最心情复杂的一课，害怕下课又盼望下课，就像希望老师赶紧把我和严嘉帅调开又想想就害怕他这么做一样。正在愁眉苦脸纠结的时候，严嘉帅扔来了纸条，我又急又忙地打开：

“你别怕！”

真是奇怪了，全班齐力笑话我坚强，向老师告状我不哭，在办公室里丢人现眼我都忍得住，可现在对着仅有三个字的纸条，我所有的委屈竟顿时决了堤，趴在桌上嘤嘤哭了起来。

严嘉帅在一边叹了好半天气，才伸出手拍了拍我的背，我扭头看他，他却已然沉浸在了化学式配平中，面无表情，一点也没感觉到。

再去办公室，班主任显然已有了决定，他指指桌上我们本学期以来的考试卷，语重心长地告诉我们，鉴于我们同桌以来的成绩状况，他并不打算把我们调开，但是希望严嘉帅能学会控制情绪，发生什么事要像另小维一样，及时向老师反映而不是私了。他表扬严嘉帅是他最听话的学生让他先走，又单独安慰了眼眶红红的我几句。

我终于松下一口气，却怎么也高兴不起来。

回到座位，严嘉帅从题堆里抬起头，破天荒地先对我笑了，但我依旧不高兴，我想起全班高喊“严嘉帅另小维”时脸上一模一样的幸灾乐祸和戏谑，觉得丢脸透了。

班里很快又出了新对子，我和严嘉帅在经受了“哇！连老师都成全你们哎”的嘲笑之后，终于渐渐平静下来。

进入初三，时间和空间都空前紧张，每个人的桌面上桌脚下都堆满了试卷题集和三年所有的课本。早自习提前，我不再有时间吃早饭，每天都不得不先饿上一两节课。

位置轮到靠走廊的窗边时的一天，我正饥饿难耐，忽然想起昨晚还有袋锅巴没吃完，便赶紧翻找出来，一手拿着它藏在桌下，眼睛紧盯讲台上挥汗如雨的老师，在他的目光完全转到教室另一边的瞬间，飞速拿出一片放进嘴里，闭着双唇小心翼翼地咀嚼起来。

严嘉帅扭头看我，我友好地把锅巴伸向他，问：“你吃不？”他竟只淡淡瞟一眼锅巴，一声不吭面无表情地把目光转回了黑板。

“还学会耍帅了……”我“切”了一声，更加大胆地一次塞起两片来。

我是直到班主任敲窗子了才发现他在看我的。

我当即石化，连自己的心跳都听不见了，手中的锅巴掉下来，撒了一地。

班主任很生气，勾勾手指，正在上课也不管了，直接把我叫出去，劈头就是一顿臭骂。

上课吃东西，我被整得相当惨尤其惨：先是被带到办公室挨第二顿骂，停课留在办公室反思并写1500字检讨，然后请家长，受完二人合骂之后，再由家长带回家，赐双人打。

历经千难万险活着回到教室，我已经想哭都没得泪流了。

看到我，严嘉帅很关心，连忙起身让我进去，一边让路一边问："老师骂你了没？"

"还不都是你害的！"竟然还有脸问老师骂我了没，我顿时火冒三丈，"你早就看到班主任站在外面了，所以我给你吃的时候你才不理我！"

"我……"我的话正中严嘉帅心事，使他语无伦次，"不、不是的……我……你……你——"

"你个大头鬼！"我捂住耳朵，把头摇成拨浪鼓，"虚伪！恶心！不要跟我说话！"

连临组人"呦，小两口吵架啦"的戏谑我都懒得气了，坐上座位，我一言不发地等起上课来。

课上到一半，有纸团从严嘉帅那边飞落到我的桌上，一定是严嘉帅写的无聊的解释，我当即打开窗子，一把把纸团扔到走廊上，一眼都不看。

我做梦都想不到，严嘉帅那么胆小到连话都不敢说的人，竟敢连放学都跟着我，一边跟着还一边叽咕个不停："另小维你别生气，你听我说——我是觉得，上课吃东西是不对的，应该受罚……"

我越听越气，加快步伐。

他也快速跟上来，眼睛比皱作一团的眉毛还细了，小嘴巴还不忘继续叽咕：“——我知道你饿，我也饿，可是如果我们连这点小饿都不能忍，都要因此违反纪律，那以后做大事怎么办呢？！我……”

我再也听不下去了，停下脚步狠狠瞪住他：“谁都知道最近股票大熊市，班主任心情不好见谁整谁，你挑在这个时候背叛我，根本就是故意的！”

话音未落，我便拔腿跑过拐角，消失在他追也追不上的地方。

翌日，我一早到学校，便发现我桌面上的卷子堆里，有一包好丽友。

我扭头，看到身边的严嘉帅紧盯着英语课本的脸很红很红。

于是，我拿起好丽友，戳戳他问：“你给的？”

停顿了一会儿，严嘉帅点点头。

“你干吗给我这个？”

严嘉帅转过头来，很认真地看着我：“电视上不是放过吗？好朋友之间吵架了，只要送一个好丽友，就会重新变成好朋友。”

“你傻呀！”我又生气又好笑，“居然连广告都信？！”

严嘉帅挠挠脑袋，也跟着嘿嘿笑起来。

我不想免费做广告，可是那个好丽友之后，我和严嘉帅真的又成了好朋友。

虽然几次破裂让我们不如最初那么亲密无间，我们依旧一起说笑一起听讲写作业，好好学习天天向上，偶尔闲暇了还会聊梦想：

“你想考什么高中？”

“当然是最厉害也最美的四中了！你呢？”

“不知道，我的户口不在本地，将来不能在湖北高考。”

“那你怎么办？”

“我也不知道……先学知识吧，在哪里学的知识都是知识。”

日子越过越快，上学期期末的时候，动画片《游戏王》悄然渗进了每个同学的生活，一时间，校园里人手一叠游戏卡，走到哪里都能听见“决斗吧”、“黑魔导”之类高亢的叫喊，动画片风靡了许久，但到头来还是被 NDS（便携式双屏电子游戏机）抢去了风头。

NDS，使得“游戏王”会动会说还便于藏匿，上课时候藏在桌上的书堆后面玩得再怎么不亦乐乎，老师也鲜有机会看见。前桌的同学有一个，一举造福三排人，我和严嘉帅都在其中。

就这样，期末考试很快到了。

数学考试，一路顺利的我卡在了最后一题上，完全没见过的图形，辅助线无从下手就算了，我甚至连题都几乎读不懂。

扭头看严嘉帅，理化天才的他已然写满了。

其实，我和严嘉帅之间有个不成文的约定：笔记替写没关系，作业可以对答案，但考试绝不互相抄。不过，这次考试意义非凡，妈妈昨天答应数学上 110 分奖励 NDS 一个——从来不抄的我肯破例要答案，严嘉帅那么聪明一定猜得到我有多不得已……“咳。”我出声。

一年多同桌果然默契，严嘉帅立刻转头看我。

按捺住激动，我像往常指题让他给我讲一样，指了指我卷上空白的最后一题。

再看向他，他的头已经扭回试卷了。

“严嘉帅！严嘉帅！严嘉帅！严——嘉——帅——”我憋着嗓子声嘶力竭地叫了好一会儿，严嘉帅竟翻出草稿纸，干脆把卷子盖了个严严实实。

眼看着到手的 NDS 被他一张纸盖走，我怒火攻心，“噌”地起身，交卷走人。

我已经不想再听严嘉帅讲大道理了，我为了 NDS 破例一次绝不再犯，又不会死，他给我抄也不会死，还有 NDS 一起玩。

可身为我的好朋友，他不领情就算了，竟然任我在考场上喊他喊得难看无比，理都不理。所以，我发誓就算他送我一卡车“好丽友”，我也不会再理他：

“你就是嫉妒我要有 NDS 了！”我要以君子之心度小人之腹。

“要不就是怕我超过你！”你开口我就堵。

“小肚鸡肠的自私小人，比这还坏！”

“我再也不想跟你坐一起了！”话毕，我扭头直奔老师办公室。

我关于“再跟严嘉帅坐一起我就学不成了”的哭诉很成功，下学期一来，班主任就调我到一组调他去三组，这样无论日后座位怎么轮，我们都是隔得最远的人。

有题不会问老师，路上碰到要么绕道，要么视而不见地走过去，发作业发到他的本子也要嫌恶地丢开，就这样过完中考，过完几次返校，直到群居了三年的人们正式各自天涯，我和严嘉帅都没再说过话。

我们也再没有见过面。

其实，在中考考场上我就后悔了，数学考试，最后一题好死不死就是那道题的换数字版，我因为严嘉帅拒绝给我抄而一分没得，被老师叫到办公室左讲右讲让我给他讲折腾了十几遍，折腾得我是毕生难忘，折腾得我中考超水平发挥，擦边超过省重点线。

返校时，我想去谢谢严嘉帅，可看到他那副跟我如出一辙的，见我就绕路的样子，又觉得没事干吗去丢那个人、拉那个脸。

严嘉帅啊严嘉帅，我哪里想得到，一切都止在了那个该死的拉不下脸。

之前提过因为户口的关系不知要去哪，看来似乎真的不在本市，我后来拐弯抹角地向分散在各个高中的同学打听了严嘉帅，没有一个和他同学。

再后来，我飞速地长大，结束高考换城市上大学，直到 2010 年的现在。

2010 年初，校学生会的选举进行到最后一轮，最有可能成为学生会主席的女孩坐在我旁边，掏出一包饼干，一边咀嚼一边递给我，我摆摆手，对于她“你不饿啊”的疑问，我以笑代替了“我有心理阴影”的真实答案。

结果出来，种子选手的她竟被临时取消了选举资格。上面说，在肃穆正装的选举现场吃东西，已经足够证明她没有能力成为将对学生行为起到代表和模范作用的学生会人了。

“噌”地起身，女孩显然不能接受：“开什么玩笑！你们一选四五个小时居然不让吃东西？人都要饿死啦！”

“这正是你被拒绝的原因，一个连一点饥饿的苦都受不了，并会因此违反纪律的人，我们不得不怀疑，他是否有能力正确处理日后遇到的真正风雨。”

“我有什么办法……不管开会还是上课饿了都要吃点东西，这可是我高中时候就有的习惯哎……”坐在女孩旁边，我能清楚地听到她不满的嘀咕。

星移斗转。

“严嘉帅”，当那个女孩黯然离去，当全场因为赞同响起雷鸣般掌声，当我通过考验成功进入学生会的时候，我多想站在你面前或者打个电话给你，道一声歉，道一声谢。

我能做的却只有回忆你写过的纸条，和纸条上那时候赞叹成熟现在想起来很是童稚的字迹。

有时候我会想，如果我们生在 QQ、E-mail 如此普及的现在，也许一切都会不一样。

可现实是你早已消失在时光里人潮中，我无论怎样也找不到了。

如果你看到这里，亲爱的朋友，如果看到这里的你正因为一些鸡毛蒜皮和同桌、同学闹着矛盾，请你代我，轻轻拍他一下，说一句“哎，对不起，我们和好吧”。

珍惜现在拥有的，千万别像我一样，只能在经年之后的午夜，对着电脑屏幕懊恼地敲下一行字，又一行字。

严嘉帅，对不起。

严嘉帅，谢谢你。

（原载于《儿童文学》2012 年第 1、2 期合刊）

我悲伤地说
我有病

金国栋

在读书年代，同桌这种关系比婚姻更加疯狂和令人沉迷。于此，客观因素是，决定谁能看见你偷偷挖鼻屎的，不是你自己，也不是父母之命媒妁之言，而是看起来神经兮兮的老师。他们总是将男生女生分成两排，编就鸳鸯谱，也不算是乱点，大致的模样还是按照身高排下来的。但是依然充满了不确定因素。就像是，你读书年代在食堂买菜，你看着一堆大排中的佼佼者，你深情款款地说，大排，而且你几乎可以确定这块大排也是心仪你的，但是最后，心不在焉的师傅，挑选了一个长得歪瓜裂枣的给你，这种宿命感，常常让人觉得不可思议。这是你的大排，它年少时候，它在猪身上的时候，就注定了的。

开学第一天，安排位置。许多“萝卜”都目光呆滞，等待被安排进属于自己的那个“坑”，只有 SISSI 是装着淡定，贼贼地张望。

SISSI 属于那种高挑漂亮的女生，人家是人拣他，她是她拣人。此刻，她瞄准了班级个子最高的男生，动心了，即使只是一眼，嗯，虽然还不至于钟情，但是中意是有点的。其实所谓一见钟情，并不像所说的那么邪乎，有些人是要看第二眼，第三眼，到第一百眼才能看到他的好来，而眼前这个，显然，一眼就够了。他高高瘦瘦的身子，能直接挂上去几个标签，比如：校草、篮球队队长、帅哥、白马王子、等等。所以，SISSI 满怀期望地希望班主任能将她安置到他身边去，因为他的阳光帅气，她愿意委身为一抔土，照料着他杨柳身姿挺拔绽放就可以。

“我的大排！”她在心里呼唤。

如果不是这个校草同学的存在，造成强烈反差，SISSI 对被分配到的同桌，也就是李光，也不至于恨得那么入骨。其实恨来恨去，最后竟然都只能恨自己是女儿身，因为老师明明是安排她与心仪的校草坐在一起，他们是天造地设的一对，注定的，老师违抗不了的，但是却听见他，义正词严地拒绝了老师的安排，他说：“老师，我不想与女生同桌哎。”

“啊？”

“因为我常常打篮球，老是一身臭汗，我不想熏到女生呢。”

SISSI 差点都要举手，大喊一句："我愿意被熏成咸鱼。"当然，这点矜持她还是有的，所以老师只能招手，让她与李光进教室了，冤家路窄。真不知道是要修几辈子，才能修到与校草做同桌。

SISSI 宽慰自己，也许下辈子才能修到校草吧。哎，作为校花一朵，一路读书过来，都因为各种原因无法与校草成双，她表示压力很大。她斜眼看了看坐在自己右侧的男生，土包子，土鳖，各种土，还穿着布鞋……简直就像是上帝他老人家手痒痒了，随便捏了一个次品，投放到人间来了。而且这个他，却仍然骄傲地穿梭在尘世中，简直不要脸透顶。更来气的是，他现在，捡了 SISSI 这样一个大便宜，还臭着脸。鲜花插在牛粪上，牛粪还不高兴，这是什么道理嘛！都说高中凶险，果真世道如此，人心不古啊！

两个人坐下。

班主任也走进教室，开始无意义地长篇大论，无非是要大家不准杀人放火欺负民女之类。SISSI 一肚子气，感觉到有肘子捅了她一下，她用脚趾头也能想到肇事者，可能是他无意的吧。她于是大家闺秀一般地、教养很好地将手收进怀里了。但是，他却不识相，不依不饶，竟然伸手过来，在她纤纤肩膀上，重重拍了一下，乡下口音十足地打了一声招呼："喂。"

"干吗？" SISSI 几乎是龇牙咧嘴地回了一句。

"有些事我想与你说一下。"他煞有介事的样子让 SISSI 想到了她乡下的二大爷。

"我叫李光。"他说。SISSI 憋住了没笑，竟然有人叫这个名字，但是她马上就笑了，因为他接下来的话是，"我的英文名是 LG，你知道为什么吗……"

再接下来是他的单口相声，听他娓娓道来。他说他在农村定了一个娃娃亲（那时候班主任正在讲台上说到学校绝不允许早恋，而 SISSI 则扭回了正在偷看校草的头），他很刚烈，愿意为她洁身自好，愿意为她守身如玉，愿意为她独守空床。他看到 SISSI 瞪着眼睛看他，更加来劲，他于是警告 SISSI 了："你可不许勾引我，我有人了。"他抬起了脚，说，"这是她纳的。"上面还歪歪扭扭绣着一朵花，简直是被泼浓硫酸的花。SISSI 差点没被噎死，又见他从钱包里掏出一张照片，认真地指给她看："喏，就是她，长得欢实吧。"SISSI 不知道怎么接话，因为她还难以断定"欢实"这个词用来描述自己的女朋友到底是自嘲还是自满。"所以，虽然这样做很三八，但是我们还是要划三八线，当然，我多给你一厘米，不然你还要在外面说我小气。"他说着，还真的拿出刀子划了一道（隐隐约约听见班主任说不许破坏公物）。SISSI 惊道："你随身带着刀？"他郑重地点了点头："嗯，要是我做了对不起她的事情，我就自刎！"接着咧嘴笑，"其实是我娘觉得城里人坏，叫我防着点。"SISSI 只看见他嘴里金光一闪。

"啊？"她低叫一声。

"怎么了？我娘有够狠吧！"他那乡下口音，用了一个很港台的句式，让 SISSI 抓狂不已。

"不是，是，你的牙齿？"

李光于是用手扒开嘴唇，露出那金灿灿的牙齿来，然后他含含糊糊地说："你是以为我不刷牙的吧？不是啦，我补了一个金牙齿呢。"

SISSI 觉得自己身子矮了一截。李光补充道："我是小时候与别人打了一架。"

"你知道与我打架的是谁吗？不知道，其实你刚刚看过，嘿嘿，就是我的未婚妻。"

李光竖起了两个手指："别以为我老爷们没用，我只掉了一个，她掉了几个你知道吗？两个，她丫掉了两个牙齿，所以，这算是我们给彼此的定情信物，用你们城里人的话说，有没有够浪漫？有没有！哇哈哈！"

完败。

第二节课下课，李光又郑重其事地叫醒了托着腮帮子想着与校草一起策马奔腾，共享人世繁华的 SISSI，SISSI 惊恐地在他脸上觅到了一丝羞涩。他说："不好意思，刚才我一时慌乱，给你看的，是我妈妈年轻时候的照片，知错就改，现在弥补。喏，这张，这张才是她，是我们那里顶秀气的姑娘。"说着脏兮兮的手，拿着一张相片就伸过来，SISSI 下意识地去挡，他也意识到了，小心地将照片收了回去。他对未婚妻照片的小心翼翼，也叫 SISSI 难以忍受，她突然就失控了，咬着牙恨恨道："你给我听好了，世界上男人都死光了，我也不会对你怎么样的，所以你不要担心我勾引你。还有，我明天就去向老师申请调换同桌，满意了吧？"

她直着身子几乎是踉跄地走出教室，一出他的视线范围，眼泪就哗哗往下掉，正巧她的好友夏洛过来找她玩，她们两个，从小一起玩到大，是一个常常哭，一个常常劝。例如小时候 SISSI 将小男生推进泥坑里吓哭了，或者初中时候 SISSI 收到校草情书哭了，更可怕的是，初中毕业时候校草来表白让 SISSI 吓得大哭了。得了便宜还卖乖，就是这个道理。所以夏洛赶紧奔了过来："哟，我的心肝宝贝肉小 SISSI，又欺负谁了？"

SISSI 不理睬他，径直往前走，夏洛就在一边叨叨叨："哇，这次哭得这么凶，难不成你杀人了？"

SISSI 去捶夏洛："我被人欺负啦！"

夏洛下意识地两眼放光："谁？被谁？"

SISSI 待要倾诉，却觉察到夏洛脸上的神色不对了："干吗？我怎么发现你很兴奋啊。"

"没有没有，我是早上有一个歇后语做不来，现在想到了。"

"哦，是什么啊？"

"喏，是，道高一尺，魔高一丈。"

SISSI 真要和她生气了："我真的被那个臭男生给欺负了。"

"怎么欺负你？"

"就是欺负，你懂中文吗，欺负！"

"也有个具体的欺负法啊，猥亵你了？凌辱你了？还是……不过总的来说，我还是不愿意相信，有人可以欺负到你。"

SISSI 不说话了，她知道夏洛说没人可以欺负自己，绝不是对自己的赞扬，这是对自己另一个形式的侮辱罢了。照理说，SISSI 这样的女人，是要人神共愤的，但是夏洛却与她成了好朋友，主要一点是，她也是一个女魔头。两个人在一起有点惺惺相惜的味道，SISSI 虽然姿色上略胜一筹，可是泼辣程度，却是低了几分，再且，夏洛不近男色，这几乎是 SISSI 与其对抗的致命伤，于是她冒出一个想法来。

甚为大胆，细加斟酌，也未尝不可，于是当下就与夏洛说了："夏洛，你下节是什么课？"

"英语啊。"

"我下一节是数学。"

"你想说什么？"

"都是第一天上课，老师根本记不住名字，也认不清相貌，要不？"

"要不？"

"要不我们换换，你帮我教训一下，这个不要命的呗。"

这一节课，SISSI 上得胆战心惊，掐着时间，上课到一半，她就提出来要去厕所，这是两姐妹预谋好的，这时候战事过半，可能已分胜负，可能高低未现，所以要互通有无。SISSI 奔到女生厕所的时候，竟然听到了低低的啜泣声。SISSI 的第一个想法是，夏洛将李光拖进了厕所，暴揍了一顿，但是等她走进厕所，她有些恍惚了，SISSI 觉得这个世界就像是糨糊做的，摇摇欲坠，变得那么不真实与可笑。因为强悍到有时候连 SISSI 都敬让三分的夏洛，此时此刻，正蹲在墙角，嘤嘤地哭泣。

"怎么了？"她也蹲了下去。

夏洛抬起头，SISSI 吓得差点要跌坐到地上，因为夏洛白皙的脸上，赫然三道血印，不消说，自是李光的手笔，他竟然能下得了手。他这样的男人自然不会怜香惜玉，但是怎么也想不到，会把一个泼辣的美女打得落花流水。

"他。"夏洛说，她受了很重的内伤，只能吐出一个字来，然后又继续抽泣。

SISSI 道："我知道是他，不然还有谁，他是猫还是狗？他为什么挠你？他人呢，老师不管吗？"

“老师带他去校医室了，他伤比我重。”夏洛抽空也没忘记在脸上露出一些胜利的微笑来，但是这样的胜利，显然是建立在两败俱伤之上的胜利。夏洛并没有得意，转而继续忧伤。男人脸上多一道，可能更多几分英气，女人则就毁了。

SISSI 甚至都忘记安慰了，赤裸裸地逼问：“他为什么挠你？”

“我说了你可不许生气。”

“我干吗生气啊？你说，你说。”

“一上课，他就凑过来，满身的大蒜味，他说我变了，我说变什么了，他说变漂亮好多（SISSI 脸色骤变）。我没理他，过一会儿他说，我知道了，你是涂粉了，他说他娘说了，城里女人喜欢在脸上涂涂抹抹，往脸上抓，能抓下一袋面粉来。我以为他是开玩笑的，没想到他那咸猪手还真的就抓了过来，我也没多想，就一拳下去……”

“然后？”

“然后根据他那声惨叫，估计以后造小李光难了。”

再次完败，还拖了好朋友下水。

SISSI 颇为忧伤地回到了教室，过一会儿，李光弯着腰回来了，看见她笑靥如花，完好无损，他委实吃了一惊，坐到她身边去：“那么快上好粉了？”

SISSI 灵光一现，她已经输了两次，事不过三，该亮王牌了，要再输，那无话可说，从此甘拜下风，退出江湖，也不要念想什么校草，她不配。当然，之前，她也要破釜沉舟，搏命一赌。

她怎么能被一个乡下野小子给玩得团团转呢。

她于是伏在桌面上，开始嘤嘤哭泣，是真真正正的眼泪掉下来，没一会儿，袖口都已经湿透了。她能感觉到李光的躁动不安，不消用眼去看，她便更哀伤地哭泣，间或还要背过气去，甚是凄凄惨惨。终于等他小心来问：“喂，你没事吧？我那么痛都没哭呢。”这是什么歪理，不知道女生是水做的，与你这烂泥巴能对比吗，SISSI 气恼地又啼了一声。听见有同学来传话，要他们两个去办公室一趟。是班主任召唤。SISSI 抹干了眼泪，仔细拿餐巾纸擦了，一同与他去，他再无法无天，却也是怕老师的，那简单的心思，都映照在脸上，怕她去班主任面前哭诉。学生间吵架，无论如何，有一方哭诉的话，无论如何都是要占上风的。但是她却没有，在老师面前，一声惯性的啜泣都没有。班主任训斥道："听说上节课你们打架了？"接着劈头就是痛骂，一副恨铁不成钢的样子，这是老师对学生的下马威。SISSI 一句争辩都没有，低着头，全都领受了。末了临要走了，李光向班主任申请，提出要换座位，这让 SISSI 心悬了一下，幸好，班主任的逆反心理作祟："座位安排是很科学的事情，岂能想换就换，大家都这样的话，让老师的教学工作怎么进行下去啊？"李光默然，SISSI 也默然，班主任挥了挥手，让他们走，最后补了一枪，"女孩子就应该闺秀一些，动手动脚，成何体统！"

SISSI 觉得自己身子晃了一晃，却也忍住，缓步走出办公室，倒是李光在一边半问半自言："我家那个肯定就很闺秀，我娘都说她是好闺女，长得又比我秀气，闺秀。"

SISSI 在心里嘲讽道："比我欢实，比你秀气，真是大美女！"

但是她发现，他也偷偷来看她，她回到座位上去，拿出修正液来，往那道三八线上涂，李光瞧见了，压低声音问："你要干吗？一般打胜仗了，都要得寸进尺，我都按兵不动了，你是想怎样？"SISSI 说："不要什么三八线了，以后你想过境就过境吧。"

"诱敌深入？"李光在一边分析突转的局面，他是到现在，才看出来 SISSI 的不对劲。

SISSI 道："我就想好好读书，没心思与你闹，不然也对不起我爸我妈。"她的样子，好像真的被那个班主任给洗脑了，洗得彻彻底底。

一句话羞得李光哑然。SISSI 逼近一步："早上的事情，对不起。"她能感觉到他又是一震，估计于他而言，"对不起"这三个字是与"我爱你"一般的，让他浑身燥热，起鸡皮疙瘩。这节是自修课，到这时候也下课了，她起身出去了，看见李光石头一般坐在那里，大概还是在思忖，要不要说点什么，比如说，没关系。他跟他的准娘子从小到大，都没说过这些，互相间除了拳脚，就是大骂“贱货”、“蠢猪”。打是亲，骂是爱，那对不起是什么？他想不明白。这天中午，他去吃饭，原先就着豆瓣酱能吃下三大碗米饭的他，竟然全无胃口，只吃了小半碗，就嚼不动了。他觉得心上有什么东西压着，闷闷的，快要憋坏他了。又或者是那里遭了夏洛几拳，有些发疼，吃不下东西，对！一定是这样的！

午休时间，他无聊地看《孙子兵法》，有些男同学在玩 PSP（多功能掌上游戏机），有些女生在讨论 PS，他只觉得城里的这些把弄都是屁。但真要命了，他连《孙子兵法》也看不进去了。然后他看见 SISSI 进来了，因为刚开学，还没有发校服，所以各自着装，他虽然不懂时尚，可是 SISSI 的美扑面而至，她换了一身衣服，更是美得让他心头发紧。当然，这是在学校，若是在他老家，他毫不犹豫地就能给她扣上一顶帽子——狐狸精。她还拎着一个塑料袋，放到他面前来。

“这是什么？”他闻到了一些香味，中午没吃饱，这时候有些饿意在肚子里探头探脑了。

SISSI 坐下来，说：“早上不是打你那里了吗，我心里挺过意不去的。怕你蛋疼，就买了几个茶叶蛋给你补补咯。”

“多少钱，我给你。”李光连忙说，一面掏出一个布袋来，裹着一些纸币。这阵势，SISSI 随妈妈难得去菜市场时看见老奶奶掏出来过。

“有些东西比钱更重要，不是吗？”SISSI 说。

李光涨红了脸，接过了茶叶蛋，饿意大发，剥了蛋皮，开始狼吞虎咽。接着这个星期相安无事，虽然取缔了三八线，李光却不再越界，礼让三分，两个人都客客气气的，有些相敬如宾的意思了。夏洛也来看 SISSI，她的脸好得很快，其实只是被李光摸了一下，那三道血痕，是口红画上去的，这些都不重要。她问 SISSI：“就这样放过那小子了，我找人揍他一顿？”“他皮厚，痛一下就好了。”“那你想怎么样？”SISSI 不上当，正色道：“学业为重，学业为重！”说完甩发去了，夏洛追着她的背影叫：“作孽啊，作孽啊。”

走老远了，还听见夏洛的叫唤：“哪个天使大姐啊，将这妖孽收走了吧，为祸人间啊。”

第二周，SISSI 也是早早到了教室，看见座位旁边放着一个大麻袋，色相丑陋。她心里骂了一句，乡下东西。却带着笑脸迎着李光的目光过去，坐下。李光说：“喏，这袋红薯，我妈一定要让我带给你。”

“啊？”

“我跟我妈说你给我买茶叶蛋的事情了。”

SISSI 才反应过来，赶紧说了一句：“谢谢你啊。”脑子里立刻浮现的是她与夏洛将这袋红薯扔进垃圾桶的画面。又听见李光说了一句：“不过你不要贪吃啊，这东西吃多了容易放屁。上星期你有没有闻到红薯味的屁啊……”

于是微小的好感也荡然无存。

体育课，碰巧与夏洛的班级一起上，男生打篮球，女生或者看球，或者像 SISSI，与夏洛，绕着球场走走。撞见了同样在散步的李光，六目相对，李光盯着夏洛光滑洁净的脸看，SISSI 先下手为强：“上星期你挠的是我好姐妹。”

李光却说：“你当我傻呢，我分得出来不是一人。”

SISSI 尖叫：“那你还下手！”其实她更想问，真的有觉得她比我漂亮吗？

李光不说话了，夏洛意味深长道：“要是你，他也许就下不了手了。”

大家都尴尬了，正好这时有人跑过来，叫了一声：“SISSI。”都转过脸去看，特别是 SISSI，心里“咯噔”了一下，是校草，虽然是自己封的，但应当毫无争议，他竟然知道自己叫 SISSI。这时候他带着一身汗香，鼻翼上还有一些闪闪的汗珠，看着自己，用像是棉花糖一样香香的声音说：“SISSI？”

“嗯？”她觉得自己像是冰激凌，慢慢就要融化掉了。

“我可以亲你一下吗？”校草痞痞地笑了，挠着头，有些不好意思地问。

她愣住了，她不知道怎么回答，或者说，她不知道怎么能给出一个听起来是拒绝却能让校草真正吻自己的答案来。她犹豫间，感觉校草向自己凑了过来，就让我在这一秒死了吧，心中有个疯掉了的声音叫道。

她闭上了眼睛，等待，但是什么都没有发生，却听见杀猪般的叫声，然后是夏洛的尖叫声。她被夏洛拉到一边，同时睁开眼睛去看，她的校草，正与一个人扭打在地上，这个人，正是李光。她听见李光叫他流氓。

她绝望地看向夏洛，发现她脸上是幸灾乐祸的表情，夏洛用嘴形说：“自作孽啊。”

令人心碎的是，校草被李光打败，李光最后一脚踹在他的裆部，气盖山河道：“这一脚，你回去吃一千个茶叶蛋都补不回来！”

SISSI 拖着夏洛逃走了。

“他哪里是人啊。”SISSI 哭道。

“你是说校草美得不像人，还是说李光野蛮得不像人啊？”夏洛竟然还有心情来问。

后来得知，那天是校草他们打球，打赌输了的去亲一个漂亮女生。也就是说，在校草眼里，SISSI 是美女，特别是在比对夏洛的前提下。SISSI 听到这个消息的时候，人都快酥软了，但是马上又僵硬了。就是这个死李光，坏了她的好事！她认定校草心里其实也是喜欢自己的。

那天回到教室，看见李光坐在那里，显然是等自己。她坐下，听见他问：“要是我不出手，你就让他亲了？”SISSI 不理他，在气头上，完全不想搭理他。但是他不依不饶地，继续问，“你回答我啊，是不是，你就要让他亲了？”最后还像小孩子一样地说，“你不回答就是默认哦。”

SISSI 忍不住了，反问他：“你为什么要出手呢？”

"路见不平拔刀相助。"

"哪里不平，哪里不平？"她觉得自己快要疯了。

李光愣了一愣，恍然大悟："看来你是想被他亲。"

SISSI 白了他一眼，不再说话。

那天后来发生的事是，李光竟然去小卖部买了十只茶叶蛋，送到校草面前，校草吃力地问道："你蛋疼吗？"

李光说："我不疼，所以你吃，挺有效的。"

"你有病啊。"校草受不了他了。

"我确实有病。"李光却软了下来，一脸凄惨地说。

校草乐了，招呼大家来听："你看，这个人，说自己有病呢，对不对，李光，你是不是说自己有病？"

李光点了点头："嗯，我确实说我自己有病。"

校草玩上了："你怎么可以这样兴高采烈地说自己有病呢？你要悲伤地说你有病。"

李光说："我悲伤地说你有病！"

"真有病，是说你，但是你说出来的时候要说我，懂了吗？再来一遍。"

李光深吸了一口气，说："我悲伤地说我有病。"

答对了！

李光走回来，校草将那些茶叶蛋扔进了垃圾桶，还听见他在那边喊："喂，蛋，你疼吗？"李光默然坐回座位，过一会儿，神经兮兮道："你喜欢他什么呢，就因为他帅？"

SISSI 不理他，却在心里接了一句，对，我喜欢他就是因为他长得帅怎么了。听见李光继续说道："还是因为他有钱，不就是个小老板吗？"这句话听得 SISSI 云里雾里的，校草有钱，是个小老板，这些她倒是不知道。她再去看李光，吓了一大跳，他竟然哭了。

“喂，你在说什么啊？”SISSI 觉得自己有些心慌地问。

李光用手掌擦掉了眼泪，道：“她，上周回家，我娘告诉我，她跟了一个小老板了，不要我了。我才走了一星期，她就跟人跑了。”

SISSI 反应过来，原来说的是他那欢实的女朋友。

李光凄然道：“我妈让我去她家送红薯，去了才被告知，以后不要再来看她了，她都订婚了。”

SISSI 真心想安慰他，却骤然间神经一痛地说：“红薯！也就是说，那袋红薯本来是给你那负心的女朋友的？”

李光点了点头：“总不能扔了吧？吃也吃不下，我娘就说，你那同桌对你挺好，让我给你带了过来。”

“我对你挺好？”SISSI 有些哭笑不得。就像是金刚葫芦娃说白蛇精心肠挺好的，或者是白娘子说法海心肠挺好的，都叫人觉得不可思议。

李光说：“我觉得你挺好的。”过一会儿，他补了一句，“你呢？”

挺漫长的一段时间，都没有说话，SISSI 冷冷道：“我也觉得我挺好的。”

听见李光说：“我悲伤地说我有病。”

“干吗说自己有病呢？”

“我想假装爱上你，被你伤一次，彻底也就不相信女人了，以后就好好读书了。”

SISSI 心里咯噔了一声，她在想要不要告诉他真相，结果听见李光说：“没想到我发现你也很想让我喜欢上你，可能正好是想说，用情来伤我一次吧。”

“你赢了。”李光最后说。

“有病！”SISSI 轻轻骂了一句，她扭过头去，心里却莫名地有些惆怅，这大概是这个年纪的孩子都会经历的，悲伤吧。

（原载于《萌芽》2011 年第 11 期）

PART 2

之远·旅行者的窗子

你和我的柏林墙

杨亦飞

“意识形态的差异花了足足十九年来修筑柏林墙，而推倒它却只用了几分钟。”讲师在偌大的教室里说这句话的时候，我想我是走神了。我坐在临窗的座位上，脸贴上脏兮兮的窗玻璃，惺忪着眼看一架飞机在外面的天空飞过并留下云一样的白色痕迹，心想维系我们友谊的，是否就是我们之间的那道墙。

你很久都没再出现过，杳无音信。

记得当初我们有时间还经常在学校的一条水泥路上散步。天气大多是有风的，路上的树叶还有塑料袋都不断地被吹起，打几个转，然后又飘落。我总喜欢一反常人地走在路的左边，和你相隔一条路的宽度，彼此不说话的时候在别人看来就像两个陌生人。

在那些起风的散步的某一次中，你告诉我你四岁时经常在上学的路上被一个男孩用水枪滋得浑身湿透，后来不得不天天穿雨披去上学。你说完后我便大笑不止，直到你拳脚相向逼问我为什么。

我忍笑用电影中的台词揶揄你：“每次我穿雨衣时，也都会戴墨镜。你永远都不知道，这个世界什么时候会下雨，什么时候出太阳。”

想必你从不看王家卫的电影，因为我看见你若有所思地点了点头。

那时我们已经很熟悉了，虽然我从来没告诉你四岁时我最大的恶趣味就是向路过上学的小女孩滋水，但我们的确是很熟悉了。我了解你的每一个习惯。

比如你经常在想不起什么事的时候去重走一遍十分钟前曾走过的路，你说这样可以拾到不小心遗落在半路的思绪。对此我常嘲笑你是傻帽儿，就像你嘲笑我走路走左边一样。有一次我也忘了什么事情，脑子一团糨糊束手无策，只能按你的办法去做，可是一路上只捡到许许多多对你的印象，还有一些凉凉的风。

回来后我发短信给你：傻帽儿。你说：那是因为你走在路左边。

那时我还不知道，这便是你和我的柏林墙。

我们所在的学校有一座后山，就在体育场的侧面。学校禁止学生出入后山，但还是屡禁不止。上去的学生多半是幽会的情侣，或是一些失意了想找一点寂寞的人。

有一次我发现后山的深处有一泊不大不小的湖，潜藏在树林和土堆中间而且很少有人问津。于是那天放学之后我就拉你去“新大陆”那看日落。我们俩坐在两块早已被无数雨水冲刷得圆润的石头上，眼睛眨也不眨地看着湖水与天空交界处不停颤抖的水平线，静静地不说话。直到太阳快要消失的时候我才说，夕阳的炙热一定是给湖水消减了，不然怎么会有这种昏沉而又温和的光辉。

你定了定神就站了起来，掸掸身上的尘土开始往学校的方向走，留我一个人在那，带着没得到回应的不解。事后我总想，你多半是在笑话我的矫情。

后来你再不曾陪我看过日落，你说那不如日出熠熠生辉。

很久之后的一天我去画室找你，那天刚到傍晚，亮着灯的画室里只有你一个人端坐在画板前。你没发觉站在窗外的我正看着你揭过一张涂抹得模糊的纸，开始作一幅新画……

全副武装的军人对侥幸存活的逃亡者说：“你们自由了，这里是西德领土。”

本来我是不会认识你的。如果我们都是或者遵纪守法或者软弱的好学生，我是不会认识你的。

大一下学期的某一天我不知是否搭错了哪一条神经，在主教学楼的楼梯口一脚踹灭了一盏安全灯，随后我便感觉到背后不远处阴冷的眼神，还有越来越近的脚步声。

三分钟玩命的逃窜后我遇到了你，当时你站在一个空教室的门口，看见我后二话不说就把我拉进教室，又重重地摔上了门，然后大义凛然站在门外拦住了来人。

也许情况太过紧急，门外的声音我什么都没听见，我只记得当我缓和了心跳从窗子往外望时，你和那个追我的人都已经不见了。

怀着极其歉疚的心情忐忑了一个星期之后，我居然在食堂门口被你拦住。你低沉着声音说：“你欠我一个记过处分。”我舔舔自己嘴边还没散去的油腻，只能叹气：“那我欠你一顿饭还是什么？”

在麦当劳时我们互留了姓名。我问你最想去的城市，你说柏林。我看着手上被捏扁的汉堡，说：“为什么不是汉堡呢？”

我没有问过你为什么要救我，你也没有提起过。那时我还不知道你会去柏林，而在你真的去了柏林之后我才知道，你根本从未被处分过。当时追我的人是学生会值勤的，而你，是院学生会副主席。

大学的最后一个寒假我发短信祝你新年快乐，并告诉你我考了驾照。你的回复再简单不过：“哦。”可是过了几分钟你又发来，“摩托车还骑吗？”我说：“家里买了新车。”

更像是一句辩解。

认识你的第二年暑假你忽然约我去喝冷饮，然后一边把玩着手里的塑料小匙子，盯着杯里的柠檬汁，一边对我说：“小文，我有男朋友了。”我整吞了一个比我咽喉更粗的杨梅后不住地咳嗽，因而错过了你抬起头来看我的眼神。我粗着嗓子问你：“怎样的人？”

“骑摩托车的，威风凛凛。”你回答完后又问我：“你是不是故意咽了杨梅来掩饰你已经粗了嗓子？”

我不想回答，于是冷场就残忍地盘踞在我们中间的桌子上，直到你叫了声买单。

后来我们偶尔还是一起走在起风的水泥路上，你走右边我走左边，只是话似乎又少了一些，在人看来更像是陌生人。我们更多的是各自欣赏与风周旋在半空中的树叶和塑料袋。那段时间我不止一次看见你的男友，他在看见你的时候会让摩托停止啁哳的喘息，摘下头盔眯着眼睛看着你。他染成栗色的头发和胡茬一样杂乱无章，但笑容温和，眼窝陷下的角度看上去饱经风霜。

我又粗着嗓子去买了一辆摩托车，戴上头盔在学校的水泥路上横冲直撞，引来无数人侧目。

不久之后的一天，你告诉我你看见一名摩托车骑手很面熟，包裹在头上厚厚的头盔里露出的眼神很像我。我笑着问你又怎么知道不是我。你嘲讽地说："你这个不懂交通规则的孩子走路总是顺左边，怎么会在右边骑车。而且你这副单薄的身板，怎么能把摩托驾驭得那样虎虎生威。"说"虎虎生威"四个字时，我看见你面露憧憬，不知是对我，还是对那个你不知其名的"骑手"。

我推了推眼镜，傻傻地笑笑。

你喜欢张狂的摩托车，我喜欢骑自行车。

你闲时会学德语，常对我说我听不懂的德国脏话，我闲时则会看打发时间的小说，给你讲好笑的章节。

你追寻俗世里的放肆，我沉迷幻想中的安逸。

你走在路的右边，我走在路的左边。

但你骨子里世故，而我骨子里轻佻。

有时你说我该是个女生，有时我说我也这么想。我想，这便是我们的柏林墙。

东西德国的统一告诉我们，意识形态的差异没有任何阻碍作用。可是我们之间总有阻隔。

你去柏林的那年冬天出奇地冷，我一向不懂地理，不知这是厄尔尼诺、拉尼娜，还是什么别的现象。冷空气和大雪让人觉得任何事情都是忧郁的理由：斜倚在门框上双手伸进袖管抱在胸前戴棕色帽子的大爷，卖香肠的小贩冻僵的嘴唇里吐出的"一根儿"的儿化音，我沆瀣的鼻涕以及我擦鼻涕的纸，还有我们常走的那条人迹寥寥的水泥路。

那次我沿着那条路一直走到了校外，路上的风好像比以往更大。当然我仍走在左边。远离了校区的路上并不是只有荒凉的雪，还有被雪覆盖的田野，被雪覆盖的昆虫，被雪覆盖的烟头，被雪覆盖的叫嚣声。我走过我们曾经依靠过的香樟树，树叶间椭圆形的冬芽清晰可见。据说"樟"字的由来是因为樟木上有许多文章一样的纹路，那文章写的就是这株樟树下发生过的故事。我浪漫地想那是否也有一段书写的是我们有一搭没一搭的对白。

那些寒冷的因素让我的鼻子嗅不出任何美好食物的气味，便赌气地去吃你常吃的减肥餐，才知道原来你所谓的“减肥食品”是那么辣。其实你已经很瘦了，比我更单薄，没必要再苗条一点。这些我从没有跟你说过，只是饶有兴致地看着你对那盘奇形怪状的东西细嚼慢咽。

我想起我们最后一次一起吃饭，那时我已经知道你要离开这里去你向往的城市，而且航班就在第二天。我学着周慕云的口气问你：“如果多一张机票，你会带我走吗？”你头也不抬地说你爸妈不会。

你临走的那天，你的男朋友蹬着摩托车找到我。他对我道歉，说他只是受雇于你。离开的时候他留给我一张你让他转交的纸条。

你在上面说，文艺青年并不是个好词。我才知道，原来它不是个好词。不过它很适合我。

那天我去了机场，却没有送你。从机场回来的那个傍晚，对着郊区无边的空旷，不知是触景生情还是怎么，我想起曾经你在空无一人的画室里画下的那张画，那是一轮浮在湖面上的夕阳。

年轻的彼得·菲西特中枪后又滑落在了柏林墙的东侧。他生命的最后五十分钟里，淡蓝色的眸子里映出的，依旧是东柏林的天空。我在机场的五十分钟，看见载着你的飞机，穿越过了，却没有粉碎你和我的柏林墙。

（原载于《萌芽》下半月刊，2011 年 2 月）

1995

1995 年。

街上还没有各式各样的紫荆花和琳琅满目普天同庆香港回归的横幅，互联网还是稀罕的新事物，“伊妹儿”尚是潮流尖端的新词儿，距离亚特兰大奥运会开幕还有一年的倒计时，还珠格格、五阿哥也没红遍大江南北妇孺皆知，中国的摇滚乐朝气蓬勃……

1995 年。

那是一个人们对中国足球还怀有美好憧憬和幻想的年代。

经过汽水厂进入民丰里，再穿过窄窄的剪子弄，最后钻过围墙上那个被我们誉为“捷径”的缺口，红心露天体育场就到了，体育场附近的居民称之为“大操场”。当然“红心露天体育场”这种官方命名太过正式，一来二去我们也入乡随俗，三天两头“嘿，放学后，去大操场踢球……”

彼时足球是我们生活的全部，本末倒置地坚信功课、学业、吃喝拉撒不过是足球这一中心发散延伸的附属，所以为了固本培元，我们可以不写作业、迟到早退，但进食喝水必不可少。每个少年都有属于自己的信仰图腾，比如有人信仰高分升学、有人热衷拉帮结派，而我们笃爱足球——一项耗神费力的体育运动，漫长的青春期和持续蓬勃的精力，亟须这样一个宣泄出口。

阿乌是二职校的，我在球队认识的第一人，也是我的好哥们。阿乌之所以叫阿乌，并非人面包公黑炭头相，也绝非长相酷肖何首乌或者乌鸦之类的“乌”物，而是一遇重大比赛，阿乌就会紧张抖腿，乌龙球不断。阿乌顺理成章成了对手球队最喜欢的球员，相反我们在场下欲哭无泪，恨得咬牙切齿。在我转校来这之前，球队不多不少人头正齐，当然再多也没有了，在这所学习至上分数崇拜严重的学校，踢足球被视为“不务正业”，他们自然成了不合主流的“异类”。

一切随着我的到来而改变。

随着新“异类”的补充加入，阿乌被队长毫不手软地贬为捡球员。每当看到阿乌远去捡球的背影，我往往一阵忧伤，总觉得自己乘人之危陷阿乌于不义，就这样我把阿乌踹上了冷板凳。问心有愧，所以我变着花样补偿他，比如我会指给他看我独具慧眼发掘的美女，比如我会帮他写文笔很好的情书。那年头的女孩子还是挺纯情的，但如阿乌这般无貌无才的男生依然处境可怜，我在幕后充当枪手，一定程度上弥补了阿乌这方面的缺憾。

有段时日，阿乌追求我们学校一个校花级的美女。围绕校花，每个学校都有无数传闻和规模如国际纵队的护花使者们。我曾苦口婆心规劝阿乌放低目标，眼界要远要广，可惜阿乌执意迎难而上，结果是阿乌隔三差五鼻青脸肿灰头土脸的。见了我，阿乌苦涩笑笑："嘿嘿，昨晚练倒挂金钩，不小心走火入魔了……"我心照不宣，决计不点破。

彼时，每个人都渴望练就一身独门球技，比如漂亮的一记倒挂，比如优雅的任意球弧线，比如百发百中的点球，再比如千里走单骑，只身带球过人直到对方球门……据队长说，阿乌其实倒挂技术一流，队里无人能及，只可惜倒进对方球门的次数多了些，心灰意冷的队长也就懒得再回顾阿乌的光辉岁月。哀莫大于心死。

阿乌像一块被遗忘在冷柜里的冻猪肉，无人问津冷暖自知。

而阿乌重新回归大伙视线是在暑假。学校都放假了，大操场显得人山人海，有别往常的冷清。中场休息，我们集体目睹了一位漂亮女孩给阿乌端茶送水，阿乌喝水的间隙，女孩还贴心地掏出一条花手绢，替他擦汗，羡煞我们一拨人。

"好你个阿乌，这段时日不上场原来还是有收获的嘛，追到这么漂亮的美女，也不和大伙通报分享，失职哦……"

阿乌翕动嘴唇，正欲辩驳，另一声音抢先一步了："甭解释了，解释就是掩饰！"

"就是就是，别告儿我说你们是纯洁的男女关系这类废话。"又一声音帮腔起哄。

"什么呀，她是我表妹，远房的那种，暑假来我家玩的。"阿乌表明女孩身份，一干人见风使舵立刻换了副嘴脸。

"哟，原来你是美女的表哥啊，阿乌今晚上我请你喝汽水，记得把你表妹也带上，我请客！”

“小妹妹，你是喜欢吃紫雪糕呢还是吃甜筒？大哥哥买给你哦。”

……

那段日子，阿乌一扫冷板凳时期的颓靡，备受全队器重。也因为阿乌的漂亮表妹，对于足球我们有点心不在焉心猿意马。我们背叛了我们的信仰，转身投向一片新领域。

我们有意无意地试探阿乌表妹的兴趣爱好，希望投其所好博得美人一笑后，顺利抱得美人归，虽然彼时对于成家立业的概念尚停留在过家家之类的游戏上。

几天后，队长有所行动，他变卖了家中所有的《足球报》、《体育周刊》和限量版球星海报，大出血地买了不少女孩子的发卡、头箍、小布娃娃之类的礼物，一股脑地托阿乌带给他表妹。结果阿乌面露遗憾，表妹水土不服连夜回家去了。

队长抱着一堆女孩子的小物件，欲哭无泪，一如当初无言静对阿乌频频的乌龙进球。

每一个少年故事里都少不了一个与之交集的少女，无奈那个少女离去得那么匆匆。

于是少年故事里就只剩一群怅然的少年了。

怅然少年落败而归，重新拾起足球，发狠地进攻、过人、传球，所有动作一气呵成，那段日子，大家都特别投入，球技不觉间提高了一大截。所以即便发卡、头箍、洋娃娃取代了先前房间里成堆的《足球报》、《体育周刊》，队长还是欣慰的，这些花花绿绿的什物时刻提醒他，冲动不但是魔鬼，也是天使，能促人找到卧薪尝胆的底气和亡羊补牢的勇气。

1995 年，崔健已经从一个小歌手唱成了一代音乐教父。那样的呐喊成了不少愤青、伪愤青的心头好，一时间街头巷尾都是歇斯底里的红男绿女。

班长捧着那堆未曾送出的女孩子的玩意儿，回到当初买下它们的店铺，试探店主可否折价退回一部分钱，头戴耳麦摇头晃脑的店主反复大叫：“啊？什么？你说什么？”

班长摘下她的耳麦，第四遍道明来意，店主迷醉的神情顷刻被愤怒笼罩：“什么？退钱？这都哪一年卖出去的东西啊？”

“可是……可是我一男孩子留着也没什么用啊？”队长面有难色道出苦衷。

“哼，卖出去的东西泼出去的水……呃……要不这样吧，你在我这儿挑一盒磁带，音乐这玩意儿无国界无性别之分，你总能受用了吧？”

队长环视了一圈这家色调粉红的饰品店，左边是琳琅满目的耳环、项链、耳坠、头花、发箍、发带，右边是造型各异的绒娃娃、布老虎，横看竖看也只有磁带适合自己了。

就这样，队长以发箍发卡为等价物，以贱卖掉多年珍藏的体坛刊物海报为代价，收获了一盒磁带，事后证明是盗版的。

草长莺飞的季节还没到，队长偷拿了他姥爷的录音机，不踢球的时候，塞上一副劣质耳塞，徘徊在半青不黄的球场陶醉其中，宛如一种溺水的状态。很多年很多年以后，我在一部影片里看到似曾相识的场景，只不过电影里的少年身处的是一片绿油油的麦田。

磁带在我们中间流传，队长屡屡现身说法，可带劲了呢，特过瘾。

于是，那盘劣质的盗版磁带经由更劣质的耳塞传到我们耳里，歌词已然含混不清，只剩下此起彼伏的轰鸣和类似汽水厂铁门被砸的动静，就是在这等恶劣条件的启蒙下，接触了崔健和他的摇滚。

我们变得和多数愤青、伪愤青一样，唯一不同的是，我们不单有呐喊嘶吼的激扬热情，我们还有才情。很长一段时间，我们不上大操场踢球，全都憋在家里闭门造车，搜肠刮肚费尽心思希望写出特带劲的歌词，以期能吼上一两嗓自个儿的原创。

原创质量参差不齐，不过队长的一句歌词博得了我们一致高度的肯定。

“给我一片操场，操翻所有姑娘！”

铿锵有力、掷地有声。

对于队长的球技，我们并无多大感慨，可是此君此言一出后，我们都为队长的作词天赋心怀悲悯，为他的怀才不遇暗自忧伤。我们幻想有一天崔健看到了这句歌词，我们幻想有一天买到的磁带里开口唱的第一句就是“给我一片操场，操翻所有姑娘！”

很可惜，这仅仅是幻想。

1995 年的甲 A 联赛即将落幕。

我们重新活跃回大操场，再见空旷的操场，脑海里首先蹦出队长那句惊世骇俗的歌词，下一秒无数赤身露体的姑娘人堆人堆满幻想中的操场。

很可惜，操场还是那片操场，我们不得不正视现实，没有衣不蔽体一丝不挂的姑娘，有的只是被我们践踏得永远营养不良、一息残存的枯草败叶。

久未碰球，球技略显生疏。脚崴了、腰闪了、脑门被砸了，状况迭出狼狈不堪。坐于场边小憩，才恍悟真的好久没有踢球了。好像一整个夏季都在无谓地愤怒，装腔作势，骗完别人再自欺欺人。

而我们终于在太过持久的愤怒中清醒过来，带着点虚脱后的虚弱无力，回到这片熟稔的大操场。

到底还是回来了。

1995 年的甲 A，上海申花最终夺冠，范志毅荣膺当年的最佳射手。去上海的姥姥家小住，大街小巷都沉浸于一种集体主义的全民狂欢中。周围人对每个球员的八卦都津津乐道，原本不看球不谈球的大部分女孩一夜之间对足球兴趣倍增。

1995 年，人们对甲 A 的热度似乎达到了顶点。

“嘿，打起精神来，下一届的甲 A 联赛，就看我们的了！”大操场上，队长迎着旭日朝霞疾呼。一群少年四下奔逐、挥汗如雨，在属于他们的年代和青春里，拼尽全力。

1995 年，那是一个人们对中国足球还怀有美好憧憬和幻想的年代。

一年后，亚特兰大奥运会如期开幕，大街小巷充斥着宋世雄清亮的解说。

两年后，香港回归。升入初中毕业班的我们，沾了这一国家大事的光，放了三天假。大操场人挤人你推我搡，我们站在外围，透过无数人的脖颈、胳膊、腰肢、大腿，依稀窥见那场欢庆回归的文艺汇演。

三年后，一个飞檐走壁的格格突然爆红，学校周边的小店都在卖这个大眼睛格格的贴画海报，崔健的磁带开始变得有点难找。

也是那一年，大操场翻新整修成了室内体育馆，“红心露天体育场”摇身变作“红心体育馆”。围墙也推翻重建，拔高了不少，那个为我们洞开的“捷径”恍惚成了一个印象。

而三年前、两年前、一年前的 1995，我们有点记不住了……

（原载于《萌芽》下半月刊）

旅行者的窗子

徐璐

柏林的早晨

我来到柏林，本雅明优美至极的散文《驼背小人》中的柏林，马克思度过他激情与才思并举的大学时代的柏林，德布林杰出的小说和法斯宾德同样杰出的电影《亚历山大广场》的柏林。

这天早晨，很早，我一个人在柏林逛大街。天空中下着细雨。

与列队行走的看上去五颜六色的两队小学生迎面擦过之后，我走入一家专卖朋克风格小商品的店子。

店里放着硬朗诡秘的我听不懂的歌曲。整家店从内到外的主色调是黑色，大部分商品上都印有骷髅头图案。

走在店子里，会有一种奇怪的感觉，好像有个穿黑色大袍的人或者鬼就要从天而降来拥抱你或者压垮你，同时给你辉煌而强烈的爱和毁灭。

女店主三十多岁了，穿得很朋克。总觉得朋克是年轻人的事，以她的年龄敢穿成这样，或者是没有老尽少年心，或者是真正地让朋克精神没入骨髓了。

店里只有女店主一个人，她看起来不大高兴，但也不是不高兴，一直在忙，没有废话，好像已经与生活达成了共识：你别欺负我，我也不欺负你；你别要求我，我也不要求你。

我莫名地小崇拜女店主。

我觉得，这样一个女人，即使一辈子没有爱情，她也是完整的、无憾的、有光芒的。

而我又认定她一定拥有爱情。

最后我在店里买了一张生日贺卡——也是朋克风格的，送给一位当天过生日的大学时代的挚友。友人后来跨专业改学哲学，他是个理性、坚硬如铁、极其注重精神的天秤座。

我在贺卡上用德语写了一小段话。

BT 的 S 君：

我正在柏林。据说柏林是这个世界上最自由的城市。人们在这里可以做任何他们想做的事，无论有多 BT。既然你如此 BT，赶快来柏林吧。

BT 的 X

柏林满大街的奇装异服者。柏林每年都有全世界规模最大的同性恋游行集会。柏林近年有一任市长是一位公开的同性恋者。柏林有一所著名的柏林自由大学。一旦身临其境，你就知道何谓世界上最自由的城市。

我的意思是，希望学哲学的友人能来到盛产哲学家的德国走走看看，渴望自由的他能来到柏林感受这个城市自由的空气。我想，总有一天，他会来的。

我也希望那时的自己，能变得像小商店的女店主一样喜怒不形于色，不再受生活的欺负。

那家店的斜对街即是被“二战”战火毁掉的一座教堂的遗迹。柏林苍穹下，只剩下半截残体的教堂触目惊心地裸露着它黑色的伤口。冲洗伤口的雨，是神在落泪。

炎黄与沧桑押韵

在瑞士苏黎世文学馆做我的小说《滴答》德文版的朗诵会，听众只有寥寥十几二十人，多为发已苍苍的老人家。不知是瑞士只有老年人才对文学活动感兴趣，还是我这个名不见经传的中国作家仅能引起老年人的兴趣：他们想看看来自千里之外的古老国度的年轻人在写些什么、想些什么，或许，他们也想看看我长得是否好看吧。

我注意到其间有两个华人面孔的年轻男女，他们坐在第一排，年纪应该比我更小，看起来像大学生。两个人身上的全部颜色加起来不过黑、白、灰三种。穿着显示的是他们的教养、美学和处世低调，但他们青春的光华却是只能高调，怎么也无法被掩盖的。还有，我觉得他们的眼睛里有着年轻人特有的傲气和不服从。

听众里有一位能说流利中文的汉学家，是个为人豪爽、笑起来也豪爽的德国女人。另有一位留着风情长卷发的美女同胞，后来我才知道她来自北京，来瑞士做古董收藏生意。每次我讲完一个段子，这听懂了的一德一中两个女人立即发出嘹亮的、爽朗的笑声。随后翻译把我的话翻成德语，在场的瑞士听众才发出轻轻的、克制的笑声。大多数时候，那一对华裔年轻男女是与瑞士人同声同步，但偶尔也会提前笑出来，似乎及时听懂了我的话，但他们笑的方式仍然是瑞士式的：低低的，不舒展的，有教养乃至过分有教养的。

我原本以为是自己讲了太多的冷笑话，所以笑声才不热烈，可朗诵会后签名售书时，每一位听众都对我说今晚的活动非常有意思。我诧异：有意思吗？你们都没怎么笑呀。

德国女汉学家告诉我："瑞士人就是这样的。他们有着非常严格的宗教信仰，每个人都很规矩，略有些严肃，每天只想着好好工作，不得放肆，连笑也不能笑得尽兴。"

北京女同胞笑着对我说："见识到瑞士和瑞士人了吧？呵呵，瑞士这边是好山好水好无聊。"说完她和我都笑了，典型的中国式的不躲不藏的开怀大笑。

那一对华裔年轻男女也有买书并找我签名留念。男生只有英文名，会说英文、德文、法文，就是不会说中文；女生有个中文名，能说粤语，不会说普通话。我与女生试图用普通话、粤语混搭进行交流，但发觉完全是鸡同鸭讲，无法对话，最后我们只能说英文。

咫尺相对，我才发现刚才看到的他们眼睛里的傲气和不服从完全是我看错了。两个人都非常友善、彬彬有礼，女生尤其温柔。他们很小就来到瑞士学习生活，已经完全瑞士化了。女孩写她的中文名“苏小华”三个字写得相当吃力。他们偶尔会回中国香港，从来没有到过内地。

我不知二人是亲戚、同学还是情侣，但看到他们结伴，我就想：到底不是纯粹的瑞士人，到底有一个自己的圈子。这么想着，我的心中竟生出些许的沧桑感，全世界有多少这样的身份特殊、心态复杂的炎黄子孙呢?

在柏林世界文化宫我也遇到过这样一位特殊的同胞。活动结束后，一个华裔面孔的年轻男孩拿着一本德文版的《滴答》找到我，问：“你会讲粤语吗？”同样也是试图以中文对话但以失败告终，我们只能讲英文。

男孩告诉我他父母是广东人，后来移民越南，他就是出生和生长在越南，现在又来到德国留学。他不会普通话，只能听、说广东话，中文书写仅仅限于能写他的名字。他请求我用中文在书上留言，他说：“我会把书拿给我父母看，他们都看得懂中文，他们会很高兴的。”他还说了一句令我深受触动的话：“现在我感到很迷茫，希望能从你的书里找到人生的方向。”原籍中国广东，生长在越南，留学德国，又如此年轻，他会迷茫不奇怪。我这辈子第一次如此强烈地懊恼我的书不够伟大深刻不够好，不能向世人提供真理和方向。

男孩的长相具有典型的广东人的特征：黑，瘦，大眼睛。他穿得十分有个性，或许这是他柏林化的表现。我记得他的中文名字叫“冯志远”，记得他吃力地写下的是繁体字，记得他那双漆黑的大眼睛里的复杂而动人的内容。

希望有朝一日我能写出一本符合冯志远期待的真正的好书。文学不是万能的，也不是无能的。我会竭尽所能去写，让我的作品发挥它应有的职能和神力：让每一个读到的人从心灵上获得片刻休息、些许惬意；若还能为迷茫的人指明方向，那真是功德无量了。

我知道，无论我做得好不好，地球还是会遵循它的规律公转自转，历史也会按照它的法则螺旋向前，还是会有很多飘零在天涯海角的安于或者困惑于自己身份的炎黄子孙。原本，炎黄就与沧桑押韵。我们就是这样一个历史悠久、饱经沧桑、多灾多难、吃苦耐劳的民族，而作为一个典型的积极乐观的中国人，我还想说的是：炎黄也与坚强押韵呢。

勃兰登堡门附近的跳蚤市场

去柏林之前，我刚在电视上追看了柏林世界田径锦标赛。最后一个项目是女子马拉松比赛，来自中国的白雪第一个冲过终点——著名的勃兰登堡门——摘得金牌。亲身来到传说中的新古典主义风格的勃兰登堡门，前后左右看上一看，叹一句“有气势”，便也没什么好说的了。真正让我觉得有趣的是附近的跳蚤市场。

我在德国有一个强烈的感受：这里的市场非常有秩序，物价虽然偏高但却十分稳定统一。同样的一只陶瓷啤酒杯，在大超市、小商店和街边小贩的小摊上皆是同样的标价。没有“漫天要价”，自然也就没有“砍价”这回事。商场里如果标示了打折的字样那就一定是实打实地在优惠促销，绝不会像国内某些卖场玩先抬价再打折的把戏忽悠顾客。这边的跳蚤市场淘的不是便宜，更多淘的是情趣与个性。市场上卖的未必是便宜的二手货，反倒有很多独一无二的物品。例如有人卖纯手工绘制的贺卡，价钱比流水线上生产的印刷精良的贺卡要贵。买还是不买，全凭你是否喜欢，是否觉得值。

在莱比锡书展认识的翻译李浩洁女士，是中德同传界最好、最贵的高级翻译。但这个日进斗金的德国女人穿着朴素，没有佩戴任何珠宝，仅在西服领口别了一枚铜质的大象形状的别针。她的别针即是购于二手市场，具有旧物特有的光泽与味道。如果你愿意，可以想象一下这只铜象的命运：被制造，然后被爱上和买走，被珍爱一段时间后，时光和主人的手指磨蚀了它，于是又被舍弃，出现在跳蚤市场，终又被新主人领走……它只是一枚别针，但它经历了两次爱情，它正处于重生。跳蚤市场便是这样一个化腐朽为神奇、为旧物赋予新生的场所。

在勃兰登堡门附近的跳蚤市场，同行的作家李洱惊艳于一位女摊主的漂亮和宁静，情不自禁地用小说家的语言赞美起她来。那么直率、兴奋和天经地义，好似男人见到美女不夸赞就等于犯罪一样。李洱只会说中文，不会说任何外语，那位女摊主自然是听不懂他的赞词，只是温和腼腆地对着他笑。我用英文对女摊主说："这位先生夸你非常美。"女摊主没有答话，也不知她能不能听懂英文，她就那么一直宁静、腼腆地笑着，笑得好看极了。我想，大约，美丽的她猜得透一切吧?

李洱还说了一句话，我没有翻译出来：这么漂亮的姑娘怎么在这里卖东西呢?没有城管驱赶和讨价还价，无论街头小贩还是露天跳蚤市场的摊主都很有尊严。只是柏林当日的风好大好冷，看着美女摊主被寒风吹得苍白的面容，不得不说谋生到底还是艰辛的事。大约美女摊主比我对勃兰登堡门更无感。

他垂钓在顽固的岛屿旁边

翻译安娜的故乡是意大利的一个德语区南帝罗尔（SouthTyrol）。作为意大利足球队的粉丝，我对这个盛产帅哥、浪漫和快乐的国度向往已久。尚未踏入意大利的领土，我就领教到了意大利人独特的风格和风采。

南帝罗尔没有飞机场，只能坐火车或汽车去。因为那班火车的时间很晚，我们选择坐下午三点半的大巴。在德国我已习惯时间上的精确，可我们在慕尼黑火车站等意大利人的大巴却久等不来。等得心灰意冷不说，脆弱的我还在慕尼黑的寒风中瞬间冻伤了手。为此，同行的翻译张维一还去火车站的小商店买了一双中国制造却比国内贵十倍的红色毛绒手套送给我护手。感谢维一，我手上的冻伤没有扩散，瞬间又好了。

终于等来了大巴。开车前，司机叽里呱啦地说了一堆我听不懂的话，然后车内的乘客开始鼓掌。咦？怎么回事？这事搁在国内乘客不骂娘就算好的了，怎么他们还集体鼓掌？维一告诉我："司机说很抱歉他迟到了，但他很感谢大家还等着他，他一定好好开车，为大家奉献一段愉快的旅程，请大家鼓掌支持他。"哈哈我要笑死了！散漫的意大利人，宽容的意大利人，有趣的意大利人！

车到南帝罗尔交通站，大巴换小车，继续载着我们余下的几个乘客通往最终的目的地。

我坐在副驾驶的位置上，司机咕隆了一句话，我没反应。

他又看着我，咕隆了一句话，我没听明白。

他是用意大利语和德语分别问了我一遍："你是中国人吗？"

我听不懂，但知道他是在向我发问，于是我用英文说："抱歉，我只会说英语和中文，你会说吗？"然后车内所有的意大利人开始大笑。

很好笑吗？呵呵，可我也不自觉地跟着笑了。爱笑的意大利人，快乐的意大利人，有感染力的意大利人！

我们住在安娜的家中。安娜的父母热情接待了我们。除了一顿丰盛的晚餐，安娜的妈妈还在枕头上放了心形巧克力和玫瑰花瓣，尽显欧洲人的礼节和优雅。

那天很累、很开心，晚上我睡得很香。

次日早晨，我推开阳台门，一座云烟缭绕的青山跃入视野，山上有绿树，有古堡，有教堂，有闪耀的光，有隐约的神秘，可能也有神、天使或者幽灵吧？真真是"造化钟神秀"！

用过美味的早餐，安娜开车载着我和维一去出版社，沿路欣赏南帝罗尔的风光。不愧为旅游胜地，怎一个"美"字了得！难怪诗人庞德选择在这里度过他的余生，此地宜游更宜居。

出版社所在的楼一层是卖手表和珠宝等奢侈品的，小小的橱窗低调经营，并不刻意拒人。上到二楼便是出版社了。小，干净，明亮，自有风度，和整个城市一样的轻松从容。

安娜说社里每本书的出版基本都能得到政府和各方面的资金支持，也有着成熟的遍布整个德语区的发行渠道，所以工作人员没什么压力。没人急吼吼，没人浮躁，也没人幽怨。我不知这家出版社做的书的文学质地究竟如何，但至少一眼看过去每本书的装帧都相当精美，不俗气，有格调。这个漂亮的旅游城市里，工作也如游戏，真叫我羡慕！

除开在出版社里的采访，还在一家酒店的咖啡厅内接受了当地报纸的访问，在一家书店内接受了电视台的采访，在一座教堂的二楼录制了一档电台节目。皆是让人赏心悦目、感到舒适的地方。尤其是那位电台 DJ 的工作室，cool 毙了！听着教堂的钟声，看着窗外的美景，依于仁，游于艺，她一定每天都有好心情，并成功地将好心情传播到城市的每个角落了吧?

午饭是在一家意大利风味的餐厅里吃的，非常好吃。尤其在忍受了许久号称“地狱里最好的厨子”的德国人做出饭菜以后，意大利菜吃得我热泪盈眶。还有个有意思的小插曲：我们原本选了一家名为“流亡者”的餐厅，可坐下后才知那里只能喝水，不供应正餐。出来后我笑言：“还是不要当流亡者，当流亡者没有饭吃！”

我特别留意到一点：南帝罗尔是我到过的欧洲十多个城市里中国人最少的一个。我没有看到一个中国人。据说这里也是有中国人出没的，哪里都有。倒是见到一个黑色肌肤的街头小贩冲着我用中文说“你好”，试图向我拉生意。除他之外，我也没有再看到其他的黑人，街上的行人本来也不多。清静、少人、节奏舒缓的地方，我最喜欢了。

一整天我都在反复地说：“亲爱的安娜，如果我是你，才不跑到中国留学呢，我一定留在美丽的南帝罗尔，哪里都不去！”

晚上的朗诵会在市立图书馆举行，来了很多听众。我才知道原来安娜是当地的名人，几乎到场的每个人都认识她。人们觉得像她这样一个到遥远的中国留学、能说一口流利汉语的姑娘非常了不起，能走得那么远，知道那么多，简直不可思议。

小城民风淳朴，每个人都很友善。坐在前排的有几个十来岁的可爱小孩，他们发现我每次讲完都会说 Danke，接着大家就会鼓掌；后来顽皮的他们在我讲完后直接替我说了 Danke，然后开始热烈鼓掌。有些大人觉得好玩，随后竟也跟孩子们一起说 Danke 和鼓掌，大家一起哄笑；待下次再说完，我直接做一个有请的手势，请听众们来自由表演好了！总之，整个活动的气氛非常轻松愉快。

主持朗诵会的是一位具有忧郁气质的诗人，他说到本地有一位非常杰出的诗人，在整个德语区都很有影响力，还有学者专门撰文研究他，可在南帝罗尔几乎没有什么人知道这位诗人。主持人直率地表达了对诗人的际遇以及本地人阅读趣味的忧虑。我想起出版社一位还在维也纳上学的实习编辑，他认为当地电视台记者对我的提问很没有水准，他无奈地说我们这个地方还是太闭塞。也想起安娜说的在南帝罗尔有很多赚钱和享受的机会，但这不是一个适合学习和了解世界的地方。仔细想想，好像是这么一回事。

不要忘了，庞德是在游历了天下，遭遇了人生的大劫大毁，结束了 12 年精神病院生活之后才选择隐居在南帝罗尔的。他在晚年极其推崇中国的汉字和古典文化，写下了异常难懂的《诗章》。而我推崇的还是那个写《为选择墓地而做的颂诗》以及《弗朗西斯卡》的庞德。离开故土美国，旅居花都巴黎的年轻的庞德用第三人称自我剖白：

他真正的爱妻是福楼拜，
他垂钓在顽固的岛屿旁边；
宁欣赏女妖赛西的秀发，
不愿遵从日晷上的箴言。

临行之前，安娜的妈妈送给我一只带玻璃盏的紫红色蜡烛，她说：“祝愿你的头脑里永远有光亮。”

恩格斯故居

高中时代的好友夏正在伍珀塔尔（Wuppertal）留学，我特意留出时间去探望他。作为马克思和恩格斯的忠实拥趸，我也很高兴能去恩格斯的故里伍珀塔尔一游。

夏托我从国内带了牛肉干、鸭脖子、小核桃等十多斤重的零食。为了装下这些零食，我还专门新买了一只大拉杆箱，这只重得离谱的箱子一路上让我很吃了点苦头，我心想：得狠狠宰这小子一通，否则真是亏大了。想着想着，我就开心地笑了。

位于“鲁尔工业区”的伍珀塔尔首先用一地的烟头迎接了我，转脸又看到一座修建中的高楼和楼前张牙舞爪的起重机。此前所到的德国的每个城市给我的印象都是异常干净整洁、窗明几净、已发展成型成熟的，伍珀塔尔给了我一个激烈的冲击。

有差不多两年时间没有见过夏，他也给了我一个强烈的视觉冲击：皮肤状态很糟糕，有透支健康的痕迹，头顶竟还有点脱发的势头……我的心猛地往下一沉。

夏冲我淡淡微笑，我则尽量笑得明艳、欢乐。

Wupper 是市内一条河的名字，Tal 是“山谷”的意思，Wuppertal 的城市名称来自民意的决定。闻其名即知这是一座山城，顺从山势的城市公路高低起伏，坐在公交车内感受海拔的陡峭变化，我微微感到不适。

来到学生公寓，见到了夏未满 20 岁的小女朋友，青春洋溢，话多声大，总是兴高采烈的样子。

吃了一顿他们自己做的晚餐，仅有一道菜：青菜干丁炖肉，辅以我带过去的鸭脖子。毫无疑问，那是我在德国吃得最香最美味的一顿饭。只喝了一点点黑啤，起身时我竟有些眩晕感，摇摇晃晃差点跌跤。是伍珀塔尔的啤酒太烈，还是沿途颠簸下来我实在太乏？

饭后三人一起乘车去超市。

夏一个人坐在对面，他的小女朋友与我坐邻座。小姑娘唧唧喳喳一路说个不停，结果竟引得一位衣服上印有波兰国旗的男青年友好地发出抗议。

小姑娘吐吐舌头，安静了一会儿，但没过多久她又开始说话，越说越大声。我心里觉得有趣，却不敢笑出声来，怕声的叠加再次引起抗议，幸得很快到站下车了。

整个过程中，除了代女朋友向波兰青年道歉，夏没有说一句话。

次日，应我的要求，我们去了恩格斯故居。

恩格斯故居的外墙油漆竟是罕见的绿如翡翠的颜色。

售票处摆了一排可免费取走的明信片，除开绿房子的图，就是记录早期工业革命的黑白照片。

夏和女朋友都曾来此玩过，于是只为我买了一张门票，让我一个人进去看。看门人是个须发近似爱因斯坦的典型日耳曼人高大身材的中年男人，他只会说德语不会说英语。夏已经告诉过他我听不懂德语，可进门后他还是用德语跟我说了一大篇，猜测应该是叮嘱我不要拍照之类的吧。我微笑着点头，假装听懂。

故居纪念馆内部很漂亮，细节讲究，每间房都不大，但自成格调，看得出主人家的富庶与修养。书架内的书籍已发黄变软，时光的沉积令纸页脆弱，好似下一秒就要垮掉、碎掉。但想到这些书籍上承载的知识与智慧已变为恩格斯本人的知识与智慧，并在全世界范围内广为流传，又觉得什么都无所谓了。

馆内同时还有一个风格独树一帜的漫画画家的画展，我一眼就喜欢上了，仔仔细细看过了展出的每一幅画，可悲的是不懂德语的我甚至无法确定画家的名字。最后我以滴水石穿的精神搞明白的唯一一点是画家所绘的是奥地利剧作家的作品场景，典型的19世纪讽刺剧目的画面：滑稽，黑色幽默，每个人的愚蠢和欲望溢于言表。

出馆后走出很久，我忍不住又回头一望：恩格斯的这座绿房子可真漂亮。

来回乘坐的都是伍珀塔尔独有的悬空缆车，缆车是悬吊在轨道上运行的，其中一段路程是在莱茵河的支流伍珀河之上平行向前，而沿途只要是有墙几乎都会有涂鸦。晚上的那趟车上，车厢后部有几个拿着打开的啤酒瓶痛饮狂欢的德国青年，大声笑谈，放肆到散发危险气息的地步。

呵，恩格斯故里的年轻人，竟也与我在别处看到的德国青年不同。想来，恩格斯本来也是一个极其与众不同的人。例如，他一生没有正式结婚，还在著名的《家庭、私有制和国家的起源》中明确否认婚姻的必要性。

次日，夏忙着去打工，让女朋友陪我到附近的名城科隆去玩，说好下午忙完他再去找我们会合。

一整天，小姑娘与我说了很多话，讲了很多事。我好像回到了高中时代，变回那个总在倾听别人心事的有耐心、有好奇心的小姑娘。

很迟夏才过来，还是疲惫的神情，淡淡的笑，语言不多。他来了和没来差不多，他的女朋友永远是我们中唯一的主角，唧唧喳喳地独自唱完全部的戏。

离开时原本已快走到火车站，却发现一张退税单有点问题，于是夏让女朋友原地等待，他则陪我返回商场询问。

我们一起匆匆穿过科隆大教堂，一个乞丐冲夏说了一句话，他笑着回了一句。这个笑很顽皮，有点小坏。——总算笑出了我熟悉的感觉！问之才知乞丐说“好心的兄弟给点钱吧”，而他笑着回答说“我也没有钱啊”。

我也笑了。回头看了一眼那个戴风雪帽、席地而坐的乞丐，天色昏暗，我分不清是“他”还是“她”。令我惊讶的是，这位乞丐身边还躺着三只大狗。

晚风劲急，科隆大教堂华丽的尖顶默然伸向苍黑的无星无月的夜空。

次日一早，夏一个人送我去火车站。头天晚上他的女朋友热情地说一定要亲自送我，但到底是小姑娘，在舒服地睡懒觉和践诺之间最终选择了前者，她在被窝里热情地向我道别。

街上人不多，夏帮我拖着空了一半也轻了一半的拉杆箱，箱子底部的滑轮滚过地面发出寂寞的声响。夏还是沉默的，几乎无话，满腹心事的样子。

我理解夏，他正处于一个关键的、艰难的做决定的时期：他来德国九年了，即将硕士毕业，究竟是留在德国还是回国还是去别的地方？未来将何去何从？夏曾参与一部大学生电影的拍摄，片名为《在德国，爱到哪里算哪里》。他在德国，爱情也好生活也好，只能走一步看一步，走到哪里算哪里。

高中时，夏曾送给我一份特别的生日礼物：一盒他自唱自录的专辑，有唱歌，有新闻，有唱湖北大鼓，还有插播广告：系夏 × 牌皮带，做真男人。我听得直笑出眼泪来……

而今，我少年时代的朋友正在老去，正在脱发，正变得忧心忡忡沉默寡言，正与年轻女孩恋爱却并不怎么快乐，正在异国他乡经历着身体和精神上的双重流亡。看着他，我又想流泪了，却是心疼的、难过的泪。——尊敬的无产阶级的伟大导师和领袖，无比智慧而又独树一帜的弗里德里希·恩格斯先生，请您告诉我，除了忍住不流泪除了保持笑容，我还能为我的朋友做些什么呢？

归途中，我在心中默唱一首粤语老歌：

在昨日青葱岁月，分担失意，分享笑声

在昨日各散东西，不知不觉，如遗失这一切

现在我说笑欠反应，现在我叹气欠宁静

似跌进冷血世间消耗生命，天天的死拼懒去讲心声

静待日落西山的晚上，想起你，也一起写过诗

但现在你我隔一方，可想起我，同回忆这真挚

他们都不读马克斯·韦伯

去奥尔登堡（Oldenburg）之前，我对这座没有机场的德国西北部小城的唯一了解是哲学家雅斯贝尔斯就出生于此。我只能择路从北京飞慕尼黑再转不来梅，然后乘坐出租车去往奥尔登堡。

到达首都国际机场，开门见山地来了个将军抽车：飞慕尼黑的航班临时晚点四个钟头。我早已历练出沉默接受一切突发倒霉事件的本领，但心底仍会想要骂娘：怎么就这么不巧不顺?

机场空旷寂寞，阳光异常充沛。几个漂亮的外国小孩正围坐在地上打牌，他们笑得比阳光更灿烂，很开心，很无敌，没有什么可以烦到他们。这几个快乐的小孩令我不自觉地笑了，亦感到惭愧：真该向孩子们学习，学习他们一心钻研生活乐趣的精神，自自然然地保持平衡。

我只是静止地坐在候机大厅里而已，内心却也经历了若干的起承转合。引用一位博主的话就是：生活就是这样，有时看上去是范冰冰，有时看上去是白骨精。打击与惊喜并存。文似看山不喜平，大约，生活也要偶尔坐坐过山车才能好看好玩，才能让我们领略先抑后扬的狂喜。

几经辗转终于抵达正下着小雨的奥尔登堡。到达旅馆办理入住手续时已是午夜，当班的是位高大温和的年轻德国帅哥，他有些歉然又有些小嫌弃地用英语对我说：“奥尔登堡就是这样，总是天气不好，总在下雨。”

次日早起，只见雨收云散，满城稀薄但明亮的阳光。我发现奥尔登堡是典型的

欧洲小城，美丽宁静，别具情调。大城市都是有死角的，例如某个修建中的高楼，满是烟头的车站，与繁华景致格格不入的褴褛乞丐，等等。而欧洲的小城却可以完美无缺，俨然世外桃源。然而，我知道的，美丽的奥尔登堡留不住暂时服务于旅馆的帅哥，如同留不住雅斯贝尔斯一样。人，尤其是年轻人，总是爱寻找和奔赴更加激动人心的去处，乃至一去就不复返，客死异乡。

来奥尔登堡是参加一个青少年的读书节，但其中有一场朗诵会是针对大人的。孩子和大人的思维真的很不一样，孩子们问的都是一些千奇百怪离题万里的问题，甚至会笑嘻嘻地问“你爱吃什么”；大人们的提问则比较广泛和深入，而且绝对不会天真好奇地询问你的饮食爱好。德国人是很难伺候的。他们礼貌，严谨，自有主张，不唯唯诺诺，得理不让人，但是只要足够坦率真实，只要让他们知道我们都是一样的人类一员，有着一样的喜怒哀乐就够了。

又一次被问到在中国能够看到外国作家的书吗，我回答说：“可以看到很多。中国很长一段时间处于封闭落后的状态，所以现在的中国人非常注重对外界的学习和吸收。在书店有专门的外国文学的书架，在大学里也有专门的外国文学的课程。例如德国当代文学中，君特·格拉斯的作品，聚斯金德的《香水》，以及施林克的《朗读者》，在中国非常受欢迎。而那些更早期的德国经典作家和哲学家，也各自在中国拥有大批拥趸。”

我反问提问者：“今天遇到一位记者小姐，我和她谈到马克斯·韦伯，她说只听过这个名字，没有读过韦伯的书。在中国，几乎每个文科的大学生都会读马克斯·韦伯。不知您有没有读过韦伯的书呢？”提问者笑着摇头。

我该为马克斯·韦伯鸣不平吗？也没有必要。本来，韦伯的书都是些大部头，博大精深，没有娱乐性，非专业人士不读很正常。何况，我觉得韦伯对未来一代的殷殷期望似乎已在他的祖国得到了大面积的实现。既已付诸实践，何须再回调理论呢？

而我们中国人还是很有必要读一读韦伯的，就像很有必要为我们的孩子办一个内容丰富多彩的读书节一样。让我摘录一段马克斯·韦伯于 1895 年在弗赖堡大学进行的演讲作为结束：

当我们超越我们这一代的墓地而思考时，激动我们的问题并不是未来的人类将如何“丰衣足食”，而是他们将成为什么样的人，正是这个问题才是政治经济学全部工作的基石。我们所渴求的并不是培养丰衣足食之人，而是要培养那些我们认为足以构成我们人性中伟大和高贵的素质。

不来梅的城市乐师

去不来梅（Bremen）的老城区玩。之前对不来梅的印象主要来自足球和格林童话，真正身临其境，率先惊到我的是两点：一是有轨电车线路四通八达。二是乞丐可真多。

从翻译那里了解到，在德国做乞丐的多是些德国土著，外国人当乞丐是有危险的。原来在任何地方都有江湖和江湖规矩。乞丐多为一些懒人，要么是恶习导致潦倒至此，要么是有点小个性，因为如果愿意领救济和打散工，完全不必露宿街头，依靠赚取路人的同情心与零钱过活。

翻译也给我讲述了一个特殊乞丐的故事。该乞丐原本有个不错的正经职业，在大学里当社会学教授，为了研究乞丐们的生存状况，干脆辞掉工作自己去科隆大教堂前当了一个职业乞丐。实打实地风餐露宿后，“前教授乞丐”这才了解到乞丐们的真实生活以及折射出的现代社会五光十色的方方面面，忽然感到象牙塔内精致且精英的学术研究的某种虚妄，于是乎，他就继续乞丐着，不回大学了。他在教堂的旁边建了一面“哭泣墙”，任何人有任何想要哀泣悼念的话语都可以告诉他，他就把那些话语写下来贴在墙上，于是有了一整面墙触目惊心的人世的悲凄无奈，于是也有了前来干涉的警察以及与警察的不懈斗争……“前教授乞丐”有个在顶级乐团做小提琴师的好友，小提琴师常常会在教堂前陪伴“前教授乞丐”，为他在寒风中拉琴，从巴赫到舒伯特，从《24首随想曲》到《流浪者之歌》。他们一起听硬币落在铁盒子里的声音，一起喝啤酒，一起笑，或一起沉默。

街头除了讨零钱的乞丐，还有一些讨生活的艺术家，多为拉琴的，小提琴、手风琴、大提琴、口琴，也有吹各种管乐的。我只在慕尼黑最繁华的大街上见过一次摆出一架大个头的钢琴卖艺的，好旧的一架黑色钢琴，好欢快的不知名的乐曲……

《不来梅的城市乐师》讲的是这样一个故事：一头驴子老了，主人想要杀掉它。驴子跑掉了，决定去不来梅，它想也许能在那里做一个乐师。随后驴子先后遇到一只狗、一只猫和一只公鸡，它们皆是因衰老而有性命之虞。于是驴子驮着狗，狗又驮着猫，猫又驮着公鸡，一起去到不来梅追求它们的乐师梦。来到一座被强盗占据的城堡，四只动物发出各种声音，把强盗们吓跑了，然后它们幸福地生活在一起。不来梅的火车站有童话《不来梅的城市乐师》的巨幅壁画，市政厅前的教堂也立有四位摞在一起的童话主角的铜制雕像。《格林童话》讲述的是一个老少咸宜的愉快故事，壁画和雕像也十分好看可爱，只是，当我抚摸着铜驴的瘦腿时，心中掠过一阵警策的伤感：也许艺术更适合年迈遭弃的人，那是属于走投无路者最后的孤注一掷。

（原载于《萌芽》杂志，2011年第5期）

时光浸渍的胶片

苏笑嫣

我所就读的学校位于北京市郊的房山区，这里是空旷的城市边缘，一些破败工程的残楼伫立，试运行的城铁驶过高架桥，钝重的钢铁在头顶以一种重失音乐器的声音飞驰而过，断续地有闪着红灯的大飞机在微微的鸣声中起飞或降落。夜幕垂曼，辽远广袤，泛着纱帐一般的紫红色。

下楼买食物，走动的人很多，自己一人游离穿梭其中，有种被湮没的恐慌，却觉得很欣慰，甚至是有些高兴的，好像又找到了自己。是的，很长时间没有这种感觉了。来到大学校园，和同学们在一起，一个宿舍朝夕相处吵吵闹闹，就是那样没心没肺浑浑噩噩地度过一天又一天，融入了，却找不到属于自己的出口了。这样的日子于从前的我似乎是不多，小时候或许还有一些，那些喧嚣的年少时光与未经过滤的笑容。看着身边的同学坦然而踏实地面对自己的生活，每天打发着时间。或许对于她们，这样的情绪可以陪伴着到很远的地方，可是不知她们何时会认识到，只需要一个骨节的转变，一个时间的转身，就足以消磨掉心中那些粗糙却单纯汹涌的情绪，让棱角变成你习惯的沉默的表情。

对于有些人，这很好；但对于有些人，这很糟。

长期以来，我似乎一直是一个喜欢独处的女孩子，生性自由散漫，只顾于专注自己的角落，对于不关心的事务表现得与己无关，所以有时近乎自私。而所谓自私，就是按照自己的本性生活，然后和虚无对抗。不可避免地，会引起一些人的反感，可我未曾造作。

诚然，这并不适合社会，然而人是一种社会动物。这样的方式很轻易被归结为逃避。逃避，对，是有这样的因素。逃避了更多，抛弃了更多，其实才能离自己更近吧。现在的我和大多数人一样，在这个规矩的环境里有着正常的作息时间表，参加必要的活动，该笑的时候会放声地笑。放假的时候就和朋友一起计划着去哪里游玩，充实自己的生活，然后在镜头里留下一个个大大的笑脸。然而真正静下来的时候，却很悲哀地觉得，真的丢失了自己。这样的我很健康，但却不是真正的我。想来，高三的我是最为痛苦的，然而却也是与自己贴得最近的时候，与生活贴得最近的时候。

我的生活，其实整个初高中时期，似乎都是过着一种相对来说离群索居的生活。活动范围很小，除了学校与家里的两点一线，就只有家附近的超市、花店、音像店、西点房和几个小饭馆。在学校便是专心听课或看课外书，下课也是安静地坐着，哪怕只是发呆。放学的时候，有固定的朋友一起在操场上散步，一圈一圈直到夕阳下山然后各自回家。周末与假期的时候最为畅快，颠倒时差，昼伏夜出，晚上便是书本、电影、发着惨白光芒的电脑屏幕。肚子饿了，身边有囤积好的零食，偶尔忘了买，就披上外套，跑去二十四小时营业超市买来。穿过马路的时候，喜欢看它的空旷。但那种空旷是满的，像是容纳了许许多多白天存留下的东西，比如未完成的思绪、女人哀怨的哭泣、无处可置的庞杂烦恼……我一方面对此充满兴趣，一方面急于逃离，生怕一触即发。

这些有灵念的东西是灵魂深处的，不可轻易冒犯。

高三是确确实实的一个人的生活。回到老家，一个位于东北的小城，一年四季灌满了风，不分四季狂乱地刮着，未曾有些许温柔。陌生的教材，陌生的生活环境，陌生的人群，陌生的生活，随之而来的是一个极其陌生却极其熟悉的自己。

上学的时候天总是未亮，北方城市在未苏醒时凉得人内心透彻，让人清醒。家乡人信佛，城的中心有佛塔与寺庙，上学的路上会经过，可以闻到淡淡的檀香气味，还有路边栽种的不知名的植物，如若正值花期，还可以嗅到微弱的花香，倒也使人安静淡然。

像大多数人的高三一样，不愉快，甚至是更加不愉快。为了适应这里更加紧张的环境与迥然不同的教材，我疲于奔命，一天中所有的时间全都用来学习，除了下晚自习后到家的那一点点时间。我给自己一些空余，整理脑中繁杂的思绪，不用面对书本，想想想要的生活——然而更多时候，却还是在计划学习。即便是这样，这难得的一点时间也让我感到相对的些许放松，于是洗漱的时间也成为一种大脑的小憩，因而珍贵了起来。

这样的日子其实更容易面对自己，审视自己，虽然会多出很多痛苦，然而在这种高压的状态下，会让人思索你真正想要的是什么，会明确人的目标，激发出人的潜力。当然，为时一年，这时间是长了些，熬过来似乎是一种幸运。在这种对峙中，人得以与自身对话，对自身不断质疑，在迷惘中不断确定自我。

关于那段时间，想说的很多，然而现在最想说的竟是食物。食物，或许是最贴近生活的东西，而在那段脱离了外卖的时间里，我第一次与食物如此贴近。

因为食堂的饭菜太难吃还总排不上队，而小城的饭菜总不合口味的缘故，我开始自己做饭——当然，仅仅是在放假的时候。

下楼买来蔬菜，用清水洗净，极不熟练地慢慢把它们切成该有的形状，按照从百度上搜来的做法缩减成更为简易的方式，一步一步按部就班。按照自己的口味，总是放很少的油，不爱放肉类。有时候做得很难吃，可是自己都会慢慢地一口口吃得很干净。大大的饭桌，一两个菜，一副碗筷，一个人。安安静静，没有任何声音，可以清晰地听见自己咀嚼的声音，似乎吃掉的不仅是一顿饭菜，还是一种生活，一段时光。就那样，有时就慢慢落下泪来。

做饭和吃饭的时候，生活被渐渐放慢下来，自己也因此得到一种放松。与此同时，在发呆或是胡乱思考时，看着那些食物，能得到一种仍处在生活中的踏实与满足。有时切着菜，突然低头看到拖鞋上的兔子，竟就那样与它对视起来。

有段时间接连着倒霉，发生了各种各样的事情，其中因为自行车被盗，只得借了一辆来骑。谁知骑到桥上的时候，这辆年代久远的自行车竟坏掉了，我不得不顶着风推着它走。头发被吹得不断打在脸上，我皱着眉，对自己说："好了，就快好了。"说完，自己心里都是一惊，又在对自己说话了。无助的时候，自己会给自己安慰，这让我不由得笑了，带着些悲凉。

很多时候，觉得时间似乎丧失了它的延续性，每一天同它的前一天分离开来，似乎丧失了茁壮成长、日新月异的感觉。那时候，总是习惯在空闲的时候翻弄回忆，给自己找来支持点，才能把这些断续的时间断续地支撑下去。不能看得太远，往前看得太远，未免会觉得当下过于痛苦，往后看得太远，会觉得没有足够的气力支持自己。也看不到太远，面前的事务过于沉重，阻隔了视线，太多时候觉得越不过去了，真像是一场困兽之斗。

偶尔，以前的同学会打来电话，往往第一句话都是“怎么样”或是“还好吗”。听见这两组三个字的词汇，总是心上一酸。那时候接到一个这样的电话是多么幸福的事情——表示有人记得关心你，更是表示你与过去有关联。这样，才发觉你没有被搁置起来，还有一根线连着，而你要努力，回去。

在新的班级，有一个很恬静的女孩子，干净利落，不染世事，单纯的样子，很少说话。虽然因为学习的缘故有些许驼背，但还是觉得很漂亮，与时尚不同的那种漂亮。向她看去的时候，她总是俯在课桌上，蜷缩着身体，像含苞的花蕾，细细的一小枝，被随意插在一件宽松简洁的白色 T 恤里面。女孩学习很好，抬起头来有淡淡的笑容。看着她，像看着一株生长在清水中的马蹄莲，自己心中也会平静温暖。只是有时会担心，想她以后脱离了这单纯的环境，将会遭遇什么，她该如何是好。不过马上打消念头，不愿去想这些，只是希望她能够一直这样平淡安静地保持这份美好。

有时会想，如女孩这般淡然平静，究竟是习惯了，还是这本就是属于她的生活。很多时候，因为晚上学得太晚，直接到了第二天凌晨三点多，不敢再睡，怕起不来，于是五点就早早地到了学校。一个人在教室里坐着，有些心不在焉地看着书，也看着光线的变化。窗外由暗慢慢变亮，初升的阳光透过空气折射出一些淡淡的斑斓。清晨的风还是轻柔的，微风的指甲像剥离被一夜的寒冷冻伤的表皮一样，把太阳的光线一点点剥离开来，慢慢融入空气中，天空像洒满了无数水晶碎屑一样璀璨夺目。忍不住站起来，站在窗前直视阳光，感到光线笼住周身，想着若从自己的身后看来，这个大逆光的定格是不是也是一幅好看的画面，而自己，会不会也像那个女孩一般透明起来。

后来有一天，午休的时候，班里剩下的人很少，都在忙着自己的功课。我抬起头来，不经意地向女孩看去，却见她埋头在哭泣，是的，在哭泣，我看得出来。同学们都忙于自己的学业，没有人注意到。那瞬间，我似乎听到她身上阳光的爆裂声，她的轮廓急速暗了下去。潮湿阴冷袭来，虽是一瞬间的事，但摧毁了一种赖以暖心的美好。我知道女孩的心此时一定是紧缩的，紧紧缩成一枚黑色胡桃，那些泪滴落在旁人看不见的黑暗中，溅起大片尘埃。

很喜欢路，长长的路，让人看不到尽头，不知通往何处，但是让人感觉可以一直走下去，可以走向未知，可以离开。有时下了晚自习，会一个人走在路上。北方的夜很黑，尤其是在冬天。寒风夹着大片大片的雪花，迎面扑过来打在脸上，有一种切实感。夜的马路很空旷，偶尔，身后会响起哗啦哗啦的自行车声，有时会是笨重的大卡车，推着两团白亮的光团，轰隆隆地从身后追上来，瞬间惨白了我的脸，把那些纷飞的雪花映得清晰缓慢，如同置身梦境。然后倏地它就远去了，又把我和我的世界留在了一片黑暗无声的落雪纷飞中。

有兴致的话，我会去火车站。空旷的视野中，整个世界都是茫茫的黑暗，只有站台发着微微的光芒，暗黄色。站台的长棚是一条黄色光芒的直线，站在下面，远方是呼啸而来的火车的喧嚣，刺眼的灯光照亮额头，意图在黑暗中射穿出两个洞穴，然而还是灭了下去。我闭上眼睛。一阵嘈杂的上车人群的声音，却使我感觉空旷安静。之后列车又喧嚣着离去，长长的轮廓慢慢模糊不清，长棚的灯也就灭了。我站在黑暗中，慢慢地，才转身向有吊顶灯光的出站口走去。

对于路的热爱，到现在也依然没变，所以很喜欢站在宿舍的阳台上，尤其是晚上，看着校外笔直空旷的马路，很想知道一直走下去会怎样，会通往哪里。在那样吃力流淌的时间里，我的脚步每一天、每分每秒都过于缓慢。似乎我是自己的一个观众，也是仅有的一个观众，所以有些时候，对于自己甚至没有太多的同情，甚至觉得所有的不能承受，只不过是因为脆弱，于是倒也能狠狠逼迫自己。那些时间是从未有过的痛苦难熬，虽有所获益，终是无论怎样也不愿重来的。

现在回想那些细节、那些人那些事，都像电影胶片被无声拉过，剩下的只是一张张黑白暗淡的影子。记忆总是这样，其中的一部分会悄悄出走，不甘被碾平、制成标本，不知何时才会明白自己该如何安身，然后悄悄返回。它已经破碎，但是当它回归之时，便又真正恢复了色彩。

如今，那段被时光浸渍的胶片，记录中最为现实与真切的，却是胃病。因为胃病，总是会感到胸闷嗳气，食管中像有个空腔装满了风。有时，我会觉得风里装满了那些回忆的胶片，那些影子轻曼透明，来回游走，令我难受，却感到一种真实。那些都是真实存在着的。

现在在大学，生活安定下来，平静，恬淡。在网上找回了很多人，那些共同度过一段岁月的同学。有时谈起以前的生活，说对于现在有什么影响，我只是回答，胃病。看似最为肤浅的答案，然而我自己知道，这里面实则承载了很多。

而现在，我只是希望自己仍然能看到长长的路，一路走下去，不要失去方向。不要迷失自己，那才是方向。

（原载于《美文》下半月刊，2011年6月）

再见，漫长夏日

你从未像现在这样渴望离开这所学校。

五月一到，心像被蒙了一层尘，燥得不行。每天晚上背书背到半夜，你在本就稀少的睡眠时间里挤出半个小时看月亮。月光是乳黄色的，像一匙浓稠的牛油，它黏糊糊地涂满你的窗，铺在庭院里坑坑洼洼的路面上。你思忖在这样夜凉如水的晚上睡觉也是不错的。你躺在床上就像躺在浅水里，尽管明天上午还要测验你最厌烦的数学，尽管明天下午你就会在成绩单上看见自己一点也不讨人喜欢的数学成绩，但你这时大可把它抛在脑后。

你躺在月光里。月光像一只柔软的手抚摸着你的眼皮。

你是月光的孩子，你是大海的孩子，你是天空的孩子，你是风的孩子，它们都大方地向你敞开怀抱，你一点也不愿意被什么书本啊、考试啊、分数啊束缚。现在你多么渴望离开这里，你真想离开这所学校就永远不回来了。它把你的天性给结结实实地捆绑住了，你被闷得透不过气来。在你的生命里，你最热爱自由，这也是你给自己起的英文名“Free”的原因。

你从未像现在一样渴望离开这所学校。

幸好，五月一到，相距离开的日子就不远了。你听说你的那些同学每天晚上掌灯学到后半夜，明明睡眠时间少得可怜，但你不曾看见他们像你一样在上课的时候哈欠连天。相反，他们时时刻刻都像一只拧紧发条的闹钟，即使每天的晚餐时间忙里偷闲聊天，背也是紧紧绷着的。

你在五月里如雨后春笋一样冒出来的模拟考试中患得患失，你的同学与你大抵相同。说不准什么时候冲出一匹黑马，像平地一声惊雷在身边炸响，也说不准哪一时，挂在榜首的同学因为一次模拟考在神坛上跌落下来。所谓“站得越高，摔得越疼”大抵是这个意思。你永远忘不了数学成绩一直第一的那个小姑娘在一次数学考砸后的场景，几乎半个班的女生围在啜泣不止的她身边，潮湿的纸巾铺了满满一桌。你偷偷凑过去瞥了一眼她的数学卷子，即使考砸了分数仍旧接近你的两倍。你真不明白她为什么哭得这么凶，同时在心里骂自己没心没肺，数学成绩这样惨不忍睹，怎么一滴眼泪也不曾掉过?

五月一到，夏天就来了。蝉鸣次第响起来，细细的嫩芽在枝干间依次排列，不多久它们就会展开绿色、厚重的身子，夏天的风会在绿的、褐的枝枝杈杈间穿梭。你自小就格外中意夏天，不是吗？这是一年中最美的季节。女孩子露出纤细的胳膊，男孩子被晒成小麦色的双腿格外长。汗珠儿像雨水一样滚落在地上，留下星星点点的痕迹。你最爱的夏天，是小学毕业的那个夏天，那时你只有十三岁，想想是一个可爱的年纪。那是“超级女声”最红火的时候，你的表姐带着你和一帮大姐姐给她们的偶像拉票。一水的女生呀，黑黑的长头发几乎淹没了你的眼睛。就你一个男生，小男生，你管这个叫“姐姐”，管那个叫“姐姐”，毕恭毕敬，是妈妈教你的样子。你高举画着偶像的木牌子，在烈日的暴晒下拼命呐喊，你懵懵懂懂的，你甚至不知道这个黄头发的人，她都唱过什么歌曲。

可那个夏天，就是快乐，说不清道不明。明晃晃像一枚在太阳底下暴晒的底片，你们所有的笑脸都印在上面。可今年的五月一到，一开始就是雨季，阳光稀稀落落。这似乎与你记忆中的季节不合衬，你头一次对夏天感到厌烦，你巴不得这个潮湿的夏天赶快过去。黑板旁边的倒计时牌子显示离高考只有不到五十天的时间，你在上课走神的时候一直在瞄那块木牌。你思考如果没有这场考试，这个夏天会不会更理想一些呢?

你的同学都把头埋在桌上“刷刷”地记着笔记。你在心里嘲笑了一下自己又自问了一个无意义的问题，你学着他们的样子，也把头埋在书本里。

你想离开这所学校，想得发疯。它像一座监狱，三年前你进来的时候觉得自己仿佛永远都出不去了。事实上它确实是一座监狱，每个月只放一次假。高一时候你只能透过学校的栅栏瞧瞧学校外面的马路，车来车往，路人各式各样的表情，以及学校对面洁白的小洋楼。你像一个吸毒者一样贪婪地盯着它们看。它们一点不完美，甚至破败，可身在这所学校里的你深深地爱着它们，因为它们代表你最深爱的自由。

高二你终于得以搬出学校的宿舍，你执拗地要求爸妈租学校对面的白色小洋楼，它们其实只是县水厂的职工宿舍，里面的配置甚至赶不上学校宿舍的质量。收拾房子花费了你大把精力和时间，可你觉得没有比这再值得的事情了。你躺在出租屋的木板床上，闻着自由的味道，仿佛精神已经从那所学校逃离。

五月已经过半，淅淅沥沥下了半个月的雨水早就蒸发成水蒸气，白花花的阳光像五花肉那般油腻。天气已经很热了，学校依然坚持每天上午下午的跑操。你从小没有运动细胞，每次跑完大汗淋漓累得几乎虚脱，冬天也是如此。

那天是模拟考过后，你忘不了那天。语文课正好安排在跑操后面，汗水把你的裤子和座位牢牢黏在一起，你不能像从前那样安静地上课，身子动来动去。恰好那次你的填空题做得一塌糊涂。语文老师在三年里几乎没叫你回答过问题，你猜她八成把你和另一个男生的名字混淆了。可她那次准确无误地喊出了你的名字，你的动作实在太大，引起了她的注意，她让你解释一道易错的字音题。

你压根没有听课，身上的汗水让你烦躁不安，跑操的疲惫叫你昏昏欲睡，你几乎闭上了眼睛，她叫你的名字叫你浑身一哆嗦。你站起来，支吾。你当然不会，一道道汗水像小蛇一样箍住你的皮肤。

语文老师招呼你坐下，说了什么话你没听清。你一直不太习惯这里的地方口音，但你知道是嘲讽的话，全班哄堂大笑。

你无辜地、不知所措地坐在那里，脸涨得通红。

你在班里嘻嘻哈哈的气氛中继续走神，继续掰着手指数夏天还有多久才过去。这似乎不是一个小数字，你又开始感觉烦躁。这个夏天像一捧黏稠的泥土，你被糊上眼睛，黏住耳朵，不能呼吸，难受得无以复加。

五月到了末尾，真好，你感觉自己又活过来了。

妈妈来出租屋照顾你的生活，鱼肝油一类的营养品两个月前就一直在服用。清蒸鱼成了每个中午的主食，除此以外，双日吃烤鸡，单日吃牛排，你记得很清楚。

班主任给家长开会说不要让学生吃冷饮，防止闹肚子影响高考，从此小冰箱里一根冰棍儿一瓶饮料都没有了。

时间滑到末尾，班里气氛反而变得轻松。模拟考试不再排名，分数的影响越来越淡。不会有人考砸了哭得说不出话，也不会有人因为超常发挥呼朋唤友，请半个班的人喝可乐。

到了五月的末尾，你的心情终于平稳下来。你很少背书背到半夜，反而有更多的时间去看月亮，看天空像一张黑色的网，满天的星星像细碎的宝石一样在上面闪闪发光。你有时候想，去大学学天文似乎不错，也有时候计划一下那个长长的假期。你想去西藏，一直都想，你想去抚摸经筒，想融进那里最纯洁最干净的蓝天。

这样想时，整个夜晚都似乎有了光亮。

考试那天，你没准许妈妈去陪考。你实在难以想象被烈日暴晒一整天究竟是什么滋味，你只知道如果她站在太阳地里生生等你一天，你不会有心思答题。

你的考桌是整场的二号，开考前半个小时你就坐了进来。你小口小口地呷水。从你坐的位置能看到外面的操场，一只白色的塑料袋被风吹得在跑道上缩成一团。有相熟的人在小声说笑，看来他们和你一样，都没感到紧张。

语文卷子发下来，你发了半天愣。这个夏天，这个学校，甚至这十二年都像过电一样在你脑袋里回旋着。脑袋里“嗡嗡”的回音有些吵。你终于稳下心来，下笔用心写下你的名字。一切如一场祭祀般隆重。这只是开头，你写下名字是为了与这个夏天告别。

把语文试卷铺展好，你发现你的手竟有些发抖。

考试的当天晚上，妈妈没有询问你任何情况，这正是你所希望的。晚饭后，你有空闲去看最后一次月亮，最后一次属于你的高中的月亮。六月的月亮软得像一团年糕，光芒只涂满半边窗，却又显得孤零零的寒冷。

曾经以为永远逃不脱的学校，终于要离开了。

曾经以为漫长得到不了尽头的夏天，也终于到了结尾。

你的回忆从学校的大门开始驰骋，途经干涸的池塘，拥挤的教学楼，空旷的操场。篮球撞击在地面上的声音，像是谁的心跳。你的回忆里有风，它吹着你的额头，一如夜晚在树叶中穿梭的微风那般凉爽。

头一次，你希望可以在这所学校里多停留一会儿，你要与它告别。

你要离开，明天的最后一场考试，你工工整整写完最后一个句号，你就要离开。你幻想起那个场景，而那场景其实离你并不远。

你转身离开前，决计在这里多停留一会儿，就一会儿，来对这漫长的夏日，说声珍重，道声再见。

（原载于《读友》（下），2011 年第 10 期）

PART 3

思·琥珀里的蝴蝶花

请把我埋在这春天里

一切都是从汪峰的《春天里》开始的。

一个飞机卡车轰鸣交融的被放大的夜里，我突然想碰碰我的笔，习惯了用三排键盘一个空格制造叙述，笔对于我是一种时间的神圣。许多年前，我总用笔在各个适宜的时间冠冕堂皇地走神。我觉得我的生命被独立出来，看得更深，钻到了空气组成的水底。墨水滴入这层大气里，我感到怨艾颓败的压力。我走失了，像在丛林里，我不得不忍住一层沉重的紧迫感，忍住眼睛里灰色的水去向丛林更深处唱歌。

我知道这首歌只有自己听得懂时，我十五岁。可知道这首歌只能自己写出时，却已经十六七岁了。那个时候我无意间听到一首《北京北京》，迷上了其中无轻无重的一句话，“咖啡馆与广场有三个街区，就像霓虹灯到月亮的距离”。我打“霓虹”时总打成迷乱的“迷”的音，还好输入法纠正我应是泥塑的“泥”的音。知道那也是倪焕生的“倪”的音时差不多大学了。我看了部日本电影《告白》，我痴迷于一个长久以来笼罩着我而又被电影无故提起的疑问——人的生命是一样的吗？我从不否认我答案的否定，却开始疑惑，那些浪漫主义根深蒂固的细胞是怎样从我肌体里一片一片死亡的。我知道生活让人越来越投身于现实的悲剧，我也知道不能再把海子李白骄傲地搬出神坛当做偶像。我肢体的自由并未被锁起反而重见天日的同时，我的一腔崇拜却变得萎靡不振。是海子、李白错了，还是我的妥协错了，我一直想弄明白却怎么也没有答案。老子救了我，老子说事物是两个反极相互转化。可是等不到南北极转化地球前途未卜我已经发现，老庄也自然而然地属于浪漫主义。

高中时候有一道历史单项选择题引出的浪漫主义含义我至今记忆犹新，以下选项哪个是浪漫主义作品，ABCD 罗列了中国古典四大名著，百分之九十的人如出题人所愿的错了。他们想也不想然后想了又想，选择了《红楼梦》，而答案却让人大跌眼镜，是《西游记》。老师的解释是，浪漫主义是虚构的幻想的，大多美好，而现实主义顾名思义是真实的现实的，大多悲剧。这么一想来，《红楼梦》还真是现实又悲情，《西游记》的确物幻了，最后动物还圆满成佛。我觉得没有力气为颠覆思维一遍遍感到压力，在教室的某个角落我自己默背了一遍《葬花吟》：“未若锦囊收艳骨，一抔净土掩风流。”大气压力，我是水里的鱼，花朵萎靡凋枯一样我就回到了自己独立的生命里。我当时总是拒绝外界很多，包括眼神，包括话语，包括集体，我身在教室却感觉自己抽身在真空里，看着几十具生命呼吸的亢奋。我是圈外人。

春天复苏了，李白说“大块假我以文章”，大致意思是春色自然缔造，完美无缺的春天本身就是诗篇，而无须作者造作多言。我当时为一句诗惊叹：“开琼筵以坐花，飞羽觞而醉月。”那是繁花下落，筵席铺张，月以欣眠，而人以愉醉。何等的放达逸情，有浪漫主义长风。可是，我的浪漫主义有一种不同的特质，它不同于历史题的分类，区别于现实主义的是它的私有性。一片叶子，用来熬汤是现实主义，用来遮羞就属于浪漫主义。它是个人的，不再属于全世界和整个人类。它的共享和传播只有共鸣者能懂得，只屑同感者在叶子背面寻找漫长和延展。我的春天属于我自己的时候，这个春天才是浪漫的。

铺垫至此有些杂乱，我不得不抽出一刻钟的三分之一，在只剩新建楼群彻夜挖掘躁动的缓慢夜里，再听一次《春天里》。

歌词顺畅地把我拉到时间的迷惘里。

逻辑有时是表达的阻碍，就像时间有时是爱的阻碍。我要说的话可能以无序开头，但总会在词句的流淌里，找到一根插进的针，随之线就繁密起来，热闹起来。枝头躲藏着月光，床头亮着暗灯。

埋藏是有心理准备的逝去。我曾说自己不怕死去，却畏惧毫无准备的仓促而死。我需要交代，把鱼儿放在案板上审度；我也需要清晰，把云层雾气都拨开，看看眼前的空旷里都藏着什么流逝的遗忘。我总是习惯性选择记忆，这让大把的回忆从我的余光旁落寞地滑走。每当有记忆被突然唤醒时，我都有心力不支的疲惫感，恍如一个人走在万里戈壁，找到水，捧到嘴边却变成黄沙。我疲惫我感慨，我又庆幸我找回了失去之物。我用片刻的喜悦作安抚镇定自己的药物。

这么说有些抽象。听歌的时候我想到自己的一篇久远的日志，“如果有一天我老无所依”。我把这个假设当做叙述的命题展开，然后发现想象的皱纹沿着意识的脉络四通八达。可能我声名显赫却疾病缠身，孤寡地坐在壮老槐树下静看夕阳。也许我一无所成，儿孙满堂。也可能我身边的人换了又换，最后发现最孤单的是自己。或者，学着研磨学着装裱学着摆弄油画，却看着缺口一样的松弛皮肉，对自己顿生绝望。头发花白，一脸惆怅的样子是很难看的。我喜欢玛格丽特·杜拉斯的一张黑白照片，在人群中央绽放自己苍老的脸庞。她的笑是彻头彻尾的，豪朗而笔直的，眼神里装着时间的通道。我希望老了能有这样的笑，只为了一种奋不顾身的态度，只为了自己。

老无所依，可能依靠的对象并不相同。

一切附丽的东西退去后，本真才显现出来。一场大雪化干净后，才能发现春天露出了真正的容颜。在看过汪峰的一个访谈后父亲说，他的歌词总是充满了无助和寻找，在最后才爆发出生命的力量，这种悲伤和力量都是厚重的，因此才让人感动或振奋。在那里边，汪峰的歌词里，我能看见好多人的游魂，他们都曾经“在街上，在桥上，在田野，唱着无人问津的歌谣”。可是最后他们都去了哪儿？有几个人在大雪覆盖的季节就离开了挣扎和梦想。

这个时代啊，梦想都被污染了用滥了，但我找不出第二个词可以概括这种心灵深处的叛逆和渴望，交织着信仰的追求，它们火一样，浪一样，那么强烈迅猛，却暗藏了无限的无助、彷徨与动摇。梦想对于一个在意信念在意执著却不在意生死优劣的人，具有强大的覆盖力。这种缥缈却坚定的味道，才是我评定一个人有无梦想的标准，也是我总在汪峰的歌词下卸下强悍的外衣回归迷茫和疑问的原因。

一个朋友说他不是没见过有独特感觉和艺术潜质的人，可一经大学过滤，居然残渣不剩地淌进了社会。一个人要坚持自己的感觉总是困难的，尤其在鱼龙混杂的牢笼。不是说制度摧残了人，而是在制度下本该坚持的人提早被现实腐蚀掉了。一个花瓶被打碎后是连水也盛不了的，可是花瓶自己就哗哗啦啦碎了，毫无征兆。

有时候我佩服坚定不移的人，他们可以不被细小枝节打扰，一心走自己的路。他们像破冰而出的冰川水，一心要越过高原谷底，融化在枝繁叶茂的春天里。没有人不怕自己走失，却总有人带着自我的疑问一路狂进，把自己推向追求的尽头。汪峰就是一个，而春天他也终于等到了。

我为没有抵达春天的人送上祝愿，我对死在冬天的人致以感伤的崇敬。

一个季节的过去总会伴随很多死亡，而失去总在让人懂得更多，人们得以在不断地失去中窥探更多存在的秘密。原来人的寿命像激情一样短，记忆却像忍耐一样长。

我直面的最近的死亡是我的爷爷与外婆。他们走得太早了，我的记忆不能够延伸到那么远的真实里，因此我幸免于过早认识生存和死亡之间的暧昧关联。我的生命里还留下了一些单纯美好的东西，它们在我怀疑自己的时候塞满我的神经，让我知道生存的尽头不是灰色。即使是灰色，灰色前边还有一块白色画布可以自己填色。我在说这些话的时候也会害怕梦见死去的他们，我没有像父母那样毫无恐惧。这种恐惧本身让我清醒地感受到我的存在，也就是活着的感觉。人活着总像没病一样，感受不到自己的存在。我觉得人就是天生缺少这种灵敏能力，这种能力被大自然剥夺了，所以人从来不为生存本身而沮丧。这难道是另一种麻醉?

春天到了，青草长起来了，花又开了。活着的继续活着，死亡的不知去了哪里。这就是大自然的新陈代谢。

人的欲望是填不满的，人总是在纷繁的选择前暴露自己的贪婪。

这是天性。

“你清楚你最初要的东西吗? 你记得你最初要的东西吗? ”我总这么问自己。可是现实不够回答我这个问题。我闯进更多无知的门时，是不懂得这些东西和我的梦想的关系的。它们有的浮光掠影，有的却冥顽不化。我不知道什么让我走得轻快，什么让我离内心更远。

朋友在上海上学，除了压力就是对金钱的疑惑。外语课太多，我说有何不好，他回答思想容易西化，“师夷长技以制夷”本身就是个恶性循环。也罢，“快被那些和自己本心无关的事情左右了”，这恐怕才是真正的症结所在。

每个人都远离本心，演戏的是每一个人，但是文明和社会把人推到了这一步，舞台已经垮不掉了。土壤和田野都肥沃，村庄、农人还忙碌，却是工业和高科技已经吞没了农业，乡间的幼苗怎样也不能变得笔直挺拔。曲调已经消音了，铁路和电力的分贝弄伤了城市的耳朵。我们无家可归的时候就会回归海子、李白的浪漫。

看来谁也没让谁纠缠，是我们束缚了你们，你们捆绑着我们。你我都是人类而已。

如果有一天我们的城市强壮健硕，足以抵挡自然穿越历史，那么埋在春天里的应该是真正的春天。那些微弱的气息在黑夜无助地升起，却已经融化在月光里。月亮倒在清水湖泊里，再也捞不起一个完整的影子。

人的欲望是填不满的。

如果这个夜晚能赐给我一柄剑，我希望能刺穿夜障，做一个侠客穿行去忘路之远近的桃花源。带一把古琴或一支箫，涤清自己，在灰飞烟灭之前。

层峦叠嶂，重山复水，我走到那里的时候已经口焦舌燥，目困身乏。但愿有清泉从天上泻下，银河倾倒，流水画一万座城池，都变成俊山秀水的江南。

原谅我在这里抒情，请原谅我一直以来都不想丢掉最纯粹的清音、最朦胧的诗篇。我宁愿相信冬天的尽头不藏有太多苍凉，我宁愿春光明媚姹紫嫣红。情愫是枝头的鸣鹂，是晴空排云的鹤群。我宁愿万里大地被春风染绿，凫知水暖，更多的新绿从柳间发枝，岁月停在新叶里。

你唱起越调操起吴腔，城墙边站着静女或归人。

如此如此的简单。一切心情又这么在春天里收尾。

（原载于《美文》下半月刊，2011 年第 10 期）

跳舞的光线

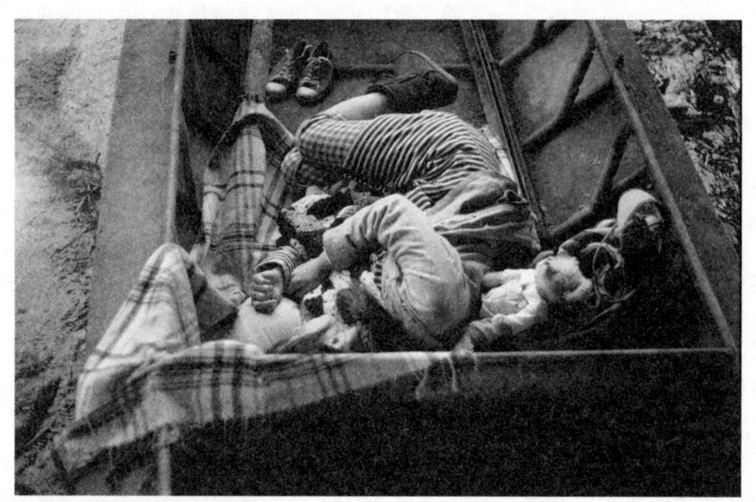

白云

这个时候我正坐在图书馆两个高大的书架中央，也就是我过道的末尾，找书人必经之道的末端。我数了数，架子是第八九排，窗子是第三四个，而我坐东朝西，背后是暖气片和水管静静的流水声。右手侧是我喜爱的米兰·昆德拉先生，当然，是作品。也当然，是巧合。我把手提包靠在左侧的书架，那里躺着许多封面不同的《浮士德》。右手侧的《玩笑》就像玩笑一样排列着——死去的康德和生命旺盛的昆德拉面对面，钢筋铁骨的德国和历经分裂的捷克面对面，戏剧和小说面对面，逝去的时代和存在的现在面对面。而我在中间坐着，而我什么也不是。

我的侧前方射过来两缕光线，一缕偏黄，一缕偏白。一缕是被书架挡住的顶部灯光，一缕是被灯光融合改造的自然光，两缕光线像一张布一样盖下来，显得我的前方无限光明而背后格外黑暗。它们像地衣一样生长蔓延过来，朝着我的方向，让光明的程度和潮湿程度相反的增长。越来越暗了，越来越湿了。我的背后还有流水声，有韵而无秩的，轻声流淌着，我有时闭上眼，就会感觉我的身后是一潭幽暗的泉水，前方是矮山的豁口。

昨天的时候，我把我的生活清空了一遍，发现了很多可有可无的人，他们占据我的记忆如同大便占用了马桶，因此我在回忆过去和构建未来的种种虔诚道歉后，把他们冲到了生命的下水道里。一个人要路过很多花园，却不能把花都采尽。贪婪是一个人最恶毒又难以去除的习惯。贪婪之于我们，像是粪便之于芬芳剂。我们总为我们空气里的恶臭抱怨，因此总想用清香的东西来弥补。可是，香味混杂在恶臭里滋生了一种更加无助的烈味，就是变异。恶臭本来是可以忍受的，可搅混了相反的东西进来，清香的就怎样也不能回归情调，却沾染了一身的恶趣味。我时常这样，对环境产生抵触，然后把自认为的香料加进来。后来，香料变得连洁厕剂也不如，还遭人唾弃。我玷污高雅的东西不是一次两次，所以如果我信基督，我会向主忏悔。可是我没有信仰，我只能用我的逃离换取。走，走得越远越好，这样让臭的回归它本位的臭，我如厕完毕，我的同伴也可以一起在洗过手、风过干后，笑着说拜拜，回到有香水的餐厅。

我知道这比喻是我写东西以来用过的最恶劣的一个，但最近，我总是憎恶我的柔弱和“中庸”。我希望敢爱敢恨，我本来敢爱敢恨。只要我没有触碰别人的尊严，没有触碰社会的利益，没有违背伦理的准则，我想干净利落还是比优柔寡断，更适合作为一个人的性格。因为虚伪本身，就是不可饶恕的罪孽。

归结起来，我的罪孽深重还不止一点两点。骄纵，固执，自由，善感善怒，厌恶拐弯抹角，鄙视阴暗的笑容……当我不知道怎样带着这些罪孽一帆风顺地活下去时，我坐在书架中央看到了光线的舞蹈。

睡觉的时候，无论关掉多少盏灯，总不能把世界变得漆黑一片。光线此刻变成细线，把脑海中的东西缝补起来，变成了睡前的回忆，以及睡后的梦境。跳舞的时候，它穿越身体和目光，有时候光线在应该的地方打起结，这时，不是成功和尊严即将生成，就是缘分的脐带快要被剪断了。光线在坐行跑跳，吃喝拉撒，吟弹谱奏里随意穿行，打好空气的招呼就在时间里肆意妄为。光线离开发光体后总是充满着目无下尘的神情，这神情让经过大半个冬天苟延残喘的碎冰投以鄙夷。

我发现物以类聚。我的骄纵固执，善厌鄙恶，在光线那里完全变成了洒脱的存在。光里容不得拐弯抹角，光线从来笔直。我对于笔直的东西总是投以崇敬。因为盛大的东西——比如海和天——从不用拐弯抹角来彰显自己的浩大和崇高。

物以类聚后，我显得更加坐卧不安。我以为盛大的东西都与长久关联，而我，无论在重量和长度上都与持重、亘古这类词汇沾不上边。我自己抬高了自己，这让我面色羞愧而泛红不已。我的目的不是寻求一份盛大的依靠和长久的秉力。恰恰相反，绕过一些沉重的责任，我才能活得轻松愉悦，少受负累。可是，当我现在看着左右两边的书，像冬眠的动物一样睡在没有光线的架子上时，我就有冲动变成轻浮的春天，作践自己，把它们唤醒。

这说明了什么？我爱盛大和长久，胜过琐琐碎碎平平庸庸的其他。不，说明我让我忘记了轻松愉悦的状态，而总是绷紧神经，关注着一些无须总是看透的本质。本质的东西都长远，因而也负累。长和远都是浓缩了长途跋涉的艰辛，而倾心本质的人，从来不会轻如羽毛地活在人间。他们的脚上都拴了铃铛，背上驮着无关自己的疲惫，而当你想卸下这些犀利的穿透时已经不可能了。如同一个女人做了母亲，再想回归天真撒娇的孩子，是不可能了。你看，有去无回折磨人的，是多么多，多么重。

因为我双腿伸直，把笔记本压在我的膝盖上打字，长时间不动我的双腿就僵硬了，我不得不蜷起膝盖，让它们及时还原它们能动的本性。东西磨久了都是会习惯的，习惯了就有遗忘。我怕我坐久了就不记得我会站起来，所以我总是提醒自己，你的腿是用来行走奔跑的，而不是用来赖床的。

效果很好。我最近每天都坚持十二点前睡，七点左右起。我丢失了许多恋恋不舍的午夜清净时间，我放风筝一样让它们飞走，然后把线头系在我信任的树枝上。现在，我要在挡住天空的树林里练练我的腿脚，有一天，等我真正自由了我就会回来，解下我的线，继续放我的风筝。到时候我将跑得更快，风筝飞得更高。我始终坚信这一点，所以，即便在看不见光线的丛林里，我还是专心地奔跑跳跃，我知道我有一天要回去，我的风筝一直都在。这就是我始终能在密不透风的丛林安心存在下去的全部动力来源。

你曾经认为你是一匹骏马吗？而你还深处大山深处的峡谷。没有草原的时候你是否怀疑过自己和周遭的一切，是否衡量过死亡到达的可能，是否相信或放弃过自己，是否与滚滚落日在降落时对视凝望。命运是一条大河啊，而哪一步才能通向平坦广袤的草原，除了太阳，又有谁能够告诉你呢？

我曾经就是这样一匹马。

现在，我还是坐在两个高大的书架中央，除了手指和大脑，我一动不动。总有人说，任一器官只有在疼痛的时候你才会感觉它的存在。而我现在牙疼腿疼，却只能感受到意识的存在，这又作何解释？我不解释科学，我只是想弄明白意识究竟是个什么东西，能将人如此轻而易举地掌控。

昨天晚上我做了一个梦。我的牙齿鲜血横流，牙龈血肉模糊。我清楚地感觉到我的口腔右壁已经淤满了破碎的皮肉，腥味浓重。牙医在为我拔掉惨不忍睹的大牙，他没有表情也没有神态，只有客观的动作在证明事件的发生。这同我对牙齿的感觉形成了鲜明的对比。我束手无策地感受我的牙齿疼痛地离去，而更让我恐惧的是离开本身。它的存在突然让我对原本拥有的器官珍惜无比。我对于离开，突然加上了感性的眷恋。是不是每个人都念旧，我不知道，我只知道醒来后当我发现牙齿完好无损地排列在我的口腔一圈时，我一颗揪紧的心突然松弛了下来。我能感觉我身上、脸上都热出了汗，小腿疼痛，我闭上眼睛从头到脚感受我所有器官的运作，然后祈祷它们不要有一个过早地离我而去。我觉得我已经脆弱不堪，对于这样的离去我无法忍受，心如刀绞。我简直对这完整的存在抱有天大的庆幸，我差点没哭出来。

现在你能看见我的贪婪了吗？物质的，意识的，我都紧握不放。所以我的生命是负荷很重的，哪怕是艳阳高照，每一天我都没有感到放飞的快乐。我的快乐总是和我的浪漫主义相反，是紧挨地球表面的，是实打实的。我真怕有一天因为这紧贴土地的快乐，压得我直不起身来。

我还是一个活着的人啊，身体精神都活着。所以我也希望轻盈地活着，拥有轻盈的愉悦。

身后的水声越来越小了，下午也开始逼近黑夜。透过日光的偏黄的自然光，以及赤裸裸穿透空气的白色灯光，现在已经不再比例协调，黄色的光线逐渐弱了，白色的光线愈发强了。来往我身边的人多了，看书不走的人立在书架前成为时间的塑像。我不能解释我对光线突然的欣赏，就如同河水不能解释它为什么汇入海洋。

我只是渐渐地，渐渐地，看见了一只飞翔的手在我面前指画着什么。它苍白而洁净，有暗黄色的皱纹。它摆动的姿势很像一团飞翔的泡沫，花枝招展的，凌乱无序的。怎么也猜不到这变幻的频率和姿态将流向什么，它变得越来越大，越来越模糊，就好像它自己是一团白纸，它自己把自己展开，自己把自己撕碎，自己把自己聚成小团，自己又把自己撒向天空。这样，一群白色的微小的鸽子就飘散在我的身边，它们的翅膀像火焰上跳窜的烟灰，它们的眼睛充满安详，它们四处找寻同伴，翅膀交缠，它们的降落打乱了流水的声音，纷纷落在了潮湿的地面，融化干净了。有多少夜晚那些白色的鸟都死于这样的融化，风一年四季都刮，月亮升起来，太阳找不到身影。白色的光线变成白色的雪片，把翅膀隐藏在隐隐约约的黑暗里。有多少睡眠都被美梦和噩梦惊扰。时间太长了，而生命太短。我的脚边落满了时间的羽毛，苍白而洁净，同样有暗黄色的皱纹。它们依偎在我身边，把埋藏安葬的程序忘记了。它们就静静地躺在我的身边，黑夜要来了，光明短暂地陷落了，它们围成一座花园的样子，小小的翅膀铺满了冰冷的地面。我低头看看它们，它们也抬头看我，这些优美的死亡是最美丽的舞蹈，盘旋在流畅的日夜交替里。星辰升起，白昼降落。光线变成最温柔的线，穿进梦境最温柔的针。它把自己变成慈祥的母亲，柔美和蔼充进它的身体，它手腕灵巧，手指纤细。它将满含忧戚与怜惜，把每一个的强光里遍体鳞伤的生命体，将它美丽的孩子都修复得静美齐整，完好如初。

（原载于《美文》下半月刊，2011 年第 9 期）

琥珀里的蝴蝶花

韩倩雯

丘陵地带

这个春天的一个傍晚，我打算一个人走回去。

我来自平原，现在却生活在一个丘陵地带。我住的地方周围是很多矮矮的山丘，有时候，我努力地往上跳，像一只小盆里的虾，往上腾跃。有时候，我会想象自己有一天可以跳出那屏障一般的丘陵，回到我的平原上去。

我对平原有着入骨的钟爱，仿佛棋盘一样平展完整，骑着单车可以淡然自适吹着迎面扑来的风，就可以一直骑到这片完整的棋盘尽头。

我是如此不适合在凹凸起伏的地表上生存。

苏伊说："你看看你现在的样子。"

是啊，我现在的样子。

昂着头努力往上腾跃，极度不自知的样子。

天气晴好的冬天，我和苏伊跑上天台，俯视淹没在凌晨雾霭中的楼群。我们就像是两只高空中的飞鸟，俯瞰混沌的世间。

苏伊说："现在的场景，多么像海市蜃楼。"

有一些早晨，苏伊身上会有隔夜的酒精味道。这之前的一个晚上，我刚刚和喝高了的他勾肩搭背地走在路上，我知道他醉了，虽然他从不会因为酒醉而呕吐或者乱说话。他喝多了的时候，会告诉我，今天桌上的某人，他醉了，还有某某人，他也醉了。

他说得那么准确，唯一的瑕疵是——他从不承认：自己也醉了。

在学校的日子，我和他同样懒懒散散，倘若阳光晴好，我们会沿着一个又一个陡坡往上爬，穿过一条栽满香樟的长路，去一个颇有点光秃秃的小山丘，裸露的部分是红色的土。苏伊说，那是这个城市特有的土。

而我看着那大片大片的土，忽然就想起腌鸭蛋，想起家的味道。

我和苏伊认定那红土裸露的山后头是我们的仙境。木制的桥延伸到湖心，人迹罕至，木头的油漆依然露出光芒，木制桥尾端的座位上堆着厚厚的灰尘。

最近的一次，我们站在上面，看着湖里边枯萎的荷叶，仿佛一大堆杂乱的草插在土里，给人的感觉，旧年里的冬天还没过去，而湖那边和河流相通的地方，悠悠地游来几只黑色的野鸭，几声空灵的叫声，让我和苏伊都觉得，料峭春寒快过去了。

学校里出现了好多蓝色羽毛的鸟，很美的翅膀和羽毛。我不知道它们叫什么名字。

苏伊告诉我："那或许是画眉吧。"

凭感觉，我觉得它们很像画眉，但究竟是什么鸟，我其实也不知道。

我和苏伊经常走过那条樟树茂密的小路。下雨的时候，外面哗啦啦一片大雨，樟树叶下是淅淅沥沥的一片小雨。然而在雨停息的时候，风一吹，就会把雨吹到我们的脸上。苏伊说他近乎变态地迷恋着这样的感觉。

我们其实不是那么适合在丘陵地带里聊一些不合适的话题。苏伊会跑去学校饭店的一个角落里，找一些人，喝很多的酒。酒桌上的每一个人看上去都在逞强，一天一个女生一直陪着苏伊喝到最后，她站在桌的对面，满脸通红，颤抖着手举起酒杯，大声地一遍一遍地说："苏伊……你再，再喝一杯……你要是男人，你就喝……喝……"

苏伊果真喝了，尽管我知道那最后一杯是那么勉强。

那天晚上在回去的路上，苏伊吐了。他跑到路边的草坪旁边，捂着肚子弓着腰，吐出令人难以忍受的酒精和食物发酵后的秽物。

他吐完了，忽然问我："今天饭桌上那个女孩儿，有没有醉？"

我说："你醉了，还是回去吧。"

苏伊说生活在丘陵地带的他，每一天都过得发虚。

大家闹酒，闹完了，热闹也散尽了，什么都没有了。即使这样，还是会闹第二次。

直到某天彼此都醉了，会说："下次别这样了吧。"但是下次又会这样。

在夜晚，在丘陵的上方，星星和月亮闪着冷冷的光，有一抹抹烟似的云，远处映照出的点点彩色灯光，仿佛仙境一样。

苏伊告诉我：这里，注定不适合我们生存。

平原

在南方，大多都是丘陵地带，我和苏伊曾经生活在那一小片极为珍贵的平原上。

我们喜欢水平的视线，可以一直贯穿到尽头的光。我们曾经在下晚自习的时候骑着单车，绕过这平原上的无数路灯，单车后座夹着复习资料。

苏伊喜欢那样的时候，初夏的风迎面扑来，空气里打着漩涡，有旺盛的植物的气息。

苏伊无数次地对我说："倘若……倘若，后座可以载着她的话……"

我一边蹬着踏脚，一边拉长了声音说："为什么只是倘若呢——"

苏伊望着在初夏的风里摇摆的树冠，脸上浮起隐约而神秘的笑意。

昏黄的灯光交叠成一个浑浊的光幕，苏伊的笑容宛若星辰在里边闪烁，那一瞬间，我居然无论如何也忘不了了。

以至于后来我们被迫安身在一群丘陵里，整天走高高低低的路往返于学校各个地点的时候，每当我想起那个笑容，我就会想起我的高中年代，那无数个晚自习结束后的晚上，我们的单车，单车拐弯时清脆的铃声，没有任何颠簸的平原上的马路。

我就是这样地，用苏伊记住了我的高中，我亲爱的平原。

站在丘陵的低洼处，我努力地往上跳，跳得很高，昂着头。

苏伊问："你在干吗啊？"

我说："我想跳起来，看看外面的世界。"

苏伊小声说了一句："你脑残啊。"继续画他的画了。

而我依然站在教学楼的天台上，蹦来蹦去。

我并不是真的不知道这么做只是徒劳，可是我需要这样，来让被沉沉压了很久的心往上搏动一两回。

我想念我的平原，不仅仅是平原那么简单。我想象过：如果每个人的心里都是一望无际的平原该有多好，心里藏着山丘，山尖难道不会戳着胸腔疼吗?

我喜欢这样安静的时候，在苏伊身旁肆无忌惮，每个和他打闹的午后阳光里，都流转着草籽茶的清香。

他画画，我胡闹。

他画从天台上看到的起伏丘陵，眯着眼睛，左手微微地挡住强烈的阳光，画笔斜斜掠过画纸，哗哗地响。

我们坐在一起，话题不由得偏向曾经生活的平原。我们聊那一小片平原上发生过的事情，那些曾经遇见的人。

是否还记得，什么时候，在 9 号教学楼，天桥上纷飞的柳絮，天桥栏杆上堆积的白雪。

以及每天从看台后边沉沉坠入地平线的落日。

曾经忽略的所有细节，在这个午后，突然全部复活了。过去了的哪怕已经干瘪了没有生命力了的东西，都宛若忽然充溢了水分一般复活了，又活生生地站在了眼前，不，甚至比活物更美。

苏伊说："学校拐角的十元店。"

我说："是呀。"毕业典礼结束的那天黄昏。

你去买了好多镜子。

是很复古的那种，我偷偷换了更好看的盒子。

苏伊笑，扬起脸来说："谁知道，盒子的盖子太大了。"

"是啊，都框在下面盒子上方了。"

我们都笑了。

我说："我只是觉得那天光线太昏暗了。走进那家店，发现镜子让整间屋子比外面亮好多。我觉得，我需要好多这样的镜子。"

那天，苏伊也挑了一副镜子、梳子，复古的铜制品，长长的柄上镶着彩色水钻，让古典的沉郁中透出了一星华丽。

苏伊说："其实那天，想把它当做毕业礼物送给她的。"

我问："后来呢？"

苏伊摇摇头："想了很久，还是没送。"

那天黄昏，我们往回骑的时候，车篓里堆着好多好多镜子，夕阳的最后一点余烬，穿过未盖紧的盒子，反射在我握紧车把的手上。

我和苏伊骑着车在路上，法桐遮蔽了整条路，法桐上结着的球形果子，在风里轻轻飞舞。苏伊仰头的时候，刘海随着风有点散，盖住了眼睛。

我们各自怀揣着心事，骑着车，整条路上没有说过一句话。

大概是忧郁的影子在风里飘来散去的缘故吧。

操场·山丘上的蝴蝶树

高中的记忆当中，苏伊一直不太喜欢参加活动。偶尔打一会儿篮球，偶尔给校刊画几幅插图，但是那一次的趣味运动会，他参加了。

我觉得他是因为她。

那天下午，在学校的操场上，苏伊抱着头在原地转了十圈，然后跑出去，一直跑到终点，把一盆面粉里的乒乓球吹了出去。他呼出的气太猛了，盆里的面粉迅速跑到空气中，飞了他一脸，他的额前，他的发梢上，是一片白色。

整片前面都笼罩在飞腾起来的面粉中，我站在终点看着苏伊得了第一，风里散乱的面粉也粘在了我的衣服上。

那个活动的名字，我还记得，是“晕头转向”。

我后来问苏伊：“你怎么会参加那样幼稚的游戏？”

他说：“这个游戏是她的提案。”

就是这么简单的一个原因。

那天放学后，我们推着单车走过黄昏弥漫的操场，塑胶跑道上还腾着面粉的颗粒，与昏昏暗暗的暮色交叠在一起。

她看到了苏伊，她笑着说：“一想到你下午的那个样子，我就会觉得非常开心。”

他也笑了笑。

然后就走了。

他走后，我故意落在后面，对她说：“苏伊喜欢你。”

她愣了一下，说：“开什么玩笑。”便走了。

我站在那里，看着她渐渐走远，最后走出了操场。我是真的相信，在那样一个弥散着暮色的时候，是应该发生些什么事情的，像所有青春的歌儿里唱的那样，抓着画笔的少年，单纯美丽的女孩……

但是我微微失望地看到，什么都没有发生。

我一个人推着车穿过篮球场，心里寂静得如同运动会结束的空空的操场，仿佛那个失望的主人公是我。

苏伊曾经对我说："她是艺术品，不可靠近，只可珍藏。"

苏伊还说："她只适合永远放在心底，而不适合牵在身旁。"

他的这两句话，是在那片丘陵地带的一个石阶上告诉我的。我们坐在那层台阶上，喝着啤酒，我听他说话，像是梦呓一般。

其实她真的就是美丽的女孩儿吗?

那个年纪的女孩，是因为纯澈，才会有一种牵动心弦的魅力。

可是，那个年纪是留也留不住的。那个从黄昏中走过操场的，穿着简单运动装的女孩，包里已经开始放隔离霜、BB 霜、粉底和口红了，那个女孩已经开始喜欢穿蕾丝的吊带了，她还喜欢穿颜色明丽的短裙，穿着黑丝袜高跟鞋的她，已经不再是苏伊的那个女孩儿了。那个曾经的她，永恒地留在了苏伊的画笔下，和简单的水粉颜料一起被留在了岁月深处。连她自己也不记得了。

苏伊说，高考后，一切都仿佛经历了翻天覆地的变化，被压抑的小孩要拼命地长大，要去完成那些无数被臆想了却始终未能实践的事情，高考后的世界，是黑丝袜的世界，是超短裙的世界，是啤酒的世界，是 KTV 的世界，是欲望的世界……为了迎来彻底的释放，有多少人把最美好的东西，连同释放干净了。

然后，踏进大学校门，站在那里想：那高三夜夜让自己翻来覆去不能入眠的一场高考，其实也不过是那么一回事。

大学里的世界，是热闹的，同样也是虚空的，是不缺乏朋友的，同样又是寂寞孤独的。

多少次，会去怀恋高中的好哥们儿，他们在哪里，去了哪些地方，又经历着什么，与自己再无联系了。

苏伊不止一次对我讲起，在那平原城市的学校里，那一片小小的操场上发生过的事情，打过的架，取过的景深……太多太多。

我也是这样，靠着温存那些当时并不觉得温暖的东西来缓解现在格格不入的尴尬。

后来，一个秋天，苏伊带我出去玩，在小山坡上，有成片的蝴蝶树，蝴蝶树上开满了蝴蝶花。我们穿过大片红色的蝴蝶花往上走去，一些花瓣掉在我们的头上。苏伊往上走着，阳光一溜一溜地往下翻滚，这个晌午，竟让我想起那天面粉铺散的操场。

苏伊打开画夹取景，后来他寥寥画了几笔，便收了起来。

我问他："为什么不画了呢？"

苏伊说："不知道，大概是连灵感都在这样枯燥的生活中消停了吧，画出来的东西一点活气也没有。"

恋爱

苏伊后来恋爱了。

我不知道是和谁，他也一直避而不答，我觉得他和我越来越远了。他停止了画画，开始打篮球和打游戏。

有时候绕过学校网吧的窗子，看到他在网吧里戴着耳机全神贯注的样子，我都觉得那是一个陌生人。他似乎开始渐渐和周围的男生没有什么两样了。

连我也搞不清楚，他怎么突然变了。

更多的时候，我独自抱着笔记本电脑去那片我们曾经去过的木制桥，木制的桥延伸到湖心。人迹罕至，木头的油漆依然露出光芒，木制桥尾端的座位上堆着厚厚的灰尘，还是那样的光景。

这个被丘陵紧紧包围的城市没有春天，夏天直接就降临了，仿佛一夜之间，大法桐干枯的枝头陡然有了颜色，山丘上开满了樱花和正在更替颜色的梅花。

我忽然想写一些关于苏伊的东西，但是我很快发现，我几乎无法用过多的情节来描述我们之间的事情，貌似我们之间只是有一些情绪，我从丘陵写起，从人们心上的丘陵写起，从我想摆脱这种几乎被包围的痛苦开始写起，写到了我钟爱的平原，和那些单纯简单得甚至有一点枯燥的年月。

有一天早晨，没有阳光，我独自在天台上站了一会儿，便抱着笔记本电脑来到那片木制桥所在的湖区。

湖上掠过的风让我的心绪更静了些。

我打开电脑里面的文件夹，听了好多的校园民谣，那个已经不知道飞往哪里去的校园民谣时代，在那个早上激起我内心的朵朵涟漪。

那个“手一挥就再见，嘴一翘就笑，脚一动就踏前”的时候去哪儿了，我是真的好怀念那样的单车，那样的阳光，那样的匆匆，以及每天放学回家后各种饭菜的香味。

或许苏伊和我的友情就是建立在这种共同的怀念上的。这种怀念让他难受，所以，他几乎不愿再看到我，连同抛弃了的那支油彩斑驳的画笔。

他接受了一种我曾经所不屑的生活。

游戏、篮球、女朋友。

后来，我看见苏伊环着一个女孩从远处走来，他在远处看到了我，我在这头也看到了远处的他。

他环着那个女孩折身走了。

我原本坐在那里，写一点东西，听一点音乐，但是后来我站起来，收了电脑，走出了那片地方。无论如何，我是真的感到，那个陌生的苏伊已经来过这个地方了。我决定，以后再也不要来这样的地方了。

我还是那样，对人微笑，内心寂寞难耐。

一天晚上，苏伊忽然打电话给我，他叫我去喝酒。我去了，喝了两听啤酒就醉了，走路有点摇摇晃晃的样子。苏伊握着酒杯笑着对我说："你寂寞吗？"

我几乎是流着泪点点头。

不知道是不是因为喝了酒的缘故，他的眼里亮亮的，他沉默了一会儿，然后对我说："那就找个人，恋爱吧。"

他说："我女朋友，要看我的画，你知道的，我已经很久不画了，我不肯给她看以前的画。"

我点头。

他说："以前的画，除了你我，谁也别想看到。"

那天晚上，我们爬上学校最高的一个山坡，在山顶上坐了一夜，冰凉的石阶倒让初夏的热浪泛起了一点凉意。

我问："苏伊，你喜欢她吗？"

——"谁？"

"那个，你的女朋友？"

他没说喜欢，也没有说不喜欢。

（原载于《荏苒》2011 年 11 月）

流经青春的时光

丁威

想来没多久，却已许多年。

撕掉日历的瞬间，恍惚觉得把过往的日子都一并撕扯了下来，算一下，离开高中的时日已经远长过高中的时光了，想起的时候，痕迹还是深深地刻于表面，不曾湮灭。像是镜子爆开裂纹，像是门环繁衍铜绿，像是石头风化尘埃，都是可循的深刻印记，风筝的线放得再远，根依旧扎在手心。

对侯孝贤的喜爱让我对长镜头很着迷，沉稳、内敛，叙述的节奏也悠然，万般滋味不必言说，自在场景中，镜中人悲伤欢愉沉默熙攘，它叙说的就是丝丝入扣的细节，柔弱但真切地点在心上。如果把这些时光当成一部电影来回放，起先会是长镜头。先前的门是摊开的书本形状，因为马路变宽，门便蜗牛触角似的缩回去，成为一条卧下的石，每每梦回，“固始慈济高中”几个红字就像火舌舔舐梦境，而校园里那些四季交替青翠的树则像火舌外延的绿色，蓬蓬勃勃漫在视野内，让每年六月的那场生死之战的焦灼气息淡下去。

书本形状的门消失后，我成了这所高中的一员。后来，我甚至后悔过成为它的一员，是因为如果我去了别的学校，或许我就会选择文科，因而走进更好的大学。但时光从不曾原谅现在，也不会让你涂抹下的生活成为一张可以重新来过的草稿，而那就是完全不同的一条路了。如果怎么样也许会怎么样，这种假设也只是一闪念，生活在别处，但我在这里。

下午的时候，我才姗姗来迟，父亲领着我走到那时的一（3）班，教室里已经坐满了人，班主任不在，因为彼此陌生，整个教室呈现出一种尴尬、新奇的沉默。我手里提着行李，眼睛偷着往教室里瞧，这就是我的学校了，我要在这里生活三年，青春也要在这里耗尽它最后残余的时光。

接着父亲找到了班主任，他领我们找到了寝室。因为另外三间寝室已经住满了人，我和Y同学就搬进了116寝室。而接下来的一年里，116寝室简直就成了一辆公共汽车，人员变换不定，你根本想不到什么时候你的上铺就变成了另一个兄弟，或者你的旁边莫名其妙地就换成了鼾声如雷的人，而其中只有一个人，从始至终都跟我在 116，其间因为升级而换了寝室，但三年里无论如何变换，我们也都始终在同一个寝室，他就是 Z 同学，也因为他，我像无退路似的走上了现在这条路。

那天晚上，我正在卫生间里刷牙，一个人光着膀子抱着一床被子进了 116，在路过身边时，朝着我嘿嘿地笑了下，尔后扯着嗓子喊："我来了。"他个子不高，留着鲁迅似的短而生硬的头发，眼睛很小，笑起来就消失不见，而且因为那双眼睛的缘故，他一笑，总有种狡黠的意味，像是在对着你耍鬼把戏，年纪不大胡子却不少，茂盛地种在下巴上。整张脸的亮点就是那条三寸不烂之舌。在后来的三年里，他那张嘴除去睡眠和某些上课的时间外，几乎无时无刻不在吧啦吧啦着，他像个杂家似的，什么都知道一点，什么也都能大概说出个一二三来。

Z 同学和 Y 同学的辩论基本是我们寝室每晚都会有的保留节目，上关天文，下关地理。起点一般都是军事，然后绕着军事漫无边际地往大了扯。Z 同学喜欢扯着嗓门吼，连带着手上的挥舞动作，让你觉得他随时会脸红脖子粗地跟 Y 同学干上一架，这也就首先在气势上压倒了 Y 同学。而每每到最后，Y 同学都会摇着头笑着对 Z 同学说："你简直不可理喻，一派胡言。"尔后悻悻地走去洗漱。Z 同学则笑呵呵地对我挤眼道，君子就该愿赌服输，嘴再硬大家都听在耳朵里，尔后也走到卫生间去，笑嘻嘻地挤着 Y 同学洗漱。

我要说的关于他的，其实是书。在我那时的认知范围内，他是读书最多的，我记忆里他是什么书都读的，经典名著、武侠奇幻、动漫杂谈……凡能见字，皆入他眼。

有一次，我们下自习后照例在熄灯前扯淡，他正捧着本《鹿鼎记》坐在床上看，突然寝室就静了下来，我们全都肃然地站在那里，朝着一个方向点头，那是班主任来了。而他还沉浸在那本书里，班主任就拿过他的书，他还以为是我们在开他玩笑，就往回扯，头抬起来，见是班主任，手里的力道就弱下去了，木着脸对着班主任。班主任说："这种书以后不要往学校带，这本我先收了，放假再还给你。"他开始收敛了些，但是那些书还是迷幻地在他眼前晃，可想而知，那些书后来都被班主任悉数收了去。我想，这算不算是一种扼杀，以教育的标准来衡量一些书，何为好何为坏，微暗的火不曾照见一方，就熄灭在叹息似的万千余烬里。

他也经常会和我谈诗，在那时大家都忙着学习，我们就成为异类。他只是读，却很少写，直到高三他才开始跟着我一起写诗，而那时，我已经开始装模作样地练习写小说了。

记忆里最深的是每个周六的晚上，由于晚上没有晚自习，我们在下了第三节课后就结伴游荡在县城，拐进大大小小的书店。并不见多少好书，每周看来看去也基本都是那些书摆在那里，可是，我们还是每周都去，路上天南海北地扯，路很长，脚步不知去向，像是踩着一片云。

夏季的黄昏，暮色很淡，会有风，车辆已渐稀少，扬尘都已落定，我们像是悠闲的过客，东张西望地打量着这个略显破败的小县城。它沐在阳光最后一丝淡薄的空气里，缓慢呼吸，我们则走在它睡去前的梦境边，而现在这个县城如同所有的县城一样变得熙攘，浮躁裹满各处。尔后，夜色沉沉落下，我们身后的脚印一步一步消失，手一抚，尘埃积淀的光阴落在手上变旧，枯黄如叶子似的生脆。

夜晚把她黑夜的披肩蒙上我们的眼，我们就看到黑色墨汁一样晕染开，从光亮透出的那一点开始，逐渐散开，云朵似的展开。脚已懒散，书店从视线里消失，只剩饥饿在攀爬，我们吃着饼，话语吐在晚风沉醉里。现在，站在胡须蔓生的此刻回望，饥饿是那么轻，像一朵雾气，只是淡薄地笼罩，而书店里那些书所散放的光芒却经久不灭，从高中褪色的那一刻开始，它的灯捻被拨开，火光就此开始奔跑，像是火燃的一匹马驹，跳在此后的多年里，让我知道，书是可以陪伴一生的食粮。含着它的光，即使贫穷、困顿、无所依，我仍可借这一丝微光，照着未尽的路途，心也就可空旷、辽远，直达无畏境地。

当我又一次站在高中校园的夜色里，身边只剩空荡荡的人群熙攘，熟悉的 Z 同学早已不知去向。毕业后，大家各奔东西，临行前的眼泪和醉意也都湮灭在流经的途中，新的人、新的页册，翻开的都是陌生渐近熟悉的人，而过往那些熟悉，都统统化为新的陌生。我不知道当有一天我们再见面，会是怎样清淡的一笑擦肩，也不知道时光会怎样在此间的罅隙抹上怎样的色彩，但我能知道的是，以前的色彩终将退去，黯然会包裹一切过往时光。关于青春的记忆，是夹在旧书本里的一张书签，如果不曾翻阅，也就永不可想起，而当再次想起，你也已经陌生成路上的行人了。

如果我再回来，要等多少年，十年二十年，或者更长更久远的时候，我站在这里，想起你们，想起高中里的青春，一起抛洒的那些青春热血，以及那些永不可回来的时光，我会不会哭到无泪，而我再想起时，你们在哪里呢?

（原载于《美文》2011 年 7 月）

那些年我们靠此维生

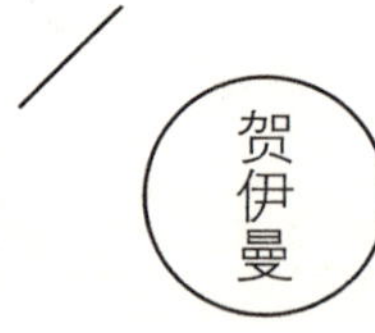

搬家时收拾了一下柜子，书桌最下层的几个抽屉差不多有好几年没有碰过，上大学以后很少回家，回来也只是黏着床，不再有机会和中学一样要长久地在书桌前面趴着。抽屉里都是那时候随手要用的东西，写作业久了就要拿出来看两眼那种零碎玩意儿，现在翻出来，无非是些铁壳的铅笔盒，皮筋、发箍和几只不走针的手表。再往下两层，一打开自己也有些惊了，算不得整齐，摆着一排排的塑料壳子，竟然全是磁带。

有几条纠缠在一起的耳机线，其中有类似网吧里用的头戴式耳机，还有几个有年代感的随身听藏在里面。我倒是瞬间傻了，铅笔盒发箍丢的丢散的散，可这沉甸甸的几抽屉东西，一时还真不知道怎么办。都装箱带走，实在太沉，里面不知道有多少已经是坏掉的，但把它们扔在这儿吧，真的也舍不得。用我妈的话说：“当年这些都是你的命根子。”想想也觉得够恐怖，当年是几年前啊。当年每天都要听这些，磁带一盘盘地买，放在宿舍堆积成山也还是觉得不够。但好像就一瞬间，并没有什么过渡，原本充斥在街巷四处的它们像突然被禁止了一样，随着一个时代消失得干干净净。

人生中的第一个随身听是我妈买回来给我学英语用的。大概小学三四年级，报名上英语班，要背整套英文版《白雪公主》，我妈为了让我跟着教材发标准音，就花了一百多元钱给我买了一个国产随身听，黑色的，上面有紫红色的按键，挺土气的一款。但当时宝贝一样捧着，在这之前哪见过随身听，家里都是电视大小的录音机，抱起来都要费很大劲。当时觉得随身听最酷的地方是可以别在腰上，耳机一插顺着衣服穿过领口，冬天衣服一盖走在街上谁也不知道你身上携带了一个能放英语《白雪公主》的东西。这是录音机没有的功能，真的随身可以听。我妈买回来时送了两个喇叭，那段时间每天都在家里用小喇叭放英语磁带，里面的女声念一句我跟着念一句，其实也不知道里面念的是什么单词，是什么意思，就是单纯跟着发音念。多年后回想起来才知道当年每天早上起来都要吊着嗓子喊的第一句是“It is a winter day……Her name is Snow White”。

印象里第一盘流行歌磁带也是我妈给我买的。有一天，突然她下班回来就给我放桌子上两盘磁带，说是在批发市场买东西顺便买回来的。我记得特别清楚，大概一辈子都忘不了，那是一盒两盘装的李玟精选集和一盘《还珠格格》插曲合辑。两块钱一盘，我妈说。其实盗版磁带音质也很好，后来我听了很多盗版磁带发现，只要你会买，货源够好，盗版磁带几乎可以和正版磁带媲美。比如那盒灰蓝色包装的两盘装的李玟精选集，音质就非常好，被我反复听了无数次，直接导致李玟成为我小时候的第一个偶像。

之后我妈又带我去了好几次她买盗版磁带的地方，我又采购了几回，说是采购，其实每回我也只敢要两盘，大多是老板推荐什么我听什么，他说哪个合辑不错，我就让我妈买下来。有一种磁带盒是纯白色不透明的塑料壳，合辑大多是那种，其实质量很不好，老板殷勤推荐应该是因为它进价便宜。我记得那种合辑里经常出现张惠妹的歌，还有卡朋特的《昨日重现》。

没多久好像复读机就出来了，我妈觉得不太贵，两百多块钱能学英语很划算，就给我买了一台。我高兴坏了，我觉得复读机是比随身听高级很多的东西，它能复读啊，也就是说当时它就具有一种现在 MP3 的单曲循环功能。复读机买回来的那个晚上，我就站在旁边等着它充电，没等充满就塞进去一盘白壳子的杂曲合辑开始放。我对复读机的音质是很不满意的，觉得远不如我的大块头随身听，但当时太兴奋了也顾不上音质的问题，直接把声音开到最大，满屋子都能听见。我爸下班回来一进门听见复读机里在放一首西北民歌，说很好听啊这是什么歌，我很开心地拿着磁带背面的目录说，林忆莲的《至少还有你》。我爸恍然大悟，跟着哼了几句。直到后来我才知道那目录是错的，《至少还有你》另有其歌。

有了复读机以后，对我来说学英语是次要的，一个英语单词复读三遍没意思，把《至少还有你》副歌部分复读三遍才是最让人兴奋的事。也是那阵子，我用复读机学会了人生中第一首完整的英文歌，《泰坦尼克号》主题曲《我心永恒》。

六年级毕业的暑假，有个外地来的远房表姐住在我们家。她上高二，家是南方的，我觉得她很新潮，不仅仅因为她的穿衣打扮或是那口带着港台腔的普通话，主要是因为那时她带过来一个松下（我当时一直以为那是索尼）的随身听，是深蓝色超薄的，我觉得很酷。她每天用它听很多我从没听过的歌，比如张震岳，比如西城男孩。我那时候只知道后街男孩，不知道竟然还有个西城男孩。表姐说她最喜欢的就是西城男孩，他们太帅了，还给我讲他们某个 MV 的剧情。我觉得表姐果然是南方来的，知道的真多，很羡慕，就让她用我的复读机放她的那些磁带，这样就能两个人一起听了。那段时间表姐每天用复读机复读张震岳的《爱的初体验》，我问张震岳是谁，表姐给我看磁带的封面，我说这不是《旋风小子》里那个喜欢徐若瑄的很丑的男配角吗，心里很诧异他竟然还唱歌。表姐说他一点也不丑好吗，我不以为然，和她一起跟着复读机大声唱，“把我的相片还给我，我可以还给我妈妈！”

后来表姐走的时候把西城男孩的磁带留给了我，那是我拥有的第一盘英文专辑磁带。

刚上初中的时候随身听和复读机还没有普及，很少有父母像我妈那样支持我听流行歌曲，同时也很少有父母像我妈那样逼着我学英语。但初一的时候我们寝室有个女生例外，她很爱买磁带，买的还都是正版，一盒十来块钱，堆在床头一大堆，这在我们那个小城市当时是很少见的。我们寝室就我俩有随身听，我经常听她买回来的磁带，有刘德华的合辑之类。我最爱听的是那盘徐怀钰的《LOVE》。那是 2001 年，周杰伦出了第二张专辑《范特西》，刚出那个女生就买回来了，同时还有 S.H.E 出道的第一张专辑《女生宿舍》。那时候我们还不知道周杰伦是谁，全年级都不知道周杰伦是谁。初一元旦晚会上，那个女生带着另外两个人在班上唱了一首让人听不清楚歌词的《爱在西元前》，一下震惊了全班。我们都觉得很酷，歌怎么可以这样唱，然后周杰伦就在我们班小范围火了。但年级上其他班由于没人普及，仍然不知道周杰伦是谁。有一回我们寝室用复读机公放《威廉古堡》的时候隔壁十四班的女生闯进来，劈头就问，这是什么歌怎么这么难听，我们说周杰伦啊，她说不认识。后来我们把宿舍门打开把声音调最大，整个楼道都能听见，遇见人就跟人说这放的是周杰伦的歌。

忘了说，那时候我们都觉得周杰伦很丑。

随着孙燕姿、S.H.E、蔡依林的出现，越来越多的人拥有了随身听，或者至少也有一台可以用来学英语的复读机。因为寝室里的爱正版女生，我总能听到最新出的专辑，有时自己也买，但生活费很少只能买盗版的，2002 年夏天攒钱买了第一盒正版磁带，就是周杰伦的《JAY》。

初二的时候，我后座的男生带到班上一个松下的 CD 机。当时全班就这么一个 CD 机，由于都是住校生我常常向他借来听。每天半夜熄完灯我躲在被窝里听刘德华（那男生最喜欢 ANDY），觉得 CD 机音质真好啊，比国产随身听好太多了，于是常常幻想自己也有一台 CD 机，而且一定得是索尼的。直到后来上大学我才攒钱买了第一台 CD 机，尽管那时候大部分人已经不听 CD 了，但我坚持认为这才是听音乐最好的方式。

记得“非典”时期最流行的歌手是阿杜，我们班集体排了一个关于小汤山的小品，里头还用了《坚持到底》作插曲，借的是我的盗版磁带。班里最帅的男生很喜欢阿杜，从我这儿借了几回之后自己也买了盘盗版的，每天跟着复读机哼《天天看到你》。后来陶喆也开始流行，但男生们始终最喜欢 Beyond。同桌每天都要唱一遍后街的《Larger Than Life》，完了再用不标准的粤语来一遍《喜欢你》。其实那时候我们那个城市英文专辑的磁带并不多，除了两大男孩之外，一般音像店能买到的只有布兰妮和迈克尔·杰克逊，直到初三才开始有亚伦·卡特、林肯公园和艾薇儿。初三那年生日的时候，一个朋友送了我一盒正版孙燕姿的《未完成》，更让我意外的是另外一个朋友那个月从父母那儿领多了零花钱，一口气送了我两盒正版的亚伦·卡特。我们班那时候包括男生都觉得十五岁的亚伦·卡特很帅，和我们同龄，竟然已经出了两张很火的专辑，更关键的是他还有个很帅的哥哥。同桌的必唱曲目有一阵子也换成了他的《American》。

后来从班上一个喜欢滨崎步的女生那借了艾薇儿的第一张专辑，正版的，再后来我又把它给弄丢了。那女生也没怪我，因为马上就要毕业了，我是中考的时候把书包整个落在外校的考场里，书包和包里的磁带再也找不到了。由于回校领成绩单时大家各有悲喜，一盒磁带的事也就被淡化，而莫名其妙我一直记得很清楚。高中我到一个县城里上学，那儿比城市里信息滞后很多，我花了好几个月时间才在店里找到艾薇儿那年的新专辑，只有盗版的，打听到那个女同学的地址，给她寄了过去。也不知道她后来收到没有。

初三的时候第一个随身听坏掉了，我妈又给我买了个新的。当时很流行的一款松下随身听，有很多种颜色，每种颜色都很好看，也是一百多块钱。买这款的人很多，班上净是撞机事件。撞机其实并不算可怕，那时候已经有几个人买了超薄款的松下，要六七百块钱一台，六七百的东西都是同一款同一个颜色，撞得可谓彻彻底底。这极大安慰了我们这些便宜货持有者。但在初三最后一段时期里，有一样东西的出现打败了我们所有人，让我们觉得用松下的随身听终于不再是件牛气的事情了。有一天班里一个男生带了一个 MP3 回来，这下全班同学都疯了，都抢着要用。男生很实在，谁向他借他都答应，高科技产品就这样在同学手里传来传去。那阵子流行陈奕迅，每个人借来都要单曲循环《十年》，初代 MP3 很耗电，一截五号干电池两个多小时就没电了。一直到毕业，我们班历史上只出现过那么一台 MP3，而至于那款忘了什么牌子的天蓝色初代，最后当然是瘫痪在某个借来用的同学手里。

中考完的暑假，周杰伦出了《七里香》这张专辑。那是我买的周杰伦的最后一盘磁带，这时候质量好一点的盗版带已经涨到六块钱一盘，我带着这盘六块钱的《七里香》去附近的一个小县城上高中。整个高中也是我买磁带最疯狂的时期，虽然那时候 MP3 已经出现，但那个价格在小县城里除了暴发户根本没人愿意买。其实班上有随身听的人也不多，我和为数不多的流行歌曲爱好者经常逃课出校门去城里买磁带。平时不能出校门，我们大多是请假，或者用各种手段混出去，除了上街吃一顿好的之外，磁带是必须要买的。县城里的盗版磁带很便宜，因为这边根本没有正版磁带卖，所有小摊上都是三块钱一盘，五块钱两盘。逃出来的时间很短，但再短也要拐到摊位看看有没有新出的带子。当时中学生都在看一本叫《当代歌坛》的杂志，我们从上面看最新发行的专辑，然后记下来问老板有没有货。如果没有我们就会考虑老板推荐的那些我们没听说过的歌手，或者自己动手在纸箱里翻，看有没有想要的。我和我当时的同桌每餐饭省下来几毛钱，攒几天就会出门买磁带，两个人选各自想听的，商量好绝不能重复，回学校互换着听。买回来的磁带一开始放在床头，渐渐床头堆不下就放进柜子里，直到高三换寝室的时候发现柜子里一半都被磁带塞满。那时班里的人都爱向我俩借磁带，我们起初还很热情地跟人介绍哪盘好听哪盘不好，后来发现那些好听的被人借走后有去无还，就开始不再外借了。但平时放在抽屉里的磁带盒还是会经常做完课间操回来就不见，我跟同桌做了个统计，最爱闹失踪的是王菲、刘若英和许巍的专辑。那时候也是修磁带高手，盗版带问题多，我和同桌差不多包揽了修理全班带子的活。调校磁头、换顶部毛粘垫甚至用螺丝刀卸开带子换压带轮和主导轴也是常有的事儿。

其间换着用过一个我爸单位发的据说很贵的松下随身听，背面带收音机功能，个头很大，也很费电。用了一段觉得各方面都不如之前那个便宜货，就又换了回来。便宜货陪了我好几年，直到高三我的好朋友 W 有一次跑早操时借走，下完操再还给我时它变成了两半。那时候我已经有了第一台 MP3，但一直还用着我的便宜货，直到它最终在我眼前变成一堆残尸。从那以后我就没再买过磁带了。

又过了两年，街上已经见不到磁带的身影了，以前走两步就有个音像店或者用抽屉搭起来个小摊，现在也都散了架随着时间推移自动进行更新。某一天醒来突然发现不知不觉已经进入了另一个时代，听音乐的方式已经变得非常多元化，多项选择给人带来惊喜，以及更加的方便快捷。有谁还记得当年互相交换磁带，对倒带技术的沉迷，和第一次发现随身听自动翻带功能时的欣喜？虽然现在 ipod 时代一样要偷偷在课上把耳机藏进头发里，同桌两人分一副耳机，但很多乐趣更年轻的人已经难以体会。我甚至会想，再过个几年，年轻人已经不能理解市面上曾经出现过磁带和随身听这种老派的玩意儿了吧。当然，在互联网上你可以下载到另一个半球的歌手的最新专辑，而且竟还是免费的，不用看杂志不用音像店老板的推荐就能得到每日新鲜资讯，试听半首新歌就足够否定一个歌手，甚至还有豆瓣电台这种随机性礼包送到你面前。我现在一个月听的歌比从前一年的还要多，随身听时代的工具显得那么低效、不足于满足需求。只是一切都是快速便捷的，以前一盘磁带反复翻带、倒带时怀抱着的充沛的热情，似乎也不那么常出现了。

周杰伦拍完电影又开始主持综艺节目，S.H.E 里有人将嫁作人妇。赵薇生了孩子，王菲时隔六年重开演唱会。连当年十五岁的亚伦・卡特也向女友求了婚。尽管从高中似乎就没再听过当中很多人的专辑，但再看到新闻时还是恍惚一惊，这十年也就日历一样哗啦翻过去了。有意思的是，过去总是问音像店老板“有没有新专辑”，现在 ipod 里保留最久的却是谭咏麟、林子祥甚至吴莺音多少年前的老歌。有时候看着 MP3 里一张张完整的专辑，从头至尾听完一遍也会恍惚有当年听磁带的感觉。记得初中有一年冬天徐怀钰出了新的精选集，接连跑了好几次音像店老板都说货快到了，快到了，让我周四过去拿。周四那天晚自习我们做了月考的数学卷子，交完卷我拎起书包从后门就跑了出去，跑进路灯下纷纷向校门口移动的人群里。那时站在一排排推着自行车缓步前行的黑影身后，心里的等待焦急又兴奋，无法描述，隔了多少年我都无法忘记。

（原载于《萌芽》2011 年 7 月）

PART 4

静美·月光下的老屋

我使过的几个死（外一篇）

唐棣

——献给母亲

在我们马洲人眼里，死亡是可以使用的。我们说“谁几次差点死了”的表述方式是“谁使了几个死”。至于，那个使用者似乎从未引起过人们的注意。如果，我不说，恐怕永远也不会有人知道，我曾这么干过。

乡下人逢事便会去找算命先生问。我母亲的特殊之处便是开始时是不宿命的。直到父亲死后，她为我算了一命。先生问去我的生辰八字之后，转了几圈灰白的眼珠，冷冷地说我生来克父！当时，母亲一怔。同样一个先生还说我是大命人，他的形容是“掉井里也能蹦出来”。这一点，母亲现在才有点相信。

我出生在老庄，因为采煤塌陷，大约一年后我们便举家迁往了新庄。老庄在我们想起它时，已被从地下冒上来的水给淹没了。

我使的第一个死，就是在新庄建屋的时候。

当时，父亲沉迷赌博，盖房之事自然交由母亲操持。因为要用灯、开关等物品，母亲只得用自行车载我去买。天落着小雨，回来的路上，一辆长斗车突然从我们身后冲出来，一下挂住了车把。母亲现在描述这段场景时仍会发出感慨：“我们的命是捡回来的！”

路面很滑。自行车被汽车拖出一条长长的痕迹后，我们被狠狠地甩向了外侧……到家后，一身泥水的母亲和父亲曾有过一段关于生死的争吵。据她回忆，她当时气急败坏地说：“我们娘儿俩差点死了，死了你怎么办？你成天就知道打牌，你还管不管我们的死活？”总之，说了许多听来耸人的话。后来，这一命就像先生说的那样，还是被我父亲给还上了。

多年以后，母亲忽然宿命地认为，那次意外是个暗示。她悲伤地告诉过我：“没想到命真是注定的！”

命中注定的还有我三岁时的这段与死亡的亲密接触。记忆的残缺使得神秘无孔不入。有时，写到这段往事，我都会接到父亲来自天上的暗示，以至于对这些的描写总显得轻率而潦草。其实，是父亲不让我说。或者，我搬出父亲来，再说别的就更假了。按马洲人的规矩，咱们哪儿说哪儿了吧。

除去我多年对神秘的热衷，父亲还为我留下了一个孤独的童年。母亲上班养活我。没有上学前，我的时间几乎都耗在了那片布满茫茫草蒿的野地之中。马洲的野地是我的乐园，我喜欢横穿草丛的沙沙风声、喜欢林间荒坟边隐隐袭来的凉意……我不停地走，累了在随便一个树杈上睡会儿，醒了看看太阳。时间早的话，继续走，天晚了，我便向着家走去。马洲外围的野地，后来把我变成了一个捕蛇少年，使我热衷于追随花色各异的蛇，去过所有蛇爱去的地方（甚至，半个头钻进过枯坟里）。

第一次真正感受到死亡的气息也是在那个时候。

八岁的我攥着被蛇咬过的手指，呆坐在麦垛边。记得那是一个安静而诡异的中午，邻居跑去给母亲报信，而我则坐在阳光下，感受着身体的酥软。当母亲火急火燎地赶到我面前时，我已没有半点力气，软绵绵地瘫在了地上。母亲载我踏入卫生院时，我被一阵扑面而来的凉气吹醒了。回想当时，我觉得自己快死掉了。事实证明，医生说得对，马洲是没有毒蛇的。他给我消消毒，便让母亲把我带回家去了。

自以为（在精神上）接近了死亡，结局却是我依然站在生命的原地。蛇没能使我死掉。有人说有的毒有潜伏期。我觉得潜伏着挺好，就像身怀一个秘密。尤其这是一个关于死亡的秘密。它潜伏在我的回忆中，随时病发，我都可以接受。因为，在我被人们欺负时，或者受到委屈、被母亲打骂时，我真会想起自己身上的这个毒。我多次催促它赶紧把我送到父亲那儿去吧！小时候，我觉得死亡很坏，它阻挡着我们父子的相认。

以后，我便是想捉蛇，也很少再看到蛇了。有人说，经常捉蛇在身上就会形成一种只有蛇能闻到的味道，蛇知道我来了便躲起来。这有点像后来在一本书上看到的例子：屠夫杀猪杀多了，身上会有杀气，多凶的犬见了，都会乖乖地伏在地上。

剩下几次接触死亡都是与水有关的。

我从小时候便喜欢看水。听母亲说只要把我放到孩子堆里我就会哭闹，然后，只能背我去河边看水。我年幼的记忆里也充斥着精白的水面——所有马洲的水面，我看一次就记得住。我看见青蛙把卵甩在了那片苇子里，然后，哭着喊着让母亲过些天背着我去看孵出小蝌蚪了吗，小时候的事很神奇。

长大点，一到夏天，我就自己找水游。每次，被邻居下地时发现告诉母亲，我都会被打一顿。但我还是改不掉喜欢水的毛病，就是几次差点死在水里，也没有改掉。我们马洲是个神奇的地方，四周被塌陷出来的地下水包围着。有时，今天还是一点水，过不了几天，就成了条小河，几天后又成了一片湖。一两个月过去，几个湖泊连在了一起……这些描述经常出现在我的文字中。我至今对水还存在着一种神秘的依赖。

记得有次刚下了一场雨。本来，我在树林里循一条小河钓青蛙。走着走着，忽然，来到了一个挖沙的坑。雨天过后的太阳更毒一些。很多孩子会出门循水腥味找地方游水。我是最早发现沙坑里这片水的。下去不久，很多人才找了过来。已不晓得什么原因，我和他们中的几个打了个赌，我说，我能走到湖中央再走回来。他们说，不可能。这里因长期挖沙而残留下一个又一个的深坑，有的地方深达五六米。走到湖中央，意味着我得有那个幸运，一直走在平地上。假如，遇上一个坑，我就完了。

敢打这个赌全因我在他们来到以前走过一次，几乎沿水下的土埂走到了坑中央的一片平地上，中央不深，水面至腰而已。当我在虚荣心的驱使下，企图按原路再次走到湖中央时，刚到半路，我便滑入了一个深坑……我挣扎了一会儿，便感到身体像个气泡似的胀了起来，变得很轻，在水中摇摆着下沉。我欲喊的喉咙也被注满了水，眼珠则像被哪个坏蛋的手指死按住不放，几乎要破裂。后来，我怕眼珠万一破了，回家被母亲看见非打死我不可，便把眼睛闭了起来。

长期遭人忽略导致了我对打赢那个赌的期望过大。我输了，被好心人一只手从水里拽着头发揪上岸时，不管大家如何喊叫，如何摇晃我的身体，把我的小肚子按得多疼，我依旧紧闭双眼。我在想自己怎么会掉下去呢？我更不敢面对那些赢了我的人，他们的眼光会使我感到羞愧。

这样看来，我从小就是个意气用事的人。为改变点什么，小时候的我竟不惜使用了死亡。我所说的“死亡”和大家认为的那个死亡是有区别的，我说的死，多少带着那么点意气用事。

我不怕死还有一个原因。很早，我就清楚我和父亲之间隔着“死亡”这个坏东西。父亲只为躲母亲的唠叨，狠下心把牌局移到了另一面而已。我们在这一面受苦挨欺负，还有我使的那几个死，他都不知道……

后悔事

父亲在我三岁那年去世了。

如今，他在我脑中的形象全是由母亲为我描述的。母亲说我父亲是一个电工、一个赌徒、一个民兵队长，更是一个不关心她、动不动对她打骂的人……她说了很多他的坏话，她说得自己浑身颤抖、老泪纵横，也把我说得不知所措。

我就这么不知所措地看着她哭，听着她说。好像，说着说着，哭着哭着，她便老了下来。二十多年就这么过去了。

尽管如此，我也不恨他。因为，母亲同样说过：“即使千错万错，那毕竟是你父亲啊。再怎么，总是他活着好……”最后，她总会把话题结束于此。是啊，没了他的生活，我们寂寞孤独。

母亲带我在乡下度过了她的青春。父亲离开那年，她二十九岁。这让我愧疚不已，总觉得她为我浪费了青春，而她却说：“你别浪费就好！”

现在，我问自己到底有没有浪费青春呢？

其实有一种执拗支撑着我在高二时休学了。当时，很多同学都在议论我是不是有病，但是我没管这些，给班主任留下一封信，人便潇洒地离开了。信中，我跟老师说了很多远大的理想，却没有一句关于母亲的话。我的未来怎么可能没有她呢？走前，我回宿舍给家里打电话，说：妈，你来接我，我不要上学啦！她问我要干什么时，我脱口而出：写作。那天下午，她便把我接回了家。当我们把衣物、箱子、书柜卸满了我家的小院时，只剩我们俩，她没说什么。我站在院里，头是晕的。

我忘不了那段岁月。总是在黄昏时，我才出村。然后，沿村外的那片野地，走到天黑，一直走，一直走。有一次，天黑了，我却不知不觉走远，没有按时回家。乡村的夜和城市的夜不一样。我们村的夜特别黑。当我走上田埂时，黑暗中走来了一个人。母亲在黑暗中看着我，就像我在回忆里看着她，她在我的回忆里老泪纵横地又说起了关于父亲的那些事。我们俩一路回村。母亲问我，还记不记得？我说记得。我已记不清当时多大年纪，只记得是为了追一只断了线的风筝跑丢了。当时，村里的孩子没有人跟我玩，我多半是一个人。我喜欢风筝。我记得当时我做了一只很大很大的风筝，然后去野地放飞。后来，线断了，风筝跑了，再也没追回来。快进家门时，她忽然问我写得怎么样？我没想到她会问起这个，我以为她早忘记了。

很多该问的，母亲没问。比如，她从未问过我为何离开学校，但我还是找了一次机会告诉她。我从外地回来，她在家里等我吃饭。路上堵车，我俩见面时，饭有些凉了。“我去热热。”听她说完，我帮她把饭菜端进厨房。我在厨房，她热饭时，把话题转到了当初退学上。我问她，你现在觉得我选择对了么？她说：“我还是担心啊！你说咱们一没学历，二没人，三没钱，祖辈大字不识，你写小说，我能不担心么？”她说得对，虽然，她并没告诉我，但是我知道我退学回村说要写作时，村上曾流传的说法——有人说我疯了，说我太二，老做梦，说我无所事事，说我以后捡垃圾都捡不好……我在村里做了十几年“不成人”的人。这对于母亲这样要强的农村妇人来说，可是大事。“成人”是她对我寄予的唯一希望，可我……我们坐在一起吃饭时，她玩笑似的跟我说起父亲去世后，她在外受气，在村里受歧视时，就跑回家抱着四五岁的我哭，指着我的鼻子说，你长大要当医生，所有欺负我们的人都会得毒瘤；要不就当作家，写小说，让全国都知道他们这么欺负人！

这是她对我最初的人生规划。为了我能拥有这样的人生，她每月用自行车带我去邮局一次，在我把一沓稿子，分装在五六个信封里投入邮筒后，是母亲的“谎言”一次次把我从稿件石沉大海的失望中拉出来。

她说：“肯定是邮局的人不办事，邮丢啦，咱再寄。”

后来，我慢慢发现社会上这种事情很多，只是变了形式。也不是谁都能在你低落的时候，为你扯几句谎的。

离开学校后，我便回到村里写作，直到现在。我们村是一个地图上找不到的点，很多人最早知道它是因为一次车祸：一辆车撞死了五个环卫工人，而这五个人都是我们村的，甚至都是我的族人亲属。后来，我把他们称作“赴死的队伍”。我母亲本来应该是这个队伍中的人。假如，我当初继续上学的话，她只能挤入他们的队伍，因为那里挣钱多一点。其实，已说好要去做环卫的，最后，我的一个电话说不上学了，阴差阳错地把她的事给延误了。你一定说我宿命。或许是因为我是乡下人，乡间流传着一种关于命运的独特的解读，这都是无法用语言说清的。我未因是个宿命之人而后悔。因为，有些事情发生在了我周围。在我出生那年的九月，诗人张枣写下这句著名的诗：

“只要想起一生中后悔的事

梅花便落了下来。”

我心里攒了很多后悔的事，每次想起，都能看到母亲正站在里面朝我挥手。她鲜明的苍老时刻提醒着我，纵使再多描述，也无法还原记忆中的那些场景了，尤其是那个留有我们母子孤独背影的地方，已在时光中发生了太多难以让人接受的变迁。

（原载于《河北青年报》2011 年“散文连载”）

月光下的老屋

丁威

每每想起老屋，便仿佛瞥见一段斑驳的旧时光，喟叹着日暮乡关，一季季的沧桑变迁，而唯一不变的也只有老屋——那所老房子了吧。

总喜欢在黄昏将尽、夜色渐浓时走向一处所在，安然地看这个宁静的世界，便仿同这世界独我一人。黑夜里树的剪影在风中摇曳成一簇拥挤喧闹的姿态，哗然得像一群对着太阳绽放笑脸的向日葵。好像谁的一个笑语，逗乐了所有矜持的树，它们都是羞怯的少女，连笑声也脆咯盈盈。独自面对一方池塘，夏夜里便有蛙此起彼伏的喧嚣和聒噪，是另一种自然的天籁。夜游的虫寻觅着一丝一缕的光，对于它们那些豆大的微火便足以抗衡整个太阳。蟋蟀躲在角落里，蝈蝈躲在角落里，纺织娘娘也躲在角落里。其实它们才是这个世界真实的声音，那些白昼里刺耳的鸣笛、爆裂的鞭炮全都是世俗的音响，而真正的声音是在这夜的宁谧里，是独自一人的喃喃自语，是用最澄澈干净的声音来欢度这夜的寂寞与漫长，是在这夜的纱覆盖一切时安然地且听风吟。

我也总是会想起小时候的夏夜。老屋是一间残旧甚至将要倾颓的土房子，被一扇泥与秸秆垒成的隔板挡开。里间算是卧室，狭小、逼仄、阴暗、潮气很重，顶上悬一个 25 瓦的白炽灯泡，在夜晚给予光明。现在回头去看，那一点豆大的灯火甚至都照不清我年少的模样。那时，却可以真切地照出我单纯的知足、幼稚的幸福、微小的希望。就在这狭小的里间，还被两张床占去了几乎所有的空间，只留下不足一面桌子大小的地方。可是，那时，却从未觉得生活的无聊、艰辛，反倒是现在，有了不知足，这空荡荡的房子也因而变得凄清、冷寂，甚至萧索了。在里间的南墙上开了一扇窗，所有的阳光和明亮都从那扇窗跳进来，用细若小指的铁丝隔开。那年头农村很穷，偷窃一类的事情很普遍，但我家却只用了这样粗细的铁丝，可以想见那时我们家是怎样一种窘境。不过，那时，我们家唯一的荣耀是那台 21 寸的彩色电视机。在那个年头，家家户户还只有窄小的黑白电视的时候，我家就有了这台彩色电视机，我现在都能想到，那该是耗尽了我家所有的积蓄得来的珍宝吧。那时，因为没有人和我玩，我也总是被关在家里不允许外出，这台电视机陪我走过了我最初孤独的童年时光。孙悟空、哪吒、猪八戒，这些我儿时的偶像现在全成了散在记忆里的模糊的影像，而每每想起，那最初的欢喜的心悸仍历历在目，只是当我一天天地长大，那最初的心悸、美好的念想是再也回不来了，只能留存在记忆里回味，给今日的凄清些许温暖的宽慰。

有时候，我会想，也许，所有的长大都是被迫的。当时光穿越、岁月流转，脚步不停歇，长大像一张网笼罩住你年轻的身体，风从网眼里吹进来，把你年轻的容颜风干，你只能被迫着长满胡须，皱纹堆积眼角；当你回头，属于童年的房子已经倾颓，只空余断壁残垣和墙头上那被风吹得东倒西歪的草茎。也许，有一天，母亲、父亲也成了老屋般苍老的模样，那时，我们的少年时代真的就随着光阴的消散再也找不回来了。哭泣或者痛心，握一掌冷的雾，也许只是因为它有家乡雾气的温度，那么，从老屋上掉落下来的每一块土，都是我童年时光成长的见证。它们都静静地待在那里，只是望着，不言不语，甚至每一场雨的来临都让它们变得冷冰冰的。只要有一颗温暖的心，所有的旧物就都成了对于过往的温馨的寄存，而老屋则包容了所有已经散去的记忆。它独立、残旧，甚至熄灭，最后闪烁的微火，真实地印证了曾经存在的点点滴滴，每一刻都弥足珍贵。

外间给我的记忆最多的是来客人的时候——也是因为狭小，因而每次来客人的时候，就更显得热闹异常。觥筹交错、杯盘狼藉。头顶上那盏 25 瓦的白炽灯泡晕开昏黄的光来，在每个人的脸上照出醉酒后的滑稽模样，那样的夜晚喧嚣而惬意，我可以吃平时不能吃到的美味食物，可以趁父亲酒醉之际多看一会儿电视，甚至可以在夜晚早已经黑沉沉地来临的时候跑到邻居家去玩耍，还不至于挨训。而且对我来说，外间是我的童年最初荣耀的来源，甚至是我童年时代唯一可自豪的东西了。那是我小学的时候，那时我的学习还很好，奖状贴满了整面墙，每个来我家的人都会看见那些意味着我的荣耀的东西。他们会说，你的孩子学习这么好，以后肯定有大出息。那时候，我能看到父亲脸上洋溢的荣耀，那是一种比光亮更耀眼的灿烂。后来，再后来，我的学习再也不好了，甚至是很差很差，在那条街上我抬不起头，我觉得我把他的脸全丢光了。我开始带有更多歉疚的怕父亲，觉得自己没用，不能再给父亲一丝的荣耀。父亲的叹息和皱起眉头的日子越来越多，那时，我觉得自己的心在一寸一寸地往里疼，他给予我的我不但不能回报给他，还把这些给予当做理所当然地挥霍一空。后来的某一日，父亲坐在阳光下，我从后面走过去，猛然瞥见了他的头发竟然已经变白。在我的记忆里，他一直都是一头乌黑浓密的黑发的，现在，他终究还是被岁月的双手催生出了苍老，而这些颓然的苍老里又或多或少地融进了我不争气的缘故。在年少时，我要给我的父母多少失望与不安呢？仿佛这才能被称为年少，固执、任性、挥霍、叛逆、倔强，甚至明知错了依然一意孤行，最后撞到南墙，头破血流。回到家里，他们依然如故地爱我，他们连同残旧的老屋，成了我受伤后唯一可以告慰的港湾。那盏温暖的灯火会一直彻夜为我亮起，只有他们知道，夜深了，孤独的孩子最需要的是家，他们照亮的，永远是回家的路。

屋前是错落的砖头路面，碎碎地铺了烂砖块，碾压、夯实、踩踏，这条路面开始变得平坦。而在我们家离开的时候，久经时日，它已经变得坑坑洼洼。雨水落下来，阳光照上去，明晃晃得宛如碎裂的无数面镜子。那时，我们经常做的就是滴些油在水面上，油洇开后阳光照着时，就会有炫目的虹彩映出来，这些简单的快乐甚至能填满我一整天的欢欣时光。

路折成九十度通向厨房，那是一间更加窄小的屋子。泥垒的烧火灶台、木制的切菜案板以及各色杂物密密麻麻地堆满这间狭小的房子。对于农村人来说，那些旧物即使没有多大用处了，他们也还是会不舍得丢弃，仿佛在那些旧物上残留着他们的往日气息，他们依循那些旧物便会寻访到那些已经湮灭的旧日时光。在那间厨房里，我每日的活计便是烧火。那时，煤球、天然气还没有存在于农村，做饭时，我就在灶前一把一把地往灶口里填柴。更多的是植物秸秆，松软、金黄却不耐烧，火舌舔着锅底，而火舌每次也都把我的脸烤得燥红。冬季那是温暖，可是，夏季那简直是折磨，每次都是汗流浃背地出来，仿佛是经历了一场夏季的奔跑逃命。在那间房子里，升腾起来的美妙的气味总是让我沉醉不已。辛辣的青椒、清淡的白菜、生涩的苦瓜、浓郁的肉香，人世的百味在这间窄小的房子里酝酿、集聚，而后化成养人性命的食粮，它教会我什么是人最小的希求。五味杂陈，每一种都是生命最初的苟且。

那时，我家门前是一大块空地，空地前是一个很小的池塘。我所记得的是夏夜晚饭后的场景。每晚的饭后睡前，我都会搬一个凳子，坐在池塘边，然后开始扯起嗓子唱歌，一首接一首，唱那些听过的，甚至是没听过的。那时，没有哪怕一丝一毫的忧虑。多年之后的我呢，也还是会哼唱歌曲，歌却已全不是最初的那些，而我再回不到最初的单纯心性。生活的纠结把我变成了一个粗粝的人，那些纯真和青涩是我丢失后再也找不回来的美好，而我丢失殆尽的又何止这些呢?

池塘边种了一排杨树，在一年一年的成长里，慢慢变得高大、挺秀、伟岸，郁郁葱葱地扯起绿荫。在这排高大的杨树群里独独地长了一棵枣树，它挤在那里显得弱不禁风，却能在每年的收获季节给我带来累累的甜蜜。后来不知道是哪一年，其中的一棵杨树上有了一个马蜂窝，是那种在农村被称为龙蜂的马蜂。那个马蜂窝足有半个水缸大小，看起来结实、硕大、颀长。每到刮风时节，那些马蜂几乎全体出动，在空中黑压压的一片，煞是吓人。幸好它们只在高空盘旋，等风息了，它们就又回到它们日常的生活里，如我们一般，匆匆忙忙、庸庸碌碌。只是，我不知道它们是否也曾想过生活的真实含义，或者说活着的本质意义，也或许每一种活着都是至高无上的，只是我们给活着强加了那些所谓的含义，才活得这么累，因而既不能好好地活着，也不能好好地死去，这是最悲哀的无奈。

后来，空地被改成了稻场，再后来，稻场又被改成了菜园。而那方池塘则随着岁月的流逝变得污浊不堪，完全成了一个散发恶臭的粪池，鱼虾的踪影早已不见，最初的澄澈消失殆尽，最后的夏夜记忆也斑驳成了碎裂的影像，被童年的风旋到了不知名的角落，最后的最后，如童年一般残忍地死掉。

韩少功说过：月亮是别在乡村的一枚徽章。因而最好的时光当然是在有月光的晚上。这样的夜晚，将头向上仰，会见一轮圆月仿佛一口井镶在夜空。坐在月光里，很好的月光，像浸润的松油在宣纸上浅淡地泛起一片光，摇曳着在这漆黑里弥散，透明的空间里是薄薄的轻纱，缓缓地盖住月光下的万物，大地上便流淌着一首清冷月光的曲调。而在月光如水的夜晚，我常想，这样的月光会不会忽然流出水来，亦如悲伤的泪？有时会站在风中，任风吹如离离的荒草，那轮明月将光抛在地上如弃儿，那弃儿在大地上到处奔走，寻找母亲，这大地上便全都是月光了。夏夜里，沿街寂寥地行走、唱歌，看自己的影子在灯火里短短长长。想起一些人，想起一些事，想起一些话，会在脑海里想一段一段美丽的句子，而且那些句子飘过去就让它飘过去，遗忘。如果它们愿意让我铭记，它们会回到我心里让我记载。在静谧而淡然的月光沐浴里，自己的心会空空地失落，如止水的心会被风声扫过，如淋落的雨水。在路灯下会想这条路没有尽头，漫长地行走，如一个苦行僧走在孤独里，孤独会像姗姗来迟的黎明，在自己心里酿一盅酒，让自己沉醉在夏夜晚风里，仿佛一朵飞翔的蒲公英。有时会在路上想自己的得失——那些流走的光阴，那些泛黄照片里的笑容，那些湮灭在青春的似水流年的花儿……我想回忆是一种永恒，即使它像一本相册般斑驳，那颗心还是会跳动着当初那一刻的节奏。在各人的心里总会有一块空地，让回忆在那里耕耘。蓬勃的植物开花结果，萎蔫的植物干枯腐烂，各有各的繁茂，各有各的生死，各有各的自生自灭。烟蒂结得很长时便倏然跌落，碎成一堆灰烬，风吹过时，细小的微尘便漫天漫地飞扬。跌落的是记忆，也是心情；是忧伤，也是欢乐；是自己，也是别人；是梦想，也是希冀……

我常对自己说：不要去渴望满月，那是一种太过奢侈的梦一般的幻境。天气不好时没月亮，没有月亮的晚上一切都仿佛隔着一层夜的雾障，笼在身上，盖在脸上，不轻柔却凄凉。在那样的夜晚，自己的眼便完全成了盲人的目，看不见什么，不期待便也坦然。若是渐渐有了一丝光在黑暗中裂帛般地扯开一个口子，光便缓缓地流进来弥满自己的所见，眼睛便会看见，便会期待。如果不曾得到，便会失望，仿佛是月光在心上划开了一个口子，细小但清晰的疼痛在皓洁的月光里潮汐般涌上来，覆盖通体，月光也会照着忧伤。月光清澈地荡涤着心灵。在柔软的月光里，回忆如雾般飘散，渐渐笼罩着心，心里会有薄薄的凄凉，像是一双手抚着潮湿青苔般亲肌的触觉，像是风抖落翠荷之上隔夜的雨水落得满身，流淌成一种永恒。

而在这样的月光与这样的夜色里，老屋便是一处神秘的所在。在黄昏落日里，斜阳的光款款地透过落满尘埃的窗棂，老屋里结满了蛛网，蛛网在余晖里仿佛金色的绒花，一丝微火便使绒花化作尘埃跌落。偶尔也会有丑陋且拘谨的壁虎，探着脑袋刺溜溜地爬过肮脏的墙壁，它们见证了房屋的变迁，也见证了人间的冷暖浓缩在这狭小的一室之内。多少光阴在这墙面上流转，它们像一条河流映照出曾经的面庞；那些浸润在记忆深处的仿佛泛黄尘封的老照片，诉说着世间的破败抑或繁华。桃花兀自芳菲，梨花雨随风而落，年少的身体跨过成长的年轮，站在历史河流的源头，探首张望的是一颗不肯忘却的心。坐在老屋里，时光仿佛又回到过去，那些深冬的苍凉里，一家人温馨地吃饭，看着沸腾的热气从锅里袅袅地升起，这些熟悉的场景像一本影集，在老屋里一遍又一遍地回放，结尾是一个孩子在温暖地流泪。坐在老屋里等待血红卧野、暮色四合，自己仿佛一个蛹，被包裹进夜的浓稠、黑暗所织成的网，黑色仿佛帐幔在老屋里覆盖，这样的黑暗中一个人才能发现自我——他的失意、他的得意、他的悲伤、他的欢愉……在黑暗里的心是完全纯洁的心，它拥有天使圣洁的躯体和天空纯粹的蓝。风从残破的门穿过，丝丝地抚在脸上，风也变得性感，有一种肌肤之亲的感觉。一个人只有沉在回忆里才能更真切地看清此刻，才会发现，风吹走的是划过伤口的疼痛和陷入太深的梦境，而只有在宁静里思考那些曾经存在的路，才会在转弯处为我们画一道完满的弧。老屋是一处栖息地，它收容脆弱、失败、无助的心，它也平淡地看待繁华、得意、骄傲的狂。它是慈祥的母亲，无论孩子荣华抑或潦倒，在那里永远会有一双凝望的眼，和一扇永远为我们敞开的温暖的门。

点燃一根红烛，微黄的灯火便在老屋里晕开，风吹来时火苗仿佛河底的水草摇曳着舞动。火光可以照亮黑暗，重现光明，可是那些遗散在风里的长满青苔的往昔是任何一种光都照耀不到的，它只在宁谧里熠熠夺目，闪耀着我馥郁的青春年华里最后的光辉。

记得很久以前自己写过一首诗《回归》：

一支歌唱久了岁月便被遗忘
在角落里的天地呈现出另一种景致
它埋藏忧伤与欢乐
像一位为爱殉葬的美丽情人
在回忆淡薄的阳光里跳动着炽热的心
笛声起箫声落
一弯残月照半坡
月光倾城心如止水
月光照着过去回归。

想起老屋，自己的灵魂再一次回归故里。

这样的日子，甜蜜而丰盈。

（原载于《美文》2011 年 9 月）

两棵树有话要说（外一篇）

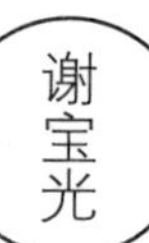

我居住在老宅的腹中读桐城派的书，整个夏天我都浸泡在瓦片撑起的阴凉中。

在村庄，膨胀的光芒不断遣散着路上的人，将人与牲口的影子打扫得一干二净。家畜们都趴在屋檐下睡大觉，或在一朵大树虚构的花影里观望阳光下的动静。道路滚烫，我被团团包围，与一张沾满油渍且刻满各种刀痕的木桌为邻。没有意外的人来访，没有什么突然事件来捶响我心里空闷的锣。只是在灿然的光线渐渐稀薄的傍晚，路突然开始大声说话——清早村里外出务工的人陆续上班了，他们奔向同一个方向，使一条路看起来像一根充血的动脉。我的二叔踩着一辆 125 摩托从二十里外的某个果园回来，将车停在老宅里。当时我在纸上漫游，被现实里的黄昏遮挡了去路。

记忆在复苏一个死去的场景时，会染上电影式的叙述语病。二叔在回来的路上遇见一个场景，和一棵树有关，与火有关，甚至和那天即将发生的一场可怕灾难有关。那个场景在疾驰的摩托车制造的风中，只被他的视网膜截获并记住。他没有为之思考，而是将它装在内心的某个位置，这使得路上新印的车辙多了一层不被发觉的抽象印痕。他携带着它，并不说话。直到看见在瓦砾下看书的我，他在我面前挪动一张长条凳，缓缓地将自己出租了一天的身体放下。他看着我，却并没有马上将那个场景从他的心里或视网膜上搬出来，他有意在一个话题上布上重重关卡与玄机，或者说，他准备好好调用这个生活的作料。于是像古人说书那样，他先铺垫式地问我，听说你今天发表文章了，是哪一篇？我读过没有？在我回答之后，他又以侦探的口吻问我，你是怎样写一篇文章的？为什么我写不出来？他在意识里认为文字表达形同于穿越一条深不可测的洞穴抵达另一端的光明，因为，这不仅需要过人的胆识、勇敢的冒险精神和肩披黑暗的底气，更棘手的问题是，他连那样一个黑洞都找不到。他每天在果园里搬运水管，他将枪口对准饥渴的橘子树，替所有的果树洗澡，然后在夜晚来临前回到家给自己洗澡。他不会突然提到与他的日常生活风马牛不相及的事情，一定是那个事先预备的场景在他心里作祟，跃跃欲试，它像一只一寸不到的蝌蚪抖着墨点般的身躯，在春天的水塘里集结成军队的阵势，试图占领它们未知的水域。

然后他说，他偶然找到了那一个洞穴。

他用汗水兑换完这一天的工资，然后骑着摩托车回家。他从蛇形般伸展的村道拐上了国道，路的南方就是潭口镇，就是提示今天晚餐的烟囱。夏天的黄昏，在丘陵间的村庄间，他依托一辆马力足够的摩托车穿行着，像草原上的牧者，奔驰，速度，风。他抛弃无意义的房屋、车辆、加油站、行人、商店、路牌、电线杆、高压电塔，不用考虑，这些图案是他生活的一个瞬间，但不会改变整体的色度、搭配，他在疾驰的车上快速翻阅着这些风景，直到经过潭东镇国道旁的时候，猛然看见一棵被火咬噬的杨树。

他将头朝路边斜斜转动了一下，视线为此调整了一下方向，车上的指针顿时向左摆动，匆忙的意识停留了数秒钟。在这几秒钟中，他看见一个面容不清的中年女人正用塑料袋、干树枝等组成的垃圾喂养那一团在杨树的躯干底端越烧越烈的火苗。那个女人头发干枯、脏乱，背对着马路，用一把竹制扫帚围拢分散的垃圾。这是一个极为平常的细节，平常到不容易被追求色彩的眼球发现，如果不是那串在树上跳舞的火，二叔的眼睛也不会搜寻到她。在疾驶而过的瞬间，他还发现了一个更为惊人的细节：火像一群猎食者享受晚餐一样啃噬着杨树，向上缓缓地攀爬着，执著而热切。而肥硕的树干，在距地面不到一米的那个部位，已经萎靡瘦削，出现了一个篮球大的黑洞，四周墨黑一片。这个细节使二叔推出一个更加恐怖的结论：如果任由这团火继续猖狂地作祟，黑洞必将继续扩大，雄壮的躯干一点一点缩小、脆薄，最后无力支撑十数米高的巨杨，轰然折断，横亘在马路中央。它会像江边一截巨大的山体突然雄卧于急速前行的水流前，浪花四溅，水位升高。但在坚硬死板的马路上，树倒下导致的景象将是，受惊的车辆在刹车的尖叫中撞上横倒的杨树，铁块般翻滚起来，碾向路旁的行人与更多的车辆，最后呈现的会是伤痕累累的车腹内一片惨烈的哀鸣。

我在二叔的描述中产生的联想，无意识地借鉴了美国电影《死神来了》里面的车祸场景。这种暗示使老宅内的空气骤然紧张，光线迷离。接着，他告诉我三个更为离谱的细节：一是那个中年女人仍孜孜不倦地在杨树的伤口上撒盐；二是几乎所有的路人都对这个可被预见的灾难视若无睹；三是当地政府所在地就在距离这棵杨树不到四百米的地方。

他的叙述到此为止，凝神看着我，意思是说这就是他发现的那个幽深的黑洞穴。他准备穿过它，以文字的方式，问我有什么可行的措施。我栽在他波澜不惊的语气中，以为那只是他投石问路杜撰的一个场景，于是破天荒地向他逐条阐释抵达黑洞穴另一端的若干种方式，比如你可以从国民麻木性的角度出发，或斥政府与行人的失责。

他打断我的话，突然说，在考虑写之前，我们是不是应该先去将火扑灭?

我这才醒悟，兀地起身，当真有这回事?

他用摩托车将我载到事发地点，我找到了那棵被他描述过的杨树。这是一处交通繁忙的路段，距此五十米是一个大型加油站，往南五十米是当地交警支队。杨树下是一家汽车修理场，门口停着一辆风尘仆仆的东风牌小四轮。一个尚未成年的小伙子卧躺车底，像兽医在治疗一匹病重的老马。他没有看见那团火，很多离得更近的人也没有发现，或者看见了，但不以为怪。夜幕逐渐降临，车流如织，它们在一棵老杨树的影子里穿行，在随时可能发生的灾难前疾闪而过。杨树不能说话，但它一定有话要说，一定在痛苦地呻吟着。它无可奈何地站立着，看着如饥似渴的火苗擎住自己的身体，疯狂地蹂躏与吞咬自己。

我走向汽车修理场，在那辆病重的车前向他们借了一桶被反复利用过的污水，提到杨树下，向杨树发黑的伤口泼去。杨树如同喘气似的发出“哧”的一声急促悠长的声响。火苗被水一下子扇跑，这桶污水同时也浇灭了那个在臆想中发生的惨烈景象向现实过渡的可能。

这件事发生在去年的七月份，一个被夕阳浇灌得有点儿晕黄和懒洋洋的黄昏。那棵沉默的杨树在我的记忆里缓缓蠕动，一同被记起的还有另一棵树，我说不清其中的缘由，它们冥冥中也许有着某种关联，当我想起其中一棵，记忆必将向我呈现另外一棵树。现在记忆在我脑中翻来滚去，它以命令式的口吻说道：你必须再写下另外一棵。

另外一棵是紫薇树，有着八百年或者更长的树龄，栽种它的是宋朝的土壤、雨水。一棵羸弱的树要穿过宋、明、清、民国的历史烟尘抵达现在，它的难度甚至要比一幢豪宅名府更高。如果战火在人的指挥下还有可能怜惜一栋舒适的房子，那么一棵像紫薇这样简薄的树甚至连稍大一点儿的风雨也抗拒不了，又该如何面对无数双冷热未知的手?

它毕竟活到了现在，活到了公元 2010 年的 4 月，在婺源的小李坑，我看见它。那是一栋某位宋朝武状元的故居，一屋一院一池，树就站在池塘边，缄默、冷峻，甚至有些孤傲。它是一棵残疾的紫薇树，只有一半的躯干，生来如此，在八百年后的这个春天，褶皱卷曲，长满苔藓。它像往常的岁月一样，在苍老瘦削的枝头吐出如青丝般嫩绿的叶子，配合着整个村落及后山春天固有的气象。它的身躯向池塘倾斜，凝望着武状元故居的屋檐、瓦砾、马头墙，它甚至记得当年年轻的武状元身佩利剑远行时的场景。它也许正盼望着他的归来，也许它要失望了，在汹涌而来的游客里，没有一个与记忆吻合的面容，甚至连衣饰、发型、面色、说话的方式，都截然两样。更令它不曾预料的是，与之相遇的任何一人都要用手触碰它的身躯，用手指在它枝丫的分杈点，如同人的胳肢窝处，搔挠。最令它愤恨的就是这种行为，这使它浑身战栗、不安，但目之所及却是，所有拿着喇叭、举着红色三角旗，被称为导游的女士，无一例外地向衣着鲜亮的游客们介绍它的弱点，并以一元钱的代价将它短暂租于游客，允许他们无所顾忌地抚摸、照相。它在内心深深惧怕着这些衣着怪异的人，并发出剧烈的颤抖。

在婺源，在那位我忘记名字的武状元故居，我透过正对紫薇树的那扇窗牖看见的是，不断有人用钱兑换着老紫薇的颤抖姿态，并发出怡然自得的笑。我看着它分散在空气中的枝丫，像水草一样，试图抵达并撑破湖面，远离幽深的谷底。它们向上伸长，但天空上依然是天空，它的脚下依然是紧紧抓住它不放的土壤。

它在我记忆中某处战栗的时候，会让我同时想起那棵躯干被火严重烧伤的大杨树。我知道，它们一定有话要说。

向厨房撤退。

从生存紧张的场，向厨房撤退。

我执著地践行着这句有点儿标榜意味的话。上个月在城东某处租了间陋室，和女朋友去超市购置了电磁炉、电饭煲、锅碗瓢盆、柴米油盐等家用物品，它们像蜂群般风风火火地闯进我的生活，完善着我们疏漏空荡的巢穴。

下班回家，第一件事是和女朋友一起去买菜。菜市场就在住所附近，一条不宽的街，各种店铺摊位像橘子结在羸弱的枝丫上，看似凌乱，又那么合理。这条街的状态是：人挤人，蔬菜挤着蔬菜，鱼挤着鱼。用三轮车兜售西瓜、辣椒、玉米的中年男人，在橘黄的夕阳中点上一支烟，舒缓一天紧张的面部皮肤。坐在一张木制矮凳上微胖的妇女，卷着泥黄的裤腿，守卫着可爱的土豆、西红柿、茄子、生姜、空心菜等组成的团队，并用懒散的目光搜寻着它们下一秒的主人。地上脏乱，塑料袋、水果皮、暗黄的菜叶、横七竖八的脚印、会说话的臭水沟，杂乱、热闹、世俗、无序。这些使我联想到家乡的县城及小镇上色彩迷乱的农贸市场，并进一步复制故乡的懒散，误导我爱上这里市井的生活气。它们絮絮叨叨，琐琐碎碎，吵吵闹闹，讨价还价，散发着让我的鼻翼追寻的气味，并最终镶入我们的生活日程表。这里的砣秤和电子秤好像都暗地里商量好了，鬼祟地少了一两，却不容易被心思迟钝的顾客察觉，他们习惯以砍下几毛钱的价格来获取内心的平衡与清凉。这让我明白，从来只有虚构的真实，它使明码标价的生活有了一丝游刃有余的可贵缝隙。

我们租的房子是上个世纪的灰质建筑，内脏依旧时髦敞亮，得以安然接纳这一对被理想笼罩的青年，同时用坚硬密实的墙壁掩护着他们之间不足为外人道的细节。在这里，我将熟稔并且亲近一个被我忽略已久的事物：厨房。这个世界上，还有哪个地方比厨房更纯粹、简洁，更远离形式、亲近烟火呢?

一张竹制的砧板，刀在上面行走，匀速而平稳地改变着蔬菜的形状，均匀地分割着它们脆薄的躯体，像一把犁，使生涩的土壤稀松。我指使刀，它行走的速度、力量、角度及与砧板撞击的痕迹、分贝，完全由我操控。它像忠诚的士兵听命于我，我观摩指挥这场胜负已定的战争，这使我获得内心的满足。

在这个时代，我能把握的东西太少了，除了厨房里这把锋利的菜刀，我只能自鸣得意地用一支笔支撑着摇摇欲坠的生存空间，用码出的文字代替加薪或晋职的喜悦。一把菜刀的作用是，它只决定一顿晚餐、一盘菜在口中的印象，以及土豆片或者土豆丝，一个青椒或西红柿呈现在瓷盘上的形状——目的明确，既单纯又近乎执拗地把握着我们一个晚上的睡眠质量。

我从躁动的街道撤退至厨房，毫无顾忌地与菜刀共舞，它刈除着那些在城市的阴影下长势紊乱的神经，使见风使舵的枝丫们都纷纷扭向阳光。

现在，我几乎可以毫不别扭地在一座冷峻的异乡城市说出这个词：回家。我想，如果没有厨房、没有油烟，我最多定义这间不大的房子为“居所”。而居所，恰恰难以安抚这颗在城市的日光下渐渐胀裂的心脏。

（原载于《青年文学》2011 年第 11 期）

漫长梦境

封尘

暮色

夕阳的边缘处碰到群山的怀抱，她的脸颊瞬间绯红。

绯红的脸点燃了半边天空的云霞，飞鸟看见了这景象，转身飞进了丛林深处。

静默渐次降临了大地，如影子一般漫长，影子的触角掉进了河里，搅碎了那片黄金的海洋。

老者坐在庭院的角落，那把椅子同他一样苍老，他的眼睛里有两颗金黄色的火球。

他相信那周而复始的岁月隐藏了秘密，他将要看见这秘密。

大片的葵花正在作最后的仰望，它们将热量储藏在秋季。

荷叶上的水珠正要滴落，它和落日一起砸进了小狗的梦里，小狗睁开惺忪的眼皮，它不知道自己刚刚是否吞下了太阳。

它只看见天边的婚礼迅速落幕，黑色盖住了想一探究竟的眼睛。

飞鸟

你不小心将影子掉到了我的书页上，我轻轻拾起，仔细观摩。

我苍凉的目光对上你惶恐的眼神，我已苍老，将岁月留在了脚下的土地里。

你是在惧怕这个吗?

你的影子成了我的标本，你还想要回去吗?

那么跟我回家吧，你将在一个充满影子的世界里，长出自己新的影子。

他们都曾在我的生命里停留，婴儿时的影子如此稚嫩，少年时的影子如此顽皮，壮年时的影子如此沉默。

你此刻看到的是我现在的影子，它已如尘埃一般脆弱。

请不要焦急啊，我的小鸟，我的影子已在缩小变化。

它现在是你的了，你还满意吗?

请你飞翔吧，我的小鸟，请让我的影子抚尽这世界的每一个角落。

远方

你离开的那天我没有去送你，我想象你站在冷雨轻飞的站台，在寂寞与孤独中等待，最后一刻在无奈中踏上列车。

你深情回望的一眼，与那声轻叹交织在我面前。

你的终点在不知名的远方。

这里也曾是你的远方，你说远方有自由与幸福，沙漠的味道，海水的质感，草原上的牛马在低声呼唤。

你说生命的每一刻都是孤独的驿站，你的每一站都是悲伤的起点。

青春年华如沙般撒漏在每一条路面，它将你一生的漫长展现。你是否会回头望，你是否能看见昨日的夕阳?

我一直想知道这个。

你是我到不了的远方，我是你早已遗失的过往。

你将一些细沙扬进了我的眼睛，那些灿烂裹挟着你背影的悲伤，如那失效的车票不能将我带到你的远方。

子夜

于荒凉的梦境中醒来，我的世界正躲在远离光明的角落。黑色的风将空气吹得冰凉，虫鸣一声一声将睡意驱远。

我在肆意的黑暗中看到思念已久的人，那微笑如此触手可及，却又那么遥远，仿若流星，只一瞬的美丽。

推开窗，我听见谁在呼唤。

月辉之下的世界沉入钝重的水墨画，房舍的工笔和山川的白描如此写意，低沉的古埙吹的是谁的哀伤?

河面有微光，青蛙的率性让时光在河面游荡，荡出一圈圈一去不回的离殇。

子夜，这个在冷酷中温柔的孩子，是否愿意为我的忧愁驻足。

那星与月是多情的眼睛，那黑色的夜风是所爱人的双手。然而它们都在一刻不停地流逝。

我想找到那只传说中的沙漏，按下暂停，假使世界并不因我而停留，请将我留在这个孤独的子夜。

江南

我在凌晨的梦中邂逅了烟雨江南，水雾氤氲我的双眼。它将看见坚实的青石板路，还将看见青黑的屋顶瓦松浮动。

千年之前响起的脚步声蔓延到我的面前，它是那样悠远，如时光一样漫长，雨丝将岁月串联，从远古飘向此刻，带着历史的低叹。

乌篷船踩碎运河的容貌，她古朴的妆容换为明亮的笑颜，久远的青石瓦片成为柔软的碎片。

箫声从乌篷船上飞来，你可以想象吹箫人的安闲，恰似长篙那一声声安详又稳重的低吟。

我想象一个诗人在船上。

他看见唐朝古色古香的桥亭楼宇，听见宋朝飘忽的雨声，触摸到岁月一点一滴流失的痕迹，如新生儿转瞬已变成白发老者，心跳一般无法阻止地滑向衰老。

诗人会饱含深情的融入这时间的折点，他会说，这是江南。

列车

祝福你，我远行的归人，你将登上那饱含思念的列车，在家乡低低的吟唱里度过——

安详的白日和冷寂的夜晚，你将身处一个拥挤狭小的座椅上，在这逼仄里遥想远方的博大。

你将听见梦中那独属家乡的声音，它曾让你无数次在异乡的夜晚醒来。

窗外是无限、是永恒，也是瞬息。

千万年的山川大地抚摸着你的瞳孔，发丝被风的潮汐打乱，一明一暗，一闪一逝。

你试图在迎面的列车中找寻熟悉的脸孔，那无数的脸终于模糊成一张，你试图伸手去抚摸，那明亮的玻璃将你们分离。

你将在一头庞大的巨兽里，紧随流星的痕迹向远方航行，夜风与你的梦境交织缠绕。

那么，请让我祝福你，我远行的归人，你的一生如此幸福。

青春

我趟过青春的河流，此刻站在边缘茂盛的沼泽地，回首却望不到来时的痕迹。

它们早已被河水掩埋。

站在青春的末梢，守望梦想开花的声音，每一次迸裂都像是梦想在萌芽，却也只是萌芽。

忘不掉一个个安静的夜晚，笔尖长着强健的翅膀。我与我的文字在梦里自由飞翔，醒来时阳光如此安详。

站在一段时光的终点，想念那些失散的人。

我把记忆编织成水中的囚牢，可为什么留不住那些熟悉的面孔?

忘不掉曾经每一天的相逢，简单的手势，简单的眼神。他们铭刻进我血液的每一条纹路，却也抵不住此刻的各奔天涯。

想念青春张扬的豪言壮语，梦想尚未开花，那我就继续等待。

朋友离开且祝福年华如锦，我只愿，因着淡淡清芳的落愁。

（原载于《中国校园文学》2011 年 5 月）

奶奶

另维

你说，你要去申请个 QQ 号，用高科技好好看看你孙女。

彼时，我刚拿到病休批准，独自在海淀租了地下室，开始托福和 SAT（美国高考）的密集培训课程。十六岁，第一次独自离家，琐事和意外不断，我白天上课，晚上背单词，时间怎么掰都不够用，还整天不得不接你电话。

我说，好啦好啦，奶奶，我去听听力了，还有两周就要考托福啦！

你在电话那头，咯咯咯地笑开，你说好好好，快去快去，我孙女真棒。

奶奶是个苦孩子，自小丧父，20 世纪 40 年代初，她还在襄阳县下某小村的时候，同乡的小孩子们就天天笑她是没爹的野娃，奶奶追着他们从东街打到西街，从南街骂到北街，街街喊打。

奶奶直到后来性格都很怪，在她住进大别墅，被人前呼后拥，一口一个董事长叫得亲热的几十年后，暗地里，她依然被邻居骂作疯婆子，被员工说成老不死的 × 扒皮。她的小气、喜怒无常、不招人待见远近闻名，连爸爸都忍不住说她，做人做成这样，挺没意思的。

20 世纪 50 年代的小村落，男女老少世代种田，奶奶却想念书，她日日趴在农田里，一边梦想着桌子、房子，一边拼命学习。小学里，一个老师教六个年级，每升一级就会有一半以上的人退学回家种田，奶奶作为屈指可数的毕业生进入县初中。太奶奶揽下所有农活，每周做一次窝窝头，让奶奶带到学校，用水泡得稍软些吃，一吃一个星期。

奶奶考上市里最好的襄樊四中，县长发动全县人捐钱，给奶奶凑了学费和路费，请来太奶奶，一起敲锣打鼓送她上学。

换了新同学，奶奶的成绩一下子就临近垫底了，那时的宿舍定时熄灯，奶奶就趁夜深人静摸黑躲到路灯下做题背单词看书，饿得打滚也不睡，一夜一夜又一夜。

1955 年夏天，奶奶高一暑假回家，看到了被老鼠、苍蝇穿梭围绕得不亦乐乎的一具枯骨。

甚至没有人知道太奶奶去世了多久，奶奶在田地里哭得声嘶力竭：“你们为什么不救救我妈妈？！”

村民们纷纷回答：“不孝子读个狗娘养的书，把亲娘扔在家里等死还有脸怪我们！”

奶奶后来讲过很多遍，她最初在村里念小学的时候，完全不知大学是什么。但环境改变了她，她一路争取来的环境，不停地给予着她全新的目标与方向——她要考大学。

于是，奶奶葬好太奶奶，把家里最后的食材打成干粮，一半放在墓前一半揣进怀里，回到学校。

1957 年，奶奶考上了大学。

是如今的华中师范，我不是故意记这么清的，奶奶念叨了它一辈子。进师范后，奶奶开始赚钱了，感谢祖国、感谢党，奶奶直到 80 岁说起这些都热泪盈眶。

“你说，我孙女真不错，十几岁就又去北京又去香港！香港好玩吗，都有些什么呀？”

我听得想吐血，彼时，我完成所有密集课程，又自己复习了一个月，头昏脑涨地赶到中国唯一设有美国高考考点的城市——香港。我马不停蹄地报到、踩考点，一天下来累得要散架。你又去找妈妈，要我上 QQ 开视频，听你的考前祝福。

我说，奶奶我求你了，我明早九点考试，还要从九龙赶到新界，个把小时呢。你让我早点睡行不……

你在视频那头，笑眯眯的，脸上的皱纹一圈一圈荡漾开，你说好好好，考试顺利，我孙女真棒。

奶奶毕业，被分配做了中学教师，因为是全校唯一的大学生而备受器重，几年后便升做了校长。

当校长没几年，奶奶就遇上那个特殊的年代，被人绑起来游街辱骂扔鸡蛋，被一群红卫兵逼着跳楼。好多人就这样死了，奶奶抡起板凳，拿出小时候大战村里野娃的架势，一边骂一边挥：“反正横竖都是死，老子今天跟你们拼了！”

奶奶在罹难中顽强地活了下来，20 世纪 70 年代末，她被平反的同时，还提拔成了市教育局局长。

一人得道，全家升天。奶奶那自小娇惯、在校劣迹斑斑的儿子戴着“子弟”小帽进了机关，娶上了好媳妇。除了因为手腕铁血、不近人情，遭人暗地诅咒，除了偶尔被儿子埋怨“我现在不如 ×××，就是因为你当初溺爱”，奶奶的一切又开始蒸蒸日上。

退休后，奶奶依旧闲不住，集资办学做了校长。

奶奶是老教育局局长，威望犹在，办学、教学经验丰富，小城里，学校很快红火起来。

奶奶因此有了积蓄，兴冲冲盘算起实现大房子的梦想。

1993 年，学校如日中天，准备改制，奶奶的地位损害了几个投资商的利益，他们把她从校长变成荣誉校长再到荣誉顾问，奶奶一忍再忍、忍无可忍，拿出她当年鏖战红卫兵的魄力，叉腰堵在办公室前，不评理不让走。

奶奶是与保安厮打后被他们架着胳膊扔出学校的，爸爸、妈妈吓坏了，把奶奶关在家里，奶奶茶不思、饭不想，一连半个月都血红着眼睛，谁说话吼谁。

我那年一岁不到，每天哭，奶奶有一次碰巧听到了，马上呵呵笑起来，又扮鬼脸又讲故事地逗我。爸爸、妈妈喜出望外，每天把我抱到奶奶家任她逗。

奶奶清闲没多久，便有投资办学的商人请她做管理，奶奶励精图治从头干起，五年便使在校学生过千。商人开心极了，给奶奶发奖金、发股份，上哪儿都带着她，奶奶趁机提出修改合约，如法炮制五年前的遭遇，挤走商人，自己做了董事长。

彼时，我上小学，听闻奶奶的前学校式微濒临破产，奶奶表示愿意收购，条件是对方连着学校下属的棉花厂也一并折价出售。

1999 年夏，奶奶开出各种优惠政策，加大招生力度，对方没招到学生，再也无法负担号称全市最豪华硬件私立学校的巨额开支，只好在产权转让书上签了字。

奶奶 70 岁那年，让爸爸辞职下海，把工厂交给他，自己一心办学。

一来二去，全家都跟着富裕了。

这一年，奶奶终于买了梦想中的大房子，临湖，前庭后院上下三层，花园草坪一应俱全。她像个老疯子，整天窝在里面傻笑不出来。我说，奶奶，葛朗台也不过如此了！“你继续乐啊，葛朗台可一辈子没有过我这么好的房子！”

奶奶守着大房子，像守护金苹果的巨龙，谁想进去都难。

“我将来死了，你们就把我埋在这房子里，别的我哪儿也不去！”奶奶每天都欢欣雀跃地强调。

奶奶把钱看得很重，像肥皂剧里描述的一样：不存银行，买很多保险柜，专门腾一个大房间放置它们。

她连帮忙搬沙的民工工资都想方设法克扣，妈妈看不下去说她两句，她就大发雷霆，叉着腰大飙方言：“老子上大学的时候给人搬沙，一蛇皮袋两分钱！老子就睡觉都笑醒了！”

奶奶的霸权主义也开始了，但凡籍贯是县城高中的学生，一律提供 20% 学费折扣奖学金，村民们成群结队拖家带口，来找老乡帮忙安排子女就学、就业，奶奶不顾形象，拿着扫把一边骂一边赶。

奶奶一生都恨着那些村民。2003 年，她坐轿车带司机回村里，太奶奶已经被村民挖出来重葬了，坟头高拱墓碑考究，香火也极旺。奶奶却毫不领情，自己一把一把挖出骨灰盒，捧回家，刻了碑放进城里最豪华的公墓。

我渐渐长大了。

我对前方的路有了自己的判断与想法——参加美国高考，去那儿学金融。

我小城里土生土长的家人全都吓坏了，尤其是妈妈，背离高考在她眼里就是背离全世界。高一末尾，文理分科在即，我如此作为，她心急如焚，直想说服我去看心理医生，医治异想天开。

“另维，我告诉你，你这么不计后果想哪儿是哪儿，是要吃大亏的！”妈妈严肃警告道。

“这些话你跟我奶奶说啦！”我冲她挤眼睛。

是的，奶奶支持我，她举大拇指大赞好得很。全家都说她老糊涂了，私下里商讨把她送进医院。

无奈奶奶在家里经济、辈分地位两重高，建议命令家人敢怨不敢抗。就这样，高一暑假伊始，我报了“新东方”，病休离校，北上进京。

“你说这么多高考！我孙女六月才考，十月又考，高考压力这么大，半年不到就得考两次！把我孙女考坏了，我烧它的珍珠港！”

彼时，我结束托福和 SAT1，驻留武汉全力复习着十月在香港的 SAT2。这是最后一考，考不好便不得不重考，不但耗钱耗时间耗精力，还极有可能耽误十一月开始的大学申请，一年时间就此浪费。

我说，奶奶，前面考的是主科，现在是选考——哎呀，再前面的托福只是个语言考试！——反正和咱湖北高考不一样，我跟您解释不清！总之我现在很紧张，先去背单词了，忙完了好好陪您聊！

你在视频那头，笑眯眯的，脸上的皱纹一圈一圈荡漾开，你说好好好，快去忙，我孙女真棒。

棉花厂的效益越来越好，2007 年竟得到外商青睐，上门与爸爸商讨出口合同。全家顿时一片欢声笑语，每天过年。企划磕磕碰碰无法削减激动，我们时刻准备打入国际市场，把棉花远销国外。

人算不如天算，2008 年下半年，次信贷危机正式波及中国进出口市场。人民币汇率一涨，对方拒绝履约，巨额订单一夜间变为废纸。举国上下外贸工厂接二连三地倒闭，眼睁睁看着不入眼的小工厂作坊主稳当当一笔笔进账，爸爸的亏空无法控制。

SAT2 考前一月，妈妈打来电话："另维，你做好心理准备，这是大趋势，我和爸爸都不认为厂子能挺过这一关。"

2008 年 10 月，我终于结束为期近两年的异地求学与奔波赶考，回到家，发现一切都已沧海桑田。

学校里发生了恶性斗殴事件，十几个学生受了伤，个个向奶奶索求巨额赔偿。近几年独生子女政策效果初显，学生越来越少，招生一年不如一年，奶奶已经无奈关闭了小学和初中部，这次雪上加霜，学校更是元气大伤。

从那时起，很多人都说奶奶是真的疯了，每天在自己的大房子门口骂骂咧咧，"狗娘养的"、"良心都喂狗了"，骂完这个骂那个，骂一骂便忘了自己在骂谁，谁也不准进大房子，她自己也不进。

"老糊涂了，老糊涂了，这下是真老糊涂了！"爸爸摇头叹气。

翌年伊始是高三下学期，我泡在各大学申请网站和学校官网，昼夜颠倒地写、修个人陈述——长达几百词的文章，是美国大学了解申请人的重要依据。我一所一所地寄申请、寄成绩单、寄简介。

奶奶柳暗花明了，两所亏了两年的民办学校决定关门歇业，因为同情和敬佩这个 80 岁的老同行，想把手上共计五百名余学生转给她。一纸协议，奶奶萧条的学校重新门庭若市起来。

3 月，我拿到第一份大学录取书时，奶奶发现事情远比她想象得复杂。

市里新一轮招商引资，学校坐落在风景区边上，景色优美、交通便利，开发商一眼相中了这块地皮却收购无望。紧接着，神奇的事情发生了，教学楼、宿舍，全校各种建筑被判为危房，学校被要求迁址，危房由相关部门负责拆除。

奶奶桌子一拍，大喝道："老子不搬！革命也要有纪律，老子就不信这群兔崽子敢乱来！"

长假后返校，学生们纷纷被人拦在校外，并被告知为保其安全，相关部门决定禁止大家出入危房。

奶奶还是那一套，两手一叉腰，破口大骂："你们不让学生上学！你们良心被狗吃了！老子这把老骨头，就跟你们拼了！"

彼时，我正一边继续申请一边联系已录取的学校，七手八脚又打电话又写文章，奶奶的司机求助，我连忙赶过去，一起架着她胳膊把她塞进车里，拖回宝贝大房子。

商人又出现了，他诚恳地与奶奶攀谈："您欠着房租和两所学校的收购款，再拖下去，您的学校恐怕连这个钱都不值了。"

奶奶盯着他，张口不说话，嘴唇在抖。

"……老人家，咱们明人不说暗话，您觉得您还能活几年？您不想辛苦一辈子，到头来还让儿女帮您背债吧？"

奶奶沉默下来的那刻，我突然觉得，那个天不怕、地不怕的疯狂斗士，终于老去了。

奶奶欠的房租，别人可怜她免去了一部分，她卖掉学校，勉勉强强还清了债。

奶奶把自己关在大房子里谁都不见。妈妈劝爸爸，再穷也要尽快让奶奶看医生，生理的和心理的。

奶奶她一生大起大落，辛勤奔波到 84 岁，竟落了个一贫如洗。

2009 年 6 月末，我终于等到梦想大学的通知书，邀请我 8 月出席新生典礼。

16 岁的姑娘，两年，独自离家四处蜗居，求学赶考，两赴北京，两赴香港，做了无数题、熬了无数通宵、走了无数路，我终于换得了最好的回报。

妈妈找我谈话。

“咱们家的情况你也知道，确实是拿不出你的学费。人生在世，不得已的事情太多了，你要学会接受现实。”

我想反驳，但看到妈妈比我更难过、痛苦的眼睛，顿时语塞。

“你高中只上了一年，妈也不指望你，好在我们当地就有大学，你去复读一年，明年尽全力冲个二本线，到时候看谁还能卖你奶奶个面子，把你照顾进去——你别的不行，英语总过得去吧，去学个英语系，将来出来了，妈托朋友帮你找个地方当老师，挺好的，你说是不？”

桌上的录取通知书，已积了一指节高，每一毫米都是我长久以来拼尽全力的回报。

奶奶，那一刻我第一次知道，原来真有一种心碎，是哭不出来的。

7 月，通知书满天飞，到处都是谢师宴。奶奶吃了半个月药，还是天天说胡话，人们提起她直摇头，可她见到我，还是立刻恢复了神智，笑眯眯地问考到美国哪所大学去了。

“不打算让她出国了。”妈妈的声音很小。

“不出国，怎么念美国大学呀？”奶奶继续笑眯眯地疑惑。

“不让她念了。”妈妈低着头，语速极快。

沉静。

紧接着，砰的一声巨响，把大屋子的大灯与大窗震得直晃。奶奶桌子一拍，站起来朝着妈妈就是一耳光，爸爸和我都吓坏了。

“不让我孙女念大学？你敢不敢再说一遍！”奶奶血红着眼睛，怒视着爸爸、妈妈，“娃考上大学，你们说不让上？！你们当爹妈的，不觉得自己可耻、龌龊吗？！你们简直、简直使我这张老脸蒙羞！”

妈妈一连半个月眼睛都是红的，这下终于委屈地哭了：“你知道她上个大学要多少钱吗？120万！——妈，你睁开眼睛看看，学校没了，工厂现在又压货又欠工资，我们现在吃饭都艰难，还上什么大学？”

“老子这辈子饿得在鬼门关走了几百次！从没想过不读书！这就是为什么——你们、你们这狗娘养的不成器的也能有今天！”窗外是全城最好的湖景，奶奶吼得声嘶力竭，浑身发抖。

“妈，这大学要是让人扇耳光当学费，我跟她妈去把脸扇烂都高兴，可人家只要钱哪，我们是真的拿不出来——”

“我不管！”奶奶又是一巴掌上去，“你们不让老子的孙女读大学，老子死给你们看！”

说着，奶奶真朝墙角去了，我和妈妈连忙抓住她，爸爸叫来救护车，给她打了安定，住进医院。

奶奶把医院闹得鸡飞狗跳。

只要醒着就又叫又闹，骂儿子、骂媳妇、骂医院，非要“这帮狗娘养的”放她回家。许是勤练80年的成果，奶奶嗓门大得翻天，医师诊断她患有精神病，建议转院。

奶奶趁夜溜走了。

家里鸡飞狗跳，四处贴告示登广告找奶奶。踏夜而去的84岁老太婆，一时间，奶奶成了一朵人们津津乐道的奇葩。

接到电话说见奶奶在某房产中介，我们赶过去，奶奶正在过户她的大房子。

“那么好的房子，你 120 万就给卖了？还连家具？”爸爸、妈妈差点晕过去。

“老人家要一次性现金付款，且非常紧急，我们因此……”中介小姐滔滔不绝地解释起来，我震惊不已，爸妈神情呆滞，迟迟无法回过神。

只有奶奶很高兴，踮脚趴在柜台边，盛夏的阳光斜洒进来，刚好将她笼罩。隔着一米半的距离，她转过脸冲我“嘿嘿嘿”地笑，得意地晃着手里的条子，鬼马又开心。

我忽然想起，已经很久没看到奶奶笑了。

小时候，她总是逗我，摆出各种怪样子，我一笑，她就咯咯声如响雷地笑开。

人人都同情我家，这边忙着破产，那边还在被家里的疯老婆子大败家财。奶奶没了大房子，抱着纸壳回到 30 年前单位分的、破败的老公寓，爸爸、妈妈邀她同住遭拒，只好给她找些简陋的家具，日日摇头叹气，毫无办法。

奶奶悄悄召见我。

那是 8 月 1 日的中午，太阳很大，公寓里又暗又潮。奶奶递给我一只大箱子，笑眯眯的：“好孙女，去，上大学去！”

我从来没见过这么多钱，一沓一沓的百元大钞紧挨着摆了整整一箱，上面有一张纸。我第一次发现，奶奶原来写得这么一手好字，每一笔都透着顽强与坚韧。

“教育，是家长能给子女的最好的礼物；珍惜教育机会，也是子女能给家长的最好的回馈。祝宝贝大学生孙女好好学习，天天向上！骄傲的奶奶。”

百万资金证明让签证官眼前一亮，8 月中旬，我带着 I-20 直飞西雅图，顺利入学。

“你说，我的宝贝大学生孙女，美国的天蓝还是我们中国的天蓝啊？”

彼时，我正在日本料理店打工，我用钱极省，逢奖必申，因为我不仅想尽早买回奶奶的大房子，还打算买车，把奶奶接到美国载她旅行。大一，经济、学业双重压力压得我喘不过气，我的时间比当初备考更紧。

我说，奶奶，我上班呢！回头再跟你闲聊啊，拜拜，拜拜！

12 月 17 日，多事之年将尽，秋学期结束。

我与发小网聊，聊起我如今这条路，我不由得感叹："多亏我奶奶。"

"你真幸福啊！"他也叹，"对了，你奶奶三天前去世了哦，我在报纸上看的，介绍了她的生平呢，好厉害啊！"

世界静止了，我如五雷轰顶，忙不迭打电话给妈妈。

"我奶奶呢？"

"你知道啦……她走了。"

"什么意思？我奶奶身体不是一直很好吗？！"

"这几年一折腾，她又那么大年纪，再好的身体也该差不多了……她是突然病的，在医院住半个月了，大前天晚上发作要抢救——家里能卖的早就卖了，一时半会儿实在拿不出钱来，就这样耽误了。"

"荒唐！你们不知道我有钱吗？！"

"你奶奶怕的就是我们打你学费的主意，你看这病到最后都没让告诉你——"

我心跳都惊停止了，打断妈妈大声道："你们没上过学吗？不知道学费是一学期一学期交的吗？而且我的奖学金不是钱吗？我打工挣的不是钱吗？我花不到那么多啊！"

"这个我们给她讲了几百遍都不止，可你奶奶的鬼脾气，你又不是不知道——你那些洋玩意儿，她除了知道 120 万还知道啥……她谁都不信，说什么她都一口咬定是想骗你那学费，根本就不准我们联系你。有一回打电话被她发现了，她又绝食又扔药……家里现在已经揭不开锅了……到最后跪下来哭求我们别剥夺你上大学的机会……医生都劝我们，老人家没多少日子了，从了她的心愿算了——"

"……你们至少、至少，"我捏紧湿漉漉的电话，想离那头的声音更近些，"让我跟奶奶最后说说话嘛！"

"奶奶回光返照的时候，给你打了电话的，你那会儿在餐厅不正忙着吗？"

"……"

我多想我还能再有一个"你说"。

彼时，我在美国，用你一生的血汗与救命钱，念着好大学。我忙忙碌碌，又是作业又是研讨又是打工攒钱，马不停蹄到没有好好接你打来的第一通越洋电话。

他们说，你直到最后，最后的最后，都笑着。

（原载于《新蕾 story100》2011 年 12 月）

少年当还乡

贺伊曼

光线最美的时候是下午四点以后，那时我下意识地低头看了看表，四点二十，火车恰好经过黄河大桥。水面缠绵连接着天尽头，坐在下铺靠窗的位置，我匆匆往外瞟了一眼，霎时心头一震。波光粼粼，像裹了一层橙黄的、即将融化的糖浆，由近至远皱起叠叠的浅波。但来不及多看一眼，这场景已迅速掠过，很快，连夕阳也悠悠地坠了下去。

今年仿佛特别冷。南方的宿舍里湿气极重，夜晚被子多裹上两条，又搭了棉衣，也还是不见暖和。每天上着网，把自己包成臃肿的粽子，手上仍然生出硕大的冻疮。也就是在这比往年显得格外难熬的深冬，因为冷，我竟然萌生了提前回家的念头。

我从不是个恋家的人。说起来也很奇怪，好像自从三岁开始住校以后，一个人出门在外变得再平常不过，虽然能够和父母团聚也很值得高兴，但从未因此觉得回家是一件时刻挂在心里并且急需完成的事。我从小长大的这个地方，早前我并不愿意回来。不仅外省人谈论起会轻微地皱眉，本地人也觉得这座城市常年脏而乱，污垢横生，河流阻塞，居民纷扰聒噪，甚至很容易连续半年得不到雨水眷顾。我爸不止一次在饭桌上跟我感慨，如果咱们家条件再好一点，我和你妈必然会把你送出去，不管去哪儿，至少让你在十五六岁的时候，能够吸到更干净畅快一点的空气。我总说，不要紧的，以后我总会离开这儿，总要离开这儿的。当时只是期望能看一眼哪怕微微泛蓝的天，见识一下河流到底怎么个清澈明净，而从没有想过其他更为复杂的事。当然更不会知道很多年后才明白的事实——城市里根本没有所谓的蓝天。

现在想来小时候的愿望甚至更为可怕，幼童对一座城市的抵触就像一根刺，常年深扎在逐渐成长的内心世界里，只有在期许不断实现的过程里逐渐松动。今年夏天我妈突然告诉我，四处辗转后我的户口已经落在了长沙。这时我猛然惊觉，等待了这么多年后，我竟然真的有一日变成了一个和家乡毫无关联的人。心里那根长刺仿佛终于抖落了出来。在南方的绵绵细雨里，空气不再干燥多尘，我却似乎没有感到多少喜悦，只觉得好像隐约间另有一根刺扎了进来。

车站里人流如潮。这节车厢里的乘客，几乎都和我有同样的目的地，他们无不用家乡方言在我耳边交谈着。一年年过去，回家的次数越来越少，一旁静静听着他们的对话一时竟然觉得陌生。对话中频繁出现只有本地人才了解是什么的字眼，甚至听见有两个中年男人在讲，我家附近那块算得上偏僻的地块地价竟然在半年内猛涨了一倍，也开始盖起了以前没有的高层居民楼。我出神地听着，心中发沉，有些微的酸楚，又深切地觉得有些可怕。可怕的无非是这些变迁，而最为酸楚的变迁是什么，我又说不大上来。

想起回家后的第一顿饭，饭桌上我妈像抱怨似的跟我提到，××家的女儿婚后这才第一年，春节七天夫妇俩就跑到马尔代夫玩，不回娘家啦。我说噢？你担心我以后也变成这样？她立马辩解道，这倒不是，以后我是不会管你的，你们年轻人自由安排生活也是对的，我们当妈的不会要死要活地拴牢你。我安慰她说，你放心，我以后即使嫁了人，每年过年也一定会回来。她一听急忙摇手，大声说，我可不是这个意思，可不是这个意思，我的意思是啥呢，你不回来我们反而轻松。接着跟我爸使了个眼色，我跟你爸商量过了，过两年你春节不在这里的时候，我正好也不用再费心力擀皮儿包饺子了，是吧？我含混地点点头，想笑她故意说这些话给我听，却又不大笑得出来，只得一直扒拉碗里的饭。只听她还在断断续续地讲，市面上速冻饺子这么多，你不知道，我现在年纪大了，连和个面都开始觉得累啦……

其实我不是不知道，他们心里有多想经常见到我。前些年在电话里，我妈还会埋怨我为什么总不回我爸给我发的那些个短信，我爸在家忧郁地和我妈诉苦，却也不敢当面问我一问。那时我总觉得离家后一下子变得新鲜开阔的生活中，一定有更多比回家更值得眷恋的事。后来随着年纪增长，我逐渐能够明白他们几番委婉透露给我的信息，但碍于性格中别扭的部分，始终不愿用直接的方式表达感情，从而无法令他们心上得到一些安慰。而且我总念念不忘的是，这么多年他们尽管如此希望把我留在身边，却总是摆出一副一定要送我出远门的姿态，并极力让我和他们生活了 50 年的城市摆脱干系。而至于这城市，到底有多值得他们这样仇视？

今年回来，特意转了转小时候常去的一些地方。大多还是保留着原貌，没有太多变化。当年他们送我上学时走过的街道，大抵也还是那个样子，路边贩卖零食的种类也没有多出多少。我甚至还能轻易回想起十年前的事，那时候路面要窄一些，巷子再密集一些。记得早晨上学总会经过一家老旧的电冰箱厂，正值上班时间人流从四处涌入一道矮窄的门，我坐在二八车的前杠上，一边指挥我爸笨拙地在人群中穿梭，一边不停地拨着车把上那只需要频繁灌油的铃，使它像呼吸不畅的人拼了命从喉咙中挤出一些声响。整个穿越人群的过程中，我记得自己总在傻兮兮地笑，却又不记得是因为什么。这次还特地拐去看了这家厂子，倒是没有被拆掉，那扇从前一到八点准时关闭，下午五点半又准时打开的铁门，竟然还孤零零地敞在那个丁字路口。唯一的变化不过是，几年中吝啬的厂长命人把它整修得更气派了一些。

记得年后初二的清早，爸妈叫我一道去串门。我找出各种理由推托。印象里家里人口多，但向来相处寡淡。平时从不见面的三姑四婶坐在同一张桌子前吃饭时，彼此口齿沉重，好不容易艰难开口，问的也是去年已经得到回答的问题。何况我心里很明白，像我这种家族里从不稀缺的低辈分的女孩儿，出现在这种家宴场合中不仅总被人喊错名字，其实连去与不去也不会有人重视。争执了一会儿，我爸知道拗不过我，“唉”了一声便走了。我一个人坐在客厅里，四处看了一会儿，忽然觉得这么多年来从不觉得宽敞的房子，寂静下来也实在有些可怕。一瞬间我竟然不太能明白，像我妈那样总不甘寂寞的人，是如何在这间房子里熬过了一年又一年。这些年说长不长，说短也不算短，她耗在这间房子上的时间，和我在这个城市生活得一样久了，而她生活在这个城市的时间，可能比我人生中剩下的时光还要长。

不知何时开始觉得，这个城市异常缓慢的发展成了一件值得庆幸的事。那些令人心头起皱的变迁，好像只有在这些饱含回忆的场景中，才显得不那么飞速。后来我发现每次回来我都变得热爱散步，在成长起来的这块地方，虽然只有零星点大，却每条街巷都塞满了往日的画面。好像随便走一走，路过一处公园、两潭湖水，看见几个老人躬身打着大个儿的陀螺，脑子里零散的片段就得以拼凑重合。

这么多年，在这个城市里，即便亲情已经寡淡，朋友只剩零星，但好像依然留存着一些能够让人欣然回返的气息。我没问过我妈对这个她待了 40 年的地方到底存不存在眷恋，毕竟她的童年不在这儿，她的根不在。我不知道，她是否也是在 14 岁离开家以后，才明白了另一种至为珍贵的感情，才发觉生活中最可怕的无非是变迁。而最酸楚的变迁呢，不过是以前每天与之打交道的所熟悉的一切，那个称为家的存在，终于有一日改名为——故乡。

（原载于《萌芽》2011 年 5 月）

穷孩子

李唐

1

1961 年的一天，我的爷爷踉跄在漫天飞雪之中。那天的风雪像一只只强壮的手臂从反方向推着我爷爷。我爷爷在雪地里一步一个坑地走着，风做的铲子铲起一块块雪球打在我爷爷的脸上。使我爷爷保持重心的是他怀里的一棵大白菜，我爷爷紧紧地抱着它，像抱着一个金元宝。事实上，那年的白菜比金元宝还要熠熠生辉。我相信在当时那种情形下，我爷爷要是捡到一个不能下嘴吃的金元宝，一定会毫不犹豫地扔掉的。跟他在一起赶路的工厂里的同事们有的拿黄瓜，有的拿白萝卜。他们一边走，一边闻着蔬菜散发出来的清香，这香气诱惑着他们的口水。快到家的时候他们才发现，那些偷来的蔬菜已经被他们吃得差不多了。而我的爷爷是个意志坚定的人，尽管一路上他反复与自己的肠胃作斗争，但他最终经受住了考验，把一棵完整无缺的大白菜拿到了我奶奶和我祖奶奶面前。那年我奶奶刚刚生下我爸，我祖奶奶重病缠身。那锅白菜炖的汤几乎是救命的。所以在此之后，我爷爷对白菜有着一种特殊的感情。每当他闻到白菜的味道时，眼前就会飘过一场 1961 年的大雪。

2

当讲述完那年的那棵大白菜的事时，我爷爷已经热泪盈眶，而我奶奶则早已流下伤心的泪水。她说：“我什么苦没吃过？不就是卖掉房子搬回老家住吗？我什么苦没吃过？”我妈和我爸坐在二老的对面，不吭一声。他们的屁股深陷在沙发里，脸色铁青。作为一个听话的好孩子，我从很小开始就学会了看大人的脸色行事。我知道事情不好，想溜回卧室，但已经太迟了，我听到身后我妈的怒吼。当我恐惧地转过身来时，我看到她已经从沙发上站了起来，怒视着我，就像一块快要迸裂的玻璃。

我知道做出气筒是免不了的了。

“谁让你出来偷听的？！不好好做功课以后谁来养你？不好好学习考不上大学以后你吃什么？你以为家里还能养你吗？你听着，现在咱们家穷了，别以为这和你没关系，从今以后你就是一个穷孩子了！”我妈说完这番指桑骂槐的话就哭了起来。爷爷咬了咬他的假牙，对我妈说：“你别跟孩子说这些。”我看了看我爸，他依旧端坐在那里，一动也不动，仿佛动一下就会觉得很累。这让我想起了非洲的一种河马，苍蝇落在它们身上它们都懒得用尾巴轰一下。有人说河马像哲学家。当然我爸并不是哲学家，他现在只是暂时进入了一种未知的冥想中。

我回到卧室。我知道大人们什么事都瞒着我，因为我是个小孩，怕给我留下心理阴影长大去报复社会什么的。但其实我什么都知道，他们越想隐瞒往往越会露出马脚。我知道我爸的公司破产了，准确地说是被人骗了。那个骗我爸的叔叔曾来过我家，我记得他给我带了一大包糖，临走的时候还亲切地摸了摸我的头，叫我好好学习。我听话地回答他说我会天天向上的。我还知道为了还债，我们必须把自己的家卖掉，而且还得卖掉爷爷、奶奶的家。我们一家人就要搬到乡下老家的老房子去住了。

我从没有去过老家，只是经常听他们说起，说起那些剪不断理还乱的亲戚。所以老家一直对我徒有虚名。

我突然有些恋恋不舍起来，我对自己的这个房间已经有了感情。我再一次躺在了床上，今天的床仿佛知道将来的命运，变得十分柔软、舒适。我下了床，拉开灯，灯十分配合地亮了。我关上它，它就听话地关上。我一时间不知道要干什么，就走到大门前，从门上的猫眼往外望了望。我惊讶地发现自己不用踮起脚就可以够到门上的猫眼了，记得在不久之前我还够不到呢。我实实在在地感受到了自己的成长，每晚我几乎都可以听见我的骨骼在不安分地微微作响。

我对这间属于自己的小小的卧室此时充满了感情。我曾把玩具扔得满地都是，还在墙上画过各种各样的怪物，到了晚上自己吓自己玩。在这间屋子里我挨过父母的揍，无数次地怨恨他们，也曾在这间屋子里对天祈祷，让我的父母长命百岁，永远留在我的身边。

而现在，我不知道该干什么好。我又重新坐回到书桌前，听着客厅里大人们的谈话。谈话的内容听得不是很清楚，但我的名字被他们重复了很多次，人听见自己的名字总是很敏感。

我听到我妈说得最多的一句话就是："从此阿克就是一个穷孩子了！"当然，她的哭泣几乎就没有停止过。

我不知道我应该干什么，就只好继续琢磨本子上的数学题。本子摊开在桌子上，上面的数学题像是一团乱麻，等着我把自己套住。我毫无思路。

突然，一滴水滴到了本子上，接着又是一滴。本子很快湿了一大片。我摸了摸自己的脸，发现那上面湿乎乎的，原来是我流出的眼泪。我很奇怪我为什么会流泪，可能是客厅里悲壮的气氛把我感染了。我连忙把脸上的泪痕擦掉，我知道被大人看见了只会雪上加霜。

外面仍然是大人们含糊不清的讨论声，我努力地听了一会儿，仍然听不清楚。我知道他们是成心压低声音的，我只能听到我妈在叹息后总爱捎上的一句话：

"唉，从此以后我们家阿克就是个穷孩子了。"

3

我们经常聚在学校后面的小树林里。其实说是小树林，但除了杂草还是杂草，还有一些不知道干什么用的木板七横八竖地躺在草丛里。有些木板上面钉着狡猾的钉子，一不注意就会刺破你的脚掌，所以许多家长坚决不让自己的孩子去小树林里玩。于是，我们几个好哥们儿就有了一个聚会的场所，无人打扰。

今天是星期二，中午时分我们几个从刻板的教室里逃出来，聚在这里。刚刚上学的时候，我们都可怜巴巴地等待着周五的降临。后来我们就厌倦了，干脆约定每天中午都逃出来，在这里玩。于是到小树林里玩成了我们每天坚持上学的动力。老师开始的时候对我们十分严厉，经常打电话约见我的父母，但他们显然对生意更感兴趣。几乎每次开家长会的时候我的父母都在外地，由于学校无法报销飞机票，所以家长会我的家长的椅子总是空着的，这让我很有优越感。在老师眼里我成了没人管的孩子，他们虽然是人民教师，但也是有底线的，他们也就慢慢地不管我了，任我自生自灭。

以上是我的情况，我已交代清楚。而其他人的情况我都不了解，总之他们都各自有脱身的方法。

现在，我们一帮人都聚齐了。我们就坐在杂草里，小五则很斯文地拿了一张报纸垫在屁股底下，他换了一条新裤子。我们大部分人一般都是拍拍屁股就走。

我们大眼对小眼，一时不知道该说什么，或该玩什么。那时学校附近的网吧已初具规模，但主要是高年级学生的天下。我们那时年纪太小，网吧老板总是死活不让我们进，说是上面有政策。其实我们知道那老家伙钱已经挣得足足的了，不想为我们冒风险罢了。

能够加入到我们这个圈子里的，都是有那么两下子的家伙。比如坐在我左边的阿金，他是我们中第一个敢离家出走的人，他最想干的事是周游世界。那时我们对很多事都没有什么概念，或者说，和你现在的概念不一样。

坐在我对面的旗子，则是个不好惹的家伙。他长得高高大大，曾多次和高年级的人干过架，最后的结果往往是虽败犹荣。

而我呢?

我在他们中间是一个不起眼的家伙。我为能加入这个圈子而感到由衷的荣幸。我唯一的特长可能就是会讲故事，会写一些乱七八糟的东西。我经常帮他们写检查或者情书。我会使用很多严肃的句子，比如“上述事件我已交代清楚，请各位老师再给我一次改过自新的机会”，这样的句子让他们自愧不如。

中午的太阳有一搭没一搭地照着，天气已经变凉了，所以这样的照耀很舒服。我注意到不远处有一群黑压压的蚂蚁在围攻一只虫子，那只虫子挣扎了几下最后放弃了抵抗。蚂蚁们沉浸在胜利的喜悦中，它们彼此用触角交谈着，想把这个捷报传递到更远方。

我想我应该首先打破沉默，于是我张了张嘴。

我发现他们果然注意到我，把眼光都一齐投到了我身上。但他们显然以为我就要讲故事了，他们饶有兴致地看着我。我只好说：

“不好意思，我并不是要讲故事，而是要讲讲最近发生在我自己身上的事。”

“阿克你真逗啊。”小五一边用小木棍挖着沙土一边说，“你自己的事不也是故事吗？”

我恍然大悟，是的，我自己的事讲给他们不也是故事吗？唯一不同的是我的这件事正在发生，我还看不到它的结果。我佩服小五的明察秋毫。

我看了看阿金，他似乎有些不同意小五的说法。他不知何时把外套脱了下来，搭在肩膀上，“阿克是我们的兄弟，他的事怎么能和故事一个样呢？”他盯着我的眼睛说。

小五没有说话，继续挖他的土。

总之，我说起我爸的破产及我要搬到乡下的事情，和我以前讲故事的感觉并没有什么两样。我仿佛在讲别人的故事，丝毫没有我妈那种声泪俱下的效果。

“我妈说以后我就是个穷孩子了。”我以这句话作为故事的结束。本来我还想解释一下，但我发现我不知从何解释，便住了嘴。

他们沉默片刻，这个故事让他们没有料想到。

“那以后你打算怎么办呢？”阿金首先问道。

“我也不清楚。”我如实回答，“但我要搬到乡下住了。”

“到了乡下你还会看我们来吗？会想我们吗？”旗子说。说完他可能觉得这话有点矫情，便自己笑了起来。

“当然。”

我站起来，由于坐的时间太久了，我可以听见关节噼啪作响的声音。我拍了拍屁股上的土。

“成了穷孩子你会怎么样呢？”小五说。

我有些茫然，我不知道作为穷孩子的我和之前的我会有什么区别。我感觉我的心里像是被人放了一个沉重的东西，但我并不知道它是什么，它是看不见、摸不着的。

这时一阵风吹来，我心里的东西仍然纹丝未动。

阿金突然说：“那阿克你是不是要变成乞丐，沿街乞讨啊？”他的声音已经进入变声期，嗓子粗犷而刺耳。他的话引起了他们一片笑声。说实话，当时我有些恼怒。我眺望着远处的云彩，阳光照得我有些睁不开眼。我有点后悔告诉他们这个。我走了自然会有新的人加入他们的圈子，而我的故事只会被当做笑料被他们提起。鬼才相信我会去想这帮家伙。

现在，我依旧可以感受到那时强烈的光线。我早已原谅了他们的取笑，我明白孩子们是不能忍受当时那种有些压抑的氛围的，而那种氛围正是我带给他们的。

等他们笑完，我说：“我的事你们就别告诉别人了。”我知道这毕竟不是什么光彩的事。

他们都点了点头。

我第一个朝教室走去。

下午又听了几节课。老师在讲台前眉飞色舞，粉笔屑落到肩上。一小截粉笔头滚落到我脚边，我用脚把它碾碎，看着它变成了粉末状的一堆尸体。我靠在木制椅背上，等待着放学。

铃响了，老师恋恋不舍地放下粉笔，同学们纷纷涌出教室。我磨磨蹭蹭地最后一个才走。班长看着我说：“你磨蹭什么哪？你最后一个走，那你就负责关灯。”

我点了点头。收拾好书包，我把灯一排一排地关掉，最后还细心地带上了教室的门。

4

走在街上，阳光依旧很和煦。明明都快要入冬了，可一点也没有冬天的迹象。我低头走在人群中。我是一个谁也不会注意到的毛头小子。我每天放学都重复着相同的路线：从学校走大概 200 米到达车站，坐车大约 20 分钟，下车走 500 米，过一条马路，就到我家了。这条路我闭着眼睛也能走下来。

现在，我正站在马路对面。正是下班高峰期，车辆川流不息。对于一个没有红绿灯的路口，人与车的竞争在所难免。我静静等待着车流出现的空隙。

今天的车似乎格外地多。我试探性地伸出脚，但一辆逆行的摩托车从我面前呼啸而过，把我惊出一身冷汗。一阵风吹过，衣服冰凉地贴在我后背上，让我很不舒服。在我眼前，这条每天都要经过的马路似乎变成了一片怒腾的江水，没有任何空隙留给我。

我估摸着已经过去将近 10 分钟了。可我还困在马路这端。最后，终于有一大帮酒气熏天的家伙帮我开辟了一条道路，我急忙跟在他们后面。我回头望了望，感觉还是心有余悸。

我来到家门前，掏出钥匙，门却半天也捅不开。一个念头闪过我的脑子：锁已经换了，这间房子已经不再是我的家了，它已经属于别人。我在门上靠了一会儿，大脑一片空白，我没有别的地方可去。直到最后我才发现是我拿错了钥匙。我打开门时可以听到我的心脏还在怦怦跳动，仿佛这个家是失而复得。

这个时候天已经黑了。每年到这个时候天就黑得一天赛着一天早。我摸索着打开客厅的灯，发现我妈正坐在客厅的沙发上。我吓了一跳。她穿着一身黑色毛线衣，让人觉得像是一块礁石。我站在原地，不敢轻举妄动。

“今天怎么回来得这么晚？”我妈坐在那里一动不动。她的语气像是一块石头打破了我们之间的天平。现在，她是一个高高在上的审问者，而我则是她的嫌疑人。我讨厌这样的气氛。我思考过很多次为什么每次一交手我总是处于下风，最后我得出结论：因为那个人是我妈。我只能皱着眉头表示抗议。

“我……”我一时找不到更好的解释。

“你是不是又跟什么阿金他们混在一起了？”她突然站了起来，用手指着我。这是一种令人很不舒服的举动。我只能把眉头皱得更紧，并且努力地控制住内心的恐惧。

“你知不知道他们都是些坏孩子？虽然咱们家穷了，但也要有志气！以后不允许你再跟他们在一起了！”

我的恐惧感竟慢慢消失了，取而代之的是一种空落落的不适感。我感到全身的力气在一点一点地消失。我说：“妈，我累了，我想上床休息了。”说着便转身往卧室里走。

我可以听见我妈穿着拖鞋在地板上跑来的声音。她从后面抱住了我，她贴着我的脸，说："我的儿子，你千万不要学坏啊。咱家穷了，你爸不可能再翻身了，但你千万别学坏呀，否则我还有什么盼头？"她的泪水滑落到我脸上，很烫。我只感觉到一阵冷气像条虫子爬过我的全身。

我躺在床上。

家庭会议正在客厅举行。已经很晚了，我看了看床头的钟表：现在是凌晨两点钟。他们以为我睡了，但对我还是不放心，我妈细心地关上了房门。他们以为这样我就听不到他们的话了。

我躺在床上。窗外是月光与灯光，照进屋子里，照在床单上。这座城市似乎永远都不会熄灭所有的灯光。它就像以前我听说过的一种怪物，它有上百只眼睛，人们不知什么时候它才会闭上所有的眼睛。后来我知道那只怪物叫阿耳戈斯，希腊神话中的人物。

我可以听见激烈的争吵声，内容涉及搬迁的事宜以及爸妈离婚后财产的分配。当然，还有我的归属问题。我爸妈都不愿意放弃我的抚养权，他们自然有着他们自己的衡量与打算，我需要做的就是安静地躺在这里，一句话也不要讲，像个商品那样忠诚。

好吧，你们放心好了，我一句话也不会说的。

用我少年的头脑也能想明白，像现在这样的争吵是不会有结果的。我可以想象到，我妈会在忍无可忍的情况下摔门而走；我爸会用颤抖的手点燃一根烟，用曾经的商人的大脑思考如何使自己在这场纠纷中处于不败之地。我妈也不会闲着，她可能会连夜就去找律师，寻求法律途径，她会对律师说她一刻也等不了了。我的奶奶会在一旁抹眼泪，而我的爷爷将会再一次想起 1961 年的那场大雪。

（原载于《美文》2011 年第 8 期）

PART 5

彼岸·沙门

沙漠运河

萧萧树

她的那片沙漠是他能去的最近的沙漠了，他经常对人说起那里的日出。那里的太阳每天像是家乡的葵花一样，徐徐铺就在大地上，悠然而灿烂。他还知道在那些大沙漠里人们走不到的地方，有雕刻沙子的人，他把那些人称为沙匠，他们有最精密的视觉，可以去捕捉这个宇宙里最短暂的闪光。她从来不知道，也不信。不，谁知道她是不是相信呢！他们从来没有见过面，从生到死，在他们之间有一条宽广的庄严的运河，但是没有任何一本书上记载过这条运河。20世纪六七十年代的时候，或许真的有人来开凿过这条运河，那时候，走过荒漠会是绿洲，大片大片的；而现在，他不知道，或许还是荒漠。运河消失了。

他是一个诗人，他写了许多东西，但只有她一个人读过。他写了大海的诗歌，那时候他还没去过大海，她也没有，但正是这些诗歌把她吸引住的。后来他说，直到看到大海，他才知道真实的大海并没有自己想象的那么美好壮阔，大海变了，或者一直如此，但是，他从来没有想象过沙漠，因为沙漠太过荒凉、孤独和悲壮。

她真的不信这些，除了大海。她从小生活在沙漠之国的边界上，祖祖辈辈都以放羊、放骆驼为生。最多的时候，她曾骄傲地这样说，有一百多头骆驼，而且每天都要给这些骆驼喂沙子，因为那时候太穷——当然，这是她的玩笑。她很早就知道在这无穷的大沙漠里有一种生命的力量，只可惜自己没能第一眼就看到沙漠。她打破了爷爷和父亲在羊圈里出生的传统，是在医院里被护士接生出来的，后来甚至还上了学，虽然当时已经迟至八九岁。

仿佛自她出生之后，沙漠就开始不那么安生，而是越变越大。她常常幻想那大片大片的沙子是不是一个巨大的生命，在用那些细小的岩石和土地的晶体构造生命的思维。在那大生命之中，似乎总有什么神秘的眼睛在看着人们，到了晚上，那些眼睛和天宇中的群星就会连在一起，使地上的人们惊恐和迷惑，急匆匆地把牲口圈到圈里，沙漠则在一边狂笑。

这是对人类的惩罚，他说。他出生的地方没有出现过什么灾害，就是有过一次饥荒，他父亲差点儿在那时死掉——不是饿的，而是爷爷利用职务便利弄回家一个煮鸡蛋，他父亲一下子就给吞了下去，结果当时就没气了。后来爷爷赶紧找来一个神医，神医用一根三尺长的钢针从肚脐穿至后背，然后说，明天这时候不放屁，孩子就完了。家里人就在那儿等着，一天一夜啊，最后孩子的命总算保住了，爷爷则因为那个鸡蛋挨了三次批斗。他边说边感到好笑，但她看不到，而且她不知道那是不是真的。她生活在另一个世界里。在和她说话的时候，他感到有两个世界自己无法到达，那之间肯定有一条恒久的运河。

她不记得自己第一次离开那里是什么时候，好像在他们那批上过学的孩子中，只有她一个后来考上了大学，去了一个大城市。那里很远，坐火车要一天一夜，村子里的老人们说，这样的车估计坐一次就得卖掉一只羊。离村子最近的小城里，火车多是绿皮车，车厢里没有空调，只有四五只电扇垂头丧气地吊在车顶上，冬天的时候还有冷风飕飕地刮进来。不过，她的心里却时不时会泛起第一次坐火车的美好感觉。

车子不穿过沙漠，她也从没看到过人们穿过沙漠。只有一次，她看到一队军车路过村子朝沙漠边驶去，远远地不见了，但不一会儿就听到那边有枪声传来。那是处决罪犯的车子，很快就又回来了。这个记忆只能给她增添恐惧。她临离家求学的时候，方圆几个村子里，沾亲带故的、不沾亲带故的都来了，也许还有几个沙漠中荒凉的鬼魂。村子里的人从来都不敢想象沙漠里都有些什么。出于恐惧，人们有一次终于截住了那队处决犯人的车。从那之后，这里再也没有处决过犯人。

只有那些对生活失去希望的人才会爱沙漠，他们本身也和沙漠一样。这里的人们祖祖辈辈以放牧为生，只要有粮食就满足了；然后他们生儿育女，再将羊和骆驼交给下一代。而过去的传说，比如商业的辉煌、丝绸之路上那连绵不绝的驼队、优美而远去的夕阳下的驼铃，都早已不在。沙漠变成了唯一真实的东西。的确，这里曾有人来来往往无数次地治理沙化，他们在村子周围住下，无论冬夏都是那一片帐篷。白天植树，晚上也是植树，种的都是些红柳和一些小灌木什么的，但是每次都是待上两三年就走了，没有什么留下来。沙漠还是沙漠。

也许文明就是这样消失的。她怎么能想到有人会那么热衷于沙漠呢！在认识他之后，她知道那种世界性的荒凉在一些人心中是多么美妙。他喜欢的一些作家最终在沙漠找到了他们的答案。他说自己小时候看过一本小说，在那个故事里有一个沙漠和一头骆驼,后来他将这个故事讲给一个女孩。那个女孩笑着说,只要是“一个……一个……”这样的句式，就会让人想到交媾。他看着那个女孩什么都没说。那个女孩是搞绘画的，她来自一个开放的大城市，她也画那些城市。除了画画儿，她还搞设计，她设计过人们居住的地方，还设计了一些奇妙的东西，他难以想象人们要在那样的地方居住。后来，他告诉女画家，他来自农村。那时候他想的还是沙漠和小时候的那个故事：一个沙漠和一头骆驼。在骆驼的主人要死掉的时候，那头骆驼开口说话了，它给主人讲述沙漠的故事，后来为了将主人带出沙漠自己死掉了，但是主人没有走出去，而是在死的时候仍然在回味骆驼的故事，主人死得很平和。这个故事多简单啊，可是他就是那么喜欢。他总是能想到小时候的某一天，一个长相奇怪的、戴着遮阳帽的男人路过村子，在油菜地边上停下来，拿着照相机等人们照相。他小时候每年只有两次机会照相，一次是新年的时候，还有就是油菜开花的季节。他最喜欢油菜开花的时候了，有风，整个世界是香甜的。偶尔也会有骆驼来，他从来没有骑着骆驼照过相，骑一次要十块钱，他和小妹每次只是傻傻地站在油菜地里笑着。他多么希望那头骆驼会喜欢他，会说话，会告诉主人如果不免费给自己照相它就不离开这里。但是骆驼还是会离开。他们每次都是过十天半月去村子大队拿相片，每次看到别人骑骆驼的照片，他都羡慕得要死。一头会说话的骆驼，那是他知道的第一个神奇的故事。

听到这个故事的时候，她没有说话，她不知道该说什么。小时候她就没有想象过自己的骆驼会说话，也许那样的一头骆驼比一切都好。那时候她不知道他身边有许多“玩艺术”的朋友，她读了他的小说和诗歌，她以为那些作品所有人都会喜欢。他描述的大海多好啊，她宁可不去真实的大海证明一下；他写的远方的落日余晖，就是自己梦中的世界；他写的未来世界里那宏伟而完美的生命，仿佛在亲手抚摸她。

她真希望所有人都能欣赏到这样的文字。她不知道他的生活是什么样子的，但是一个人难道不是按照自己的理念去生活的吗?

那时候他们都在大学，她刚刚在一个很不起眼的网络社区里看到他的诗歌，那首诗仿佛是一个拥有语言天赋但却有着孩子般心灵的人写出的。她看到作者的名字，但是并不确信那就是他的真名，她甚至不知道他到底是男是女，不知道他多大、长什么样子。可以说，她对他一无所知，除了那首诗。那首诗开启了她对诗歌的认识，也让她对人世间有了一种探索的冲动。于是她给这个诗人留言了，她说自己读那首诗的美妙感觉，说自己想看到他更多的文字。她克制着自己的冲动以使自己看起来不是那么傻。的确，她在大学里似乎就是一个傻瓜，她的心中仿佛只有那些骆驼。她后来说，现在那些骆驼已经没有了，羊也少了，那些村子里的人有的也开始出去打工了，去大都市赚钱，甚至还要在那里安家，永远地告别沙漠。那要穿过沙漠吗?不，沙漠在村庄的边上，沙漠与村庄相互守候着。现在的沙漠仿佛也变了。有一次，她甚至能够看到那沙漠中雕刻沙子的工匠了，它们全身都是绿色的皮毛，长得奇形怪状的，那根本就不是人类。当然这一切都发生在他们说过话之后。在那以前，她从没有想象过谁会去雕刻那世界上最微小的东西，那需要什么样的眼神和器具，需要什么样的爱心和执著。

他们第一次通话是在那个留言发出后很久了，在那些日子里，她试图去寻找他诗歌里的一切，但是在那样一个大学里怎么能够找到呢。那是一个新建成的大学，面积很大，比村子还大，人们在这里忙忙碌碌地学习着如何去生存，没有人想到在心的世界里他们过去拥有的经验都会是假的。她羡慕他的那双慧眼，她开始阅读图书馆里那些被光顾最少的书。在那些僻静的角落里，她读到诗性生命的开始。一个人如果失去了诗性，他就像荒漠一样可怕。是吗? 她询问自己。在这个意义上，也许那条运河就是现代社会这个文明荒漠里的一条运河。但是无论人类怎样进步，去开发文明，去寻找处女地并殖民，那条运河都会永远存在着。那是一种理想主义，带着人类走到诗性的彼岸。

他在许多日子之后看到了她的留言，那是他在那个网络社区里发表东西之后的第一个留言。他知道自己在写一些传统的具有诗歌普遍性的东西，他深信这是对的，他知道如何去建筑一首诗并使它有意义，他甚至相信诗歌正是这样一种超越人类本身的生命，艺术家们在它的宇宙里寻找它，努力使自己更加真实和深入地接近它。

她并不知道他其实也在一个大学里，他努力去参加那些地下文化圈的活动。但是那些讨论民主意识又将这种理念变成生活用品的人让他厌恶，甚至在那个圈子里也没有人喜欢他的诗。那时候有许多诗歌流派，都在描写现代都市生活的纸醉金迷甚至下半身的世界，但他不去迎合大众的需要。在一次诗歌朋友们的聚会中，有人谈论自己刚刚在一本地下杂志上发表的诗歌，在他看来，那首语言暴露、缺乏美感的东西根本就不配叫做诗，于是他沉默不语。这时候那个搞美术的女生看到了他的沉默，她认为这种沉默是一种挑衅。美术家想知道他是怎么想的，她请他读诗，于是他读了他从未发表的那首诗，也就是她读到的那首。那是一首情诗："我要把你放在青色的村子里 / 然后 / 和铁 / 和火 / 去耕作，我要把你放在冬天寒冷的村子里 / 让牛和火焰守着沉默的你，我要把你放在……"他突然不再读这首诗了，因为他突然想到这首诗已经有了读者，而且，那不是他创造的诗歌，而是他发现的诗歌。但是美术家还是想听完这首诗，她求他读完，他没有。人们的注意力很快就转移到了别人的谈论上了。

就是在那个时候，他想到给她回复留言，他们的联系就此开始了。直到这时候，她才知道他们有多么遥远。他的家在平原上，隔着千山万水。他也知道了有一次她到过一个离他很近的城市，她已经忘记了那个城市，只是在看到他的描述之后才想到那座北方的城。在那个城市里有一个巨大的古墓，距离今天可能已经有三千年之久了。他写到自己曾经躺在那个巨大的坟堆上面对太阳，写到自己曾离天空无比接近，而天空就是真理。那时他一下子产生了一种要去流浪的念头。

他那次去那个城市，是去看他的一个姐姐，其实也不是姐姐，而是一个比他大一岁的女同学。他小时候很聪明，有许多引以为自豪的场景停留在他的童年记忆中。

比如当那些同村的小学同学想象着自己在学校的建筑废墟上来回冲杀将自己变成古代的将军士兵的时候，他却在一个大土堆上读诗。在这个意义上，那个土堆或许是可以延伸的，就是多年后的大坟，这也在多年后引起了他对时间意义的怀疑：我们究竟是在创造记忆还是在走过上帝的记忆呢？时间像是一个幻觉，无论对什么事件我们都似曾相识，不断地重演，可人类从来没有变得更好。他很小的时候就会陷于这种悲哀吗？也正是在那个学校的土堆上，他曾试图弄清楚那些游戏的孩子是不是也会有他那种对诗的骄傲。

他的姐姐很漂亮，当他乘坐那列破旧的火车的时候，他试图在车上来来往往的人的脸孔中寻找姐姐的影子。如果那座城市体现了人们确实彼此不可知的话，那么列车也正是如此——他一直在想这些个体是如何相遇的呢。下车之后，姐姐穿着一身黑色的连衣裙迎接他，他们已经两年没有见过面了。高中毕业后，他们去了不同的城市，一度失去了联系。在那个时候，他产生了一种幻觉，自己是不是喜欢那个姐姐呢，而这种喜欢是对于一个人的还是对于一段时光的？有时候他发现自己过于严肃和冷峻，他每次都试图找到一个正确的理念去引导生活，然后再证明这些事件的确存在过，他在思辨之中生活。第一次重逢时，他发现自己喜欢那个姐姐，她比记忆之中更为漂亮，她甚至代表了一个新的开始。他和自己同在这座城市的另一位男同学住在一起，那几天里，姐姐每天都去他同学租住的小房子里做饭，他不会做饭。他们三个就这样每天相聚，他为他俩背自己的诗歌，他想到高中的时候他的诗歌很受姐姐的喜欢，甚至第一次听到那些诗歌的时候，她还感动得哭了。在他的想象中，一切都是纯洁而坚定的，不需要暴力就可以保护这种纯洁，也没有人毁坏它。在第三天的时候，他读了自己最喜欢的一首诗。在那首诗中他放飞了自己的白袜子，因为它们需要去放飞。接着，对白袜子的爱让他追逐着到了一片丛林，一个赤脚的村子，在那里，白袜子变成了他永恒的纯洁意象——白鸽子。

第二天他就离开了那座城市。也许正是那个时候，她来到过那个城市，看到在大坟上躺着的他而没有说话。也许他们曾经看到彼此但是人类与生俱来的障碍阻挡着他们，也许他们甚至说过一句话，但是谁会记得呢？他喜欢的那首仓央嘉措的诗歌中写道，那一天我转山转水只为途中与你相见。他有时候希望自己在玄学之中生活。

他并不喜欢和别人说起自己的诗歌，在以前他不希望别人叫自己是诗人，这和许多日子之后不同。在他头一次听到他的这个读者来自沙漠时，他设想了沙漠的合理景象，而不是用一个诗人的幻想。那时候，他还没有告诉她沙匠的秘密。沙匠在等待着，他们也许等待到沙漠变成绿洲或者更大的荒芜的时候才会被发现。他也没有想到沙漠上彩色的折射，日出的光斑和从东方喷射出的生命绳索。他那时候说了什么呢？对了，他说到过骆驼。他小时候读到的那个故事一直萦绕在他的心中。但他说起骆驼的时候，她的家里已经没有骆驼了。

他们的圈子里有一个“玩摇滚”的，比他大，高高瘦瘦的。这个玩摇滚的朋友有许多女人，后来结了婚，只是因为和他结婚的女人有一个房子和一本杂志。玩摇滚的朋友总是去找女人，在找女人的时候他认识了一个叫“大师”的出家人，靠看风水为生。有一次，玩摇滚的朋友有一堆杂志要卖，他和他的大学同学来帮忙。卖完了书，玩摇滚的朋友就要他们一起去大师家坐坐，听他讲讲禅，大师的确会讲禅，大师眯起眼睛来全是禅。大师在那里讲禅的时候，他想到了他的一个同学说过的骆驼。那头骆驼就在他的城市，一头骆驼和一个流浪者，他的同学见到过好几次。一头骆驼和一个人，在城市的大桥下，相依为命。他的另一个同学告诉他，见到这样的牵着骆驼的乞丐一定要给钱，那是真的需要怜悯的人。据说如果要买那样的一头骆驼，需要很多钱，而且牵出来之后不一定能够赚到钱。这就是骆驼的处境，也是人的处境。也许牵骆驼的人的家人正在等待他赚了钱把钱还上。以前的骆驼很多，但是现在的骆驼很少。也许是这样，他想，自己想象中的那头骆驼消失了，整个世界的骆驼都会消失。后来那个同学告诉他，大桥下和人相依为命的骆驼真的没有了，他们只是看到那个牵骆驼的人孤零零地在桥下，漫不经心地走着。那头骆驼去了什么地方呢？

从风水大师那里回来时，他问自己的同学在想什么，那个同学说他在想那头骆驼。他一下子感动得流出了眼泪。你们看到过骆驼的眼泪吗？比人的还大，是人类悲伤的十倍。尼采就是看到了一匹马的眼泪疯掉的，那些看惯了沙漠的骆驼甚至无法接受人类世界的荒凉。他写了一首诗：印第安人在我们身边，即使没有他们也有他们的火焰……

她说起自己的骆驼，那些在记忆中逐渐消失的骆驼。那时候他已经不再相信他周围的一切所谓的文明，他不再理会那个玩摇滚的朋友，玩摇滚的朋友的心中没有一头沉默的会说话的骆驼。后来他知道那个玩摇滚的朋友和那个出家人因为一个女人分开了，接着他离开了自己的妻子，在这个城市消失了。他想去看骆驼。他想到这个牧羊的女孩的家乡，坐火车要一天一夜，但是那并不遥远，他想到自己在思考这件事的时候，那里的沙漠第一次完整地呈现出了他甚至无法描述的悲哀。

后来他又一次去了那个城市的大坟，他的姐姐终于找到了一个品学兼优的孩子做男朋友，他不喜欢那个男孩，他疯狂地喝酒直到和那个牵骆驼的人一样倒在地道桥下面。他的眼前出现了沙漠，明晃晃的雕沙子的人们，拿着明晃晃的刻刀，他们的渺小变成了一种音乐而不是可见的物质，他们凭借着渺小的身体通过了他的耳朵而不是眼前的路。当他醒来时，他的姐姐问他一个人以后怎么办，他一如既往地说自己的打算只是流浪。

他回到了城市，他把自己刚刚经历的一切告诉她，他找到了唯一一个可以诉说的人，他诉说着自己的理念。那些伟大的一直存在着的生命，那些光明的巨大的沙砾上骆驼的脚掌，还有那条丝绸一样的运河。她为他的诗歌陶醉了，她试着去回忆那些在沙漠上搞绿化的工人，他们是否真的在那里建造过一条失败的运河，那里有一个河床一样的地方，每次她回家都会看到，列车自上而下又自下而上，像一条虫子般蠕动着。她的家人们就在那个河床的上面等待着。

第一次他告诉她想去那里看她，不是去看她，而是去看看那片沙漠。她不知道怎么说，她感到自己也希望在沙漠上看到他，但是她在另一个地方上学，她很久都不回家一次。但是他没有考虑这些，他开始酝酿一次流浪的计划，他开始在头脑里运算那些错综复杂的铁轨，他发现那是一个错误。他有点疯癫地上了列车，但是并不知道那列火车到底开往什么地方，它会是去沙漠吗？在列车上他开始漂流，那是一班下午五点出发的车子，这辆车要穿过大半个国家。他是从卧铺区混进去的，他头发蓬乱，穿着一身黑色大衣，像马雅可夫斯基一样。在火车上他给她打电话，他告诉她，自己出来了，在路上。

夜晚很快就到来了。没有人知道他在什么地方，包括他自己，他真的成了漫无目的的漂流瓶了，带着那些诗篇。这不是他第一次坐火车，但是他第一次有这样的感觉，一切都在运动，除了他自己。比如城市的灯光，他发现它们不是死的，而是在生长着，那同样不是无序的生长，而是遵循着一条法则。他看到黑暗中铁轨慢慢渗入大地像是抚摸，而黑夜抚摸一切，那些铁轨的声响在无助的空气中蔓延，那些铁轨有时候快乐有时候悲伤。他看到了星星的生长和人们的梦境。他感到诗歌真是伟大，有那么多没有被自己感知的世界在诗歌中。那么这一切也都是机缘吗？如果没有沙漠、没有骆驼，如果没有她，他会不会得到这一切呢？他想把头伸到外面，看那美妙的银河是如何勾勒宇宙的无穷，而在这种无穷的境界之中，人类，即使是那些伟大的留下了诗歌的人也是多么渺小。他感到自己现在才是在寻找诗歌，流浪是他的第一次用理念来生活的经历。

现在他感到疲惫，他感到感动，他想到了她。那时候他还不知道她的样子，而且不知道这样的旅行能不能到达她。午夜十二点的时候，他被人叫醒了，那是一个乘务员，乘务员以为他是一个疯子。如果是步行就更好了，他想到，那样会不受打扰。但是无论如何我们的诗人被带到了车长室，原因是他没有车票。他告诉车长说自己是一个诗人，自己身上没有一分钱，而且路应该是为了人类服务的，所有的工具都应该这样。车长的脸上露出一种奇怪的笑容。他永远也不会忘记那个表情，那是什么呢？原始人或者印第安人有那种表情吗？那或者是火车这种怪物带来的表情，或者是的，每一个城市的站台上都有那种表情原始的因素，在每一张车票上也有那种表情，在每件衣服诞生的时候也有这种表情的起因。于是那种表情被带到了每个人的脸上。在写作这篇小说的时候，我并没有用人类的名字，而只是用人类的代称，这也是那种表情带来的效果。

他被驱逐着下了车，深夜一点的时候，列车运行了一千公里。而他依旧觉得自己没有离开任何一个地方，只有饥饿和寒冷让他清醒。他来到了一家通宵经营的网吧，在一个小城市的市郊，周围是黑暗和冷风的世界，甚至这里的星星也不多了。他进入那个网络社区，在那里面写下了一首诗，他将自己想象成一个远方的王子，将流浪想象成一匹瓷马。他写道：“满月，/ 你在等待你的远方王子，/ 骑着易碎的瓷马，/ 去收藏你的光华？”写完这首诗他有一种满足感。他觉得自己应该联系一下她。他想知道自己在什么地方。清晨的七点钟，他离开那个网吧在路口站着，没有一个人。

他突然想到马上就是新的一天了，他给她打电话，他害怕再也没有昨夜那样的星辰了。那时候他还没有想到求救，而是问她是否已经读过刚写出的那首诗。她喜欢那首诗喜欢得要死，她说。于是他就放心了。他在一个陌生的山城里，他想去爬山。她还在和他联系着，他突然感到这种联系是多么的陌生，仿佛是和那个在大坟之城的时间中的她在说话，因为直到她问他在什么地方的时候，他才想到那个地方就以一座山的名字命名，离家已经一千公里了。

他自己在这个名字叫山的陌生城市里徘徊，中午的时候吃了一碗当地的据说是特产的面，在小城的两条大街上来回地走，看着各种各样的陌生的人。在她的沙漠里，也曾有过许多的流浪者。沙漠里什么都会有，会有水也会有比水还值钱的油。他有一个朋友是在沙漠里看油田的，他什么地方都不去，每天和那些油井说话。起初就像是和陌生人说话一样，那些避免不了的害羞的人会在这种工作上得抑郁症，但是看油井的那个朋友说，不仅是人，自然界的万物都是会很快熟知彼此的，他们很快从陌生变得熟悉。就像在一个突然断电的夜晚，只消片刻，你就会从彻底的黑暗之中看到微光，接着就看清了一切。那个朋友和油井说了好多年的话，直到那个地方变成了绿洲他才回来，去寻找新的荒凉的地方。

他试图和那些人说话，他发现这样的漫游开始让他信仰神秘。他向一个年迈的清洁工人问路，他帮助老人推车。在这个城市里有一座桥，那是古代的时候某个杀人无数的将军留下的，桥上有弹孔，这座桥是兵家必争之地，也是城市的救命之神。老人还知道这个城市里所有人的姓氏，老人问他要找哪一家人。这个城市就两条街道，别的都是那些新人正在建设着的。曾经有些时候，整个城市的人都被杀绝了，现在那些人又越来越多。他说要去看那座桥，桥不远，从老人推车的地方一直往前走就到了。水也不深，水虽然不深但是经常淹死人，而那些人大多是寻死，那都是命中要死的。他有一种诗人的敏感，他问老人是不是有什么悲伤的故事。老人说没有，只要任何一个人一生无数次地度过桥南桥北，他都会听到古老的新的那些离去的人的声音。那可比一个诗人了解的多得多。但是他还没有说自己是一个诗人，也许就是从那时候开始他喜欢以诗人自居。那些人的朝朝暮暮来来往往去去留留生生死死，在那里都是不变的吗？他感到自己和那个老人一样，只有在人本身的生存空间之外，才会有这种体验，他感到自己是那些停靠在桥上的鸟儿，是那桥下的流水，是石墩，是太虚，而这一切都在听老人讲述他们自己。就像在伟大的时间之中，这些城市和这些人，我们在某个时刻都能说出他们的名字，这些都是真实存在的。而写作这些文字的时候，却感受不到他们的存在，我将这些名字都取消了，而只有你、我、他，这座城、那座城，这座桥、那座山；只有过去、未来，而没有现在。而在故事之中，你、我、他及万物都只是场景，也或者都是我，一个作者或一双眼睛，而那也只是永恒的艺术生命的一些记忆罢了。

那座桥到了，他看到了，而老人已经推着垃圾车下了桥，在桥的另一侧了。如果那是一条河流，人们就会在上面建上一座桥；如果是陆地，人们就会建设一条运河。在这个意义上，人们并没有改变什么，繁华或者荒芜，从一种人变成另一种，从现实变到理想，这都不是时间的本质，如果时间真的存在的话，时间是一个接近诗性和寻找无限根源的过程。他要离开这个城市了，她告诉他如何去坐火车才能到达她的沙漠，她问他是不是还想去沙漠，她不在沙漠上。他不知道，他茫然地走，那天晚上他又一次睡在桥下，没有声音，一切都是沉寂。

他不去了，第二天他坐着夜车回家了。她有一些伤感。没有一个诗歌的流浪者到达过那里，她的沙漠。为什么伤感呢？也许只是为了沙漠，他到底喜不喜欢沙漠呢？还是为了诗歌，那些诗歌会把他带多远？他会离开所有人的精神。但是她依然会喜欢他，她对他说以后管她叫姐姐吧，他说好啊。他真希望她也在那座山城里逗留过，也许真的，她的火车也会经过那座山城，而会不会有这种可能，他们在两种不同的时间里，当火车经过的时候，他正在那座桥上看火车，而不是那已成为往事？他欣慰起来，那么在沙漠之中他会看到她的影子，在和那些乡亲告别，或者是刚刚回家一群弟弟妹妹去迎接她。他做了一个这样的梦，我们世界的所有时间都重新组合起来。但正是这样，他的沙漠和她的沙漠才产生了无法突破的隔膜，那是一种思维的感知力而不是物质的感知力。他的沙漠是一个审美的地方，那里依旧还有着骆驼甚至长长的驼队、美妙的驼铃，而她会理解这一切吗？

他开始称呼她姐姐，而且直到现在他都不知道她是什么样子的。那次流浪让他变得脆弱和唯心。他需要她的保护，姐姐这个称呼多么美好。那时候，他已经不再想那个有古代大坟的城市，那个城市依旧自己破败着、建设着，而且它也只剩下它自己——自己的钢铁和砖瓦。他想，也许一个城市的意义就在这个城市的诗人身上，不是那些写诗的人，而是那些仿佛通晓一切的、带着东方神秘色彩的人，甚至他们只是默默生存着的老人。有许多城市抛弃了他，那些城市照着西方大都市的样子去涂抹自己，将里面的人们变成机器的零件。哪怕只有一个人去关怀一下自己的心灵呢？他回到自己的城市的时候天已经亮了，他一下子感到一切都不对。那些高大的建筑，他想到它们会突然在他的路上倒塌，他会被压死，或者在没死的时候被同样压在下面的人吃掉，那是些幽闭恐惧症患者。有一次他和那个玩摇滚的朋友在大街上的时候，看到巨大的脚手架就在头顶，真像是一个巨大的、被剥去了皮肤的野兽，接着是好多脚手架交织着、对抗着。他感到那仿佛一场战争，而玩摇滚的朋友说，这才是人间正道。现在，那不是了，他不再需要那些机器的影子，它们随时会进入到梦境中，他现在只需要姐姐，他需要自己成为别人的诗人。

他们开始不只是在那个网络社区上联系，他们开始打电话和写信，他喜欢在信封上画画儿，他对她说自己甚至是因为喜欢画画儿才写信的。他教她如何用最后的也是最好的方式——文字将远方的美丽记录下来交给他，而她也在事无巨细地描绘着自己周围的一切，甚至在一个水滴、一片风中的树叶里想到的东西。他们仿佛在彼此进入对方的生活。这时候，他知道她是一个学习医术的姐姐，她想变成一个医生，而不是和他一样，学习理工却是一个诗人。她比他大两岁，每天都要去医院里面实习，在一个精神病医院里面看护那些病人。有时候他们晚上打电话，他告诉她有时候他会觉得很无助，如果人们失去了思考呢？他想她的那些病人一定会害怕他，而他也害怕那些病人。她说那些人一点都不坏，不用怕。他感到好笑，他说她根本无法认识精神病人，只有精神病人才认识精神病人，正常人甚至无法认识正常人。她不明白，她可能的确无法认识，不过她想起来，她认识好多曾来到村边的旅者。

那个人不是这个国家的，而是邻国的，是一个四十多岁的女人。她现在还没有结婚，曾在许多国家漫游过，东方和西方的世界里。人们都喜欢叫她伞。伞——一件奇妙的东西，有时候它就是整个天空。她也喜欢这个名字，它是一件事物，但是可以代表某些特定的东西，比如飘摇、比如阴冷，如果你对生活足够敏感的话。这也是这篇小说里唯一的名字。

伞来自一个发动过世界大战的国家，她向伞介绍他的诗歌。他也向伞推荐了几个自己国家的诗人，那些诗人多死于非命，自杀的居多。最年轻的只有二十多岁。他起初是不想认识伞的，他以为在伞身上那些历史的影子依旧存在着。战争、屠杀、对人性的践踏。伞的国家并不缺少思想家，也不缺少美学家，他非常喜欢伞的国家的一本小说。在那部小说里，诗人融合了一个梦想世界和真实世界，将自己的梦想与世界文化的冲突展现出来，这不是一个局限于时代的冲突，而是诗性和功利性的冲突，所以在最后作者没有找到解决方案，只能寄希望于人类周围那永恒合理的世界，最后作者感动于银河系的伟大，在那之中的大和谐让作者对生命的理解到达了一种绝对的审美高度。而这个故事最终也反过来影响了作者，他由于无法承受那种大美感的庄严而自杀，那其实是一种最终的皈依，是诗性的最终到达。这件事在国际文坛产生了很大的影响，但是人们一旦从人的认识上去理解这种自戕就会觉得可悲可叹。

记得小时候，语文老师让同学们轮番在每天上课前几分钟做演讲，可以讲看到的人或者事，也可以讲自己对于某些事件的感悟。那时候他特别喜欢语文老师，她既年轻又漂亮，最主要的是她的声音很美，他特别喜欢听语文老师读诗，她读得欢快，但有时候会有一种奇妙的悲伤，那时候的他怎么能够理解呢。给他印象最深的就是那个最后卧轨而死的诗人的诗，他有一首诗叫《九月》，他最喜欢听老师读这首诗了，那时候老师的声音不再是甜美的女孩的声音，而是像一个被欺凌过的人一样，那是一种对暴力的原始的冲动吗？还是诗歌的暴力强加在她身上造成的呢？他根本不懂这些。有一次上课轮到他了，也许是为了在老师面前表现自己也许是真的有了感触，他读了一首威廉·布莱克的诗——《老虎》，从那时候起，布莱克的神秘主义开始让他着迷。他不知道布莱克为何一生都在疯人院中度过，他给老师和同学们分析说诗人的敏感使他们难以融入世界，这和自杀是一样的，而因为他是一个疯人院的人所以不用自杀了。最后关于疯人院的话引起了全班的哄堂大笑。

但是在伞的身上的确依然有那些历史的影子，所以，当有一次伞说到要将他的诗集在她的国家出版的事时，和伞在一起的她突然尖叫一声；因为他曾发誓永远不会在那个留着历史痕迹的国家出版东西，他允许并且创造自己生活中的这种狭隘，因为这个国家的人杀害海豚和鲸鱼。在他自己的宗教里面那是神圣的生命，他曾经设想过一个宏伟的场景，那些蔚蓝色的海豚一夜之间从大海上飞起，全部离开地球，全部飞走。他那么希望它们离开，他知道自己所写的诗歌那些海豚会读到的，他感到幸福。

在去过的世界各地，伞最喜欢的是中国西藏。在那个卧轨诗人最后的宏大史诗中，西藏成为了世界的天梯，高悬在土地上。伞说她爱那里。那是一个圣洁的地方，那里用最完美的水的结晶覆盖着一切。那里的音乐无比虔诚，诗歌和宗教联系在一起，试图通过天梯去理解世界，理解我们从哪里来，我们是谁，我们到哪里去，这就是人类最接近天堂的地方。那么你就应该留在那里，在那里思索我们远离了神圣的生活中无法思索的东西，他说。但是伞说她已经得到了西藏。不，这是她的错误，我们只有寻找，没有得到。在伞刚说出这句话的时候他并不在意，现在他明白了，伞所谓的得到是错的，她只是融入了西藏的记忆而已。

他要毕业了，他依旧在一个大学校园里，她也依然在一家精神病医院里。他说他想在毕业的时候见见她，她也这样想。伞回到了自己的国家，她说她感到了一种纯粹的和谐在这个国家中，无论如何那些在田野、在河流、在自己的小房子中或者在流浪的人中总是会找到自己的方法。但是伞还是不了解这个国家的主流文化。他的玩摇滚的朋友很长时间没有联系了，他是一个革命者，但是仍然要不断地从女人身上得到安慰。不，也许不只是这些，没有人知道玩摇滚的朋友到底要什么，后来他疯掉了，他总是说自己丢掉了一个眼镜，但是那个眼镜是用来做什么的呢，没有人问他，他离开了自己的孩子和妻子去寻找不同的生活。

有一次这个城市要举办一场带有情节的摇滚乐演出。那些摇滚乐队先是去了欧洲演出，回来后再在自己的国家四处巡演。一辆破旧的大篷车，能够装下四五个人和一些吉他、爵士鼓一样的东西。他们挣不到钱，唯一的目的就是让自己不必挣钱，那些人从中找到了自己的生活方式。那天的音乐剧是在他的学校里演出的，他为此出了不少力气，但是终归觉得和那些人存在隔膜，他们甚至分不清写诗的兰波和美国好莱坞电影里的兰博，但是他们努力体会着那种反抗意识。主人公是一个警察和一个妓女，为了表现出妓女这种角色，剧作家让女演员们在舞台上下来回乱跑，在歌手和观众之间摆弄舞姿，甚至和观众们调情。台下的观众大部分是学生，很快，他们就被吓傻了，他们还没有这样开放的意识。无论如何，那场戏剧引起了一片哗然，那些纯真的学生开始愤愤不平地离场，接着一部分人去举报了，校长很快知道了这件事。直到这时候，他才了解到剧本的导演就是以前说过的那个画画儿的女孩。

那天玩摇滚的朋友也在那里，他从人群里看了玩摇滚的朋友一眼，他们现在已经陌生了许多，但是出乎他意料的是玩摇滚的朋友主动过来和他打招呼。他感到和他说话的厌倦，他们周围聚集着人，但是他没有想到这些人很快就会消失在学校礼堂外面的广场上。礼堂里纷乱的吉他声盖过他们说话的声音，也隐藏起了他对事情的预测。玩摇滚的朋友走过来，穿过几个人。这时候他想到的是玩摇滚的朋友的孩子，他感到一种不正常的反抗活动正在一代代地酝酿，他不喜欢这样。玩摇滚的朋友问他这部剧会发生什么，他说不清楚，他们周围有许多女孩，他不想提关于强暴和妓女的事件。玩摇滚的朋友开始对他说起自己最近的经历，他不知道玩摇滚的朋友是从哪个城市里回来的，或者是不是真的为了这部戏剧而来。他尽力搪塞着，但是玩摇滚的朋友想继续通过说些剧本的情节和自己的苦日子来和他说说话。他现在很孤独。

但他最后还是借口去询问剧本的作者，离开了。那时候作者就在舞台上，她在跳舞，她是作者也是演绎者，像是在说自己的故事或者先写好故事再按照故事去生活。如果生活真的是这样的就好了。玩摇滚的朋友知道作者是谁了，他离开了，在拥挤的人群里消失了，没有回家，他应该是在外面去等待什么了。他想到也许玩摇滚的朋友在等待那个作者，玩摇滚的朋友现在想有一个这样的被编写了、被计算了的一生。

剧场开始混乱。起初的时候还没有人受伤，但是发生了这个学校建校以来最大的文化事件，有几个人开始上去殴打台上的演员，乐队的人们用自己的吉他还击，一边打着一边还有人在争论什么。有人砸碎了礼堂的玻璃，从里面钻进去，九月阴冷的风立即吹了进来，条幅和海报像是幽灵一样在穹顶下飘着，而他的眼睛在这个战斗的时刻陷入了太虚之中。那些并不是很激动的人在下面看着，没有一个人愿意离去。最引人注目的是舞台上的演员，大部分冲动的人都是冲着那个美术系女生去的，她的衣服险些被撕破了。

在演出开始的时候，一些地下圈子里的作家和诗人说好了在外面签名售书，在人们逃出来的时候剧场外的那些地下作家早已纷纷狼狈地逃走了，那些书散落了一地，有的人拿起里面的几页纸大声在广场上读着，说到人们的痛苦，说到战斗、流浪、沉醉、迷茫、酗酒、纵欲……旁边的人大喊："这就是他们写的书！"有人开始来烧书，有人将书聚集在火堆旁。那些作家离开学校就消失在城市中了，他也急忙逃回了自己的宿舍，幸亏他的诗没有出版过。他感到疲惫不堪，倒在床上便睡着了，他没有和她打电话，他想自己是不是疯了，他自己怎么会和这样的事情缠在一起。

夜晚变得越来越黑，别的同学都在谈论这件事的时候他开始梦想，这些梦想让他再次进入了沙漠，那个沙漠比他在电视上看到的大得多，那似乎比整个星球都大。沙漠上没有一个人，荒凉得像是火星，但是正在他极度恐惧的时候那些沙子开始变成一些人形的东西，沙子在沙子之中，人和人在彼此交错融合着，整个世界充满彩色的幻觉，而一切都来自那些沙子的勾画。他接着梦到了一个人，他已经忘记的一个老人，也许就是自己童年时候那个看桥的老爷爷，也许就是他流浪时那个推垃圾车的老人，也许就是许久之后的他自己。老人开始教他如何在沙子的海洋中游泳，让他跳进沙子里，于是他的身体开始分散，他听到自己的内部出现了六层混乱的声音，那些声音来自他经过的不同轮回吗？他不知道，他梦到了一个女人，女人也在沙子之中，她朝着他大叫着，他感到兴奋，他朝着她游去而她也朝着他扑上来，接着一切全变化了，他无法控制，他任由一切变化……

凌晨三点左右的时候他醒来了，他全身是汗，接着他觉察到自己遗精了，他开始痛苦地哭泣，直到第二天早上。

那时候她正在用力将一个新到的病人捆绑在病床上，粗大的麻绳勒着她和病人的手，她听到有人喊她去接电话。然后她听到了痛哭，以为是那个病人在哭，而其实是他在哭，他还像个孩子一样呢。他还从来没有真的见过她，也没有真的见到过沙漠。那时候她的城市仿佛还是夏季，整个九月都在下雨，她说你来这里吧，来这里思考一下，等一切都想明白了再去做你真正想做的事情。他会不会喜欢那座城市呢？反正她很喜欢，那个城市很大很大，她从来没有走完过，仿佛你一进去就永远不会出来，对于那些流浪者那是一个死地，在这个城市你会找到你想要的一切。那么你要什么？他问。她什么都不要，她说有一次回到沙漠的时候，曾经一家当地的矿主来提婚，她家乡的孩子们结婚都早，有的很早就订婚了，还不到二十岁，她的父母更早，那时候二十多岁早就去参加革命了吧。他说着说着感到不再那么失落了。他想到一个地方，在那里可以得到一切，但是自己什么都不想要，那么那个地方就永远不会困住你。他曾经想的是毕业后就去流浪，看看到底是怎样一个世界将他围困其中。他想起莎士比亚的诗，身在果壳之中却幻想自己是无疆界之君主。接着听她说，那个提亲的人说只要她嫁给他儿子，她上学和工作的一切费用都包了。家里面催她，周围的邻居都让她去看看，她说有什么好看的。她喜欢的不是那些，她要凭借自己的双手去挣钱，可不是凭借自己的姿色被别人相中了。那么她喜欢的是什么呢？她没说。他真想去她的沙漠里养骆驼，他说，他会在那里时不时地遇到兰波，那时候他已经断了腿，马上要死去了，兰波在死之前找到了东方式的生命，他要去询问兰波。他听到她在那里笑，她把自己的病人忘记了，而病人也不再挣扎。他一整天都在沙漠之中，他晚上接着给她打电话，他说自己想和她一起去沙漠旁边的村子，在那里放羊，还要把骆驼找回来，在那里生活，过与艺术、与思想都无关的日子，更与物质无关。她说好啊。他说不一定要去她的村子，在任何一个村子都行。她说好啊。他沉默着，接着他说，那你陪我吧。她说好啊。他害怕孤独。

她感到她喜欢上他了，而他也是。她只是不知道自己爱的是他的诗还是他本身，但是在他的艺术理念中他本身就应该是他的诗。她没有想那么多，他们的恋爱就开始了。正在他被所有周围的人都不理解的时候，他没有用自己的诗歌去辩解而是用自己的爱，而有了这种爱他感到痛苦过去了。他们每天打电话，他为她背诗，他还没有放弃写诗。他们写信，他接着在信上画画儿，而在收到的回信上竟然也出现了一些图画。她一定是精心画出的，她画了沙漠也画了自己现在的城市，她画了骆驼也画了城市的车子。她不理解他的思想，在伞离开的时候，她问他为什么认为先有了诗歌后有的诗人。这都无所谓，她不理解形而上的东西，不理解秘密的艺术的仪式，但是她理解沙漠。他有时候想她某一天一定会后悔，因为他是一个自杀者，这种自杀者不是一定用自杀的方式去死，更可怕的是自杀者以自杀的方式而生。就像黑塞在《荒野狼》中写到的。而她则在担心某一天沙漠干涸的世界会让他再也写不出诗歌，但是那又怎样，那时候她会更爱他，难道生活不比艺术更重要吗?

学校开始追查那次演出的事，他和那个美术系女生在学生管理办公室相遇了。他只是想着沙漠什么都没说，对面坐着一位老师，面相并不那么严厉，但是绝对会让人联想到某些时代。他就像是那些小说中复杂多变的毫无具体意义的形容词本身。旁边是那个美术系女生，她已经毕业了，毕业之后一直没有工作，她依旧在这个城市里，靠偶尔帮助一些公司设计广告为生。她的家里很富有，应该是这样。老师先请他们坐下，这时候他知道她依然在那个剧本中没有醒来。她在那里立着，她的裤子很显眼，正好在他坐着的眼睛前面，像是一堵墙，他以为自己不能毕业了，他什么都没说。美术系女生像是在自己说话，嘴唇一张一合的，她似乎在看着老师也似乎没有看到，这种场景就是戏剧的延续。她在扮演上面那些妓女，她像是在挑逗着谁，或者和谁严谨地争论，但是没有人听到她说什么。校长点燃一支烟，他问前面的两个人，这些是你们写的？他指的除了剧本之外，还有一篇事件发生后他们的解释。美术系女生措辞很刁钻，她说如果一个国家不去尊重自己的艺术，那么艺术就没有义务去为这个国家服务，艺术要说真话，要代表人的良心，艺术家有自己的国家但是艺术没有。这里面没有他的话，但是那的确代表了他的一些心中所想。

老师问过之后美术系女生拒绝回答，她接着自己张嘴，这是一种比戏剧更加可怕的场景——他担心她会在某一刻宣布该剧落幕而他周围的这些人都开始变化，褪去色彩，一片一片飞走，接着消失。连同这个城市的一切，这个国家和人类的一切都改变了，重新布景，重新安排角色，重新选定演员，重新选择语言。新的故事会开始，而一切都只是被忘记。

但是艺术是挑剔的，没有一个人类的集体能够满足一个个人的艺术狂想，甚至疯癫和戏弄。欺骗和言语不也是一些艺术的创造吗？艺术比生活更重要吗？校长在那里慢慢地发问。美术系女生的表演依旧继续着，没有人等待她的回答，她说自己想逃走。就像那些不存在的女人一样，从人群中穿过但是没有说话，甚至她们的眼神也不会和别人交织在一起。只有无序的流动，人陷入到原始的形象之中，没有言语、没有形体，仿佛一切都变成元素，没有远近。空气渗入到人体之中，人与人相遇，不须交流便已交融。

美术系女生在前面等他。

还有新的戏剧吗?

美术系女生朝他挥了挥手，他停下来。没有形容词，她说，没有形容词，全是名词，我们赋予它们意义。什么意义? 比如那些树木，它们的意义是宿命，而我们诞生它们。

他不明白。

比如一座城，比如罗马，它的意义是冷漠。我们需要一些人去发现这种意义。

他不明白。

没有动词，只有在与不在。一个名词之中有所有的逻辑，名词，在。名词，不在。一切都是静止的，动的什么都不是。

他不明白。但是他跟随她。穿过街道，穿过街道两旁的杂货店，修自行车的师傅看着他们。水果，各种颜色的各种形状，红色的灯光，绿色的行人，车子从身边走过，乞丐和流浪狗，高大的楼的影子在夜里已经和黑色的混沌相融合，没有动词，他们穿过静止，人们因为思考赋予静止以意义，理论物理学，人的诞生。他们穿过嘈杂的红灯区，这里的人们被欲望等待也等待欲望，在这个国家欲望是不存在的，穿过了石头马路上的积水，虫子在里面产卵，不，没有虫子，这是秋天，那么那些水面的波纹来自风和雨滴，人们默不作声，他看到了前所未有的沉寂，人们彼此经过，仿佛在每个人的世界都复制着他们俩的这种穿行，而彼此的隔膜无法感知。路上滚动着西红柿、桃子和腐败的气味儿，没有询问和回答，滚动着许多人的脚步，他不知道去什么地方，只是跟随。

你如何描述这样的场景，跟随我的时候，你的心在感知着怎样的平静？现在，在你的小说中，你和我这些名词的意义是什么？他想到许多熟悉的地方，透过窗子看到他们经常在这里坐着谈论诗歌的人，他们的不幸，玩摇滚的朋友的家，被生命的欲望掏得空无一物，但是依旧“在”，生命的欲望。他突然想到自己以前写的一个诗歌中的场景，是的，现在他不再怀疑，玩摇滚的朋友来自他的小说，如果没有那些文字，就不会有这种不幸。他穿过了到城市里来寻找灯光的浮游，这种生命的价值在于它们总是像西西弗斯一样毫无价值。在这个城市里有一亿只浮游，它们在今夜交配并死去，它们在地球上存在过两千五百万年了。那是一种神性的东西，甚至不是生命，而是生命的影子和幻觉。

他们穿过这一切，来到了她租赁的小屋，戏剧要落幕了。

他来到她租赁的房子里。戏剧结束了……

在美术系女生的小屋里，有各种各样的颜料、笔和纸张。成品和半成品的画卷在四周堆着，他看到从混乱的角落里伸出一只手，像是在求救。那是一幅她不喜欢的画儿，一幅失败的画儿，因为它什么都没有说出来。难道不说出什么不是一种智慧吗？他问。不要和我说玄学，也不要说你的文学理念。那说什么？另一幅是她最喜欢的，有点像是蒙克的，空虚和荒凉的背景里主体的人物很小，甚至看不清人物的动作，甚至看不清那是否是一个人。有点像是呓语。美术系女生说她有旷野恐惧症。然后露出一种奇怪的笑，她仍然无法说服我，关于她的那些高傲的心。她开始播放音乐，她开始讲萨特和加缪，她也讲克尔凯郭尔。那么现在说什么，说美术系女生的戏剧，她的失败的戏剧并没有失败，因为整个戏剧还有下半部分，而他将是戏剧的角色，一个诗人。

戏剧的下半部分是这样的：

不要说你的不幸，在一个空虚的房间里不要说你的不幸。在屋顶的大脑对着每个进来的人说。

不要动我的钟表，但是可以动我的身体；不要动我的钥匙，但是可以动我的窗帘；不要动我的烟，但是可以改编我的故事。

不要说你的思考。

注意屋子的细节，人和人之间相距五十公分，这是客人，这是主人，有趣吗？人和人之间相距五十公分。

不能勃起，不能反抗，不能思想，不能死亡。

黑暗和苍白的幕布象征着一种有象征意义的象征，旋转象征时间，钟表是停歇的，大脑里没有影子，手上拿着表针。

阳光自下而上地照射我们，你想到什么就表达。

我想到我的母亲。

自行车车轮、蓝方格、床。

我们不触摸，我们捏起两个泥人，相距零公分。

有很大不同，没有故事，没有人称，没有名字，他们脸孔相同。

流动的欲念，沙子，河流，元素，能量……你怎么会知道我的想象？

谁不爱沙漠？流动的欲念，心灵。

或者那是沙漠的影子？她说。

她没有说，因为同样的感知力诞生了个体。

沙漠，运河，你是我吗？

我是你吗？

我们除了脸孔，全部相同，我在众人身上复活。

复活。

复活。

……

流动的欲念，剧本的下半部。美术系女生，一个女人的身体。

第二天他发现自己无法去爱一个人，他发现自己爱那片沙漠比一切都深。他发现对别人的爱也无法拯救他，他有时候会怀疑美术女孩的剧本不是写给他一个人的，也许她甚至为任何人写剧本，甚至美术系女生的这个剧本也让许多人读过。所有人都是因为我的剧本才存在，所有人都是为了被我写入戏剧而生活，甚至包括生下我的母亲。她说。

他也没有回到任何地方，他在她的剧本里消失了，那里有一片沙漠，他发现那沙漠正是他一直在做着的无法逃离的梦境。

他一直在漫游，再也没有回到过任何一个地方，没有时间，没有空间，没有生命和死亡。他走了，如果小说必须有一个故事结局的话，我们可以为他安排许多结局，但是那不是哲学和玄学和诗学中的结局，他无法面对自己于是消失了，这种情况肯定是不可能的。他最后爱上了美术系女生，并因为这种爱的虚无而绝望，最后他死掉了。

我见到她的时候她依旧喜欢他的诗歌，她也许相信最后他真的变成了那些诗歌本身，谁知道呢。她回到了自己的村子，在那个小村庄里，她嫁给了那个矿主的儿子，在当地办起了一家自己的诊所。有一天她对自己的丈夫说想去沙漠上看看，于是他们一起穿过村子，村子的边上就是沙漠，伟大的、壮丽的沙漠。那正是一个黄昏，夕阳洒在沙漠上像是一个奇异的豹群通过农村，她自己朝沙漠的深处走去。

那是那片沙漠啊，永远无法到达的沙漠，你看，那沙漠比周围的黑暗来得缓慢、来得从容，只有沙漠像是大地之灯。那些沙漠上的沙匠第一次向她展示出一种理念的壮丽，那些沙匠就在没有人到达的黑暗之中开始雕刻了，在世界最微小的事物上，开始了他们的艺术，那些矮小的沙匠，只有最真实的人才能寻找得到，他们也只为这些人闪现，那些土地的神灵，无法飞跃千山万水，却飞跃了无限的时光。

沙漠不再是一个空间的造物，而是时间的造物，那些沙匠在最小的事物中记录着人们的灵魂，从远古的未知到现代社会筑成一条运河。她感到难以承受，她感到自己的哭泣，她感到沙子变得越来越冷。她回到了自己的丈夫身边，她不要离开他，永远不要，她感到今夜自己离开自己又很远，她的丈夫在车子旁没有跟来，而她远远地看到丈夫在黑暗中站立着，突然他的眼神里有东方的纯真、美和爱慕，他在等待她回来，在沙漠旁的小村子里。

（原载于《青年文学》2011 年第 3 期）

沙门

唐棣

黄昏时，一个人经过了你的窗前。这个人脸上罩着一层快乐的神色，他微微嘟起的唇间传来的哨声，分明却是一首忧伤的曲子。你是不是用诧异的眼神瞥他一眼便把窗户关上了呢？假如，淡淡的暮色与哨声夹在海风里一起流进屋来的话，就把纱帘拉下，再用手指把窗帘仔仔细细拨得严实一些。之前，我无数次问自己会怎么做？从窗里爬出去，跟在这个人身后，看他走进一片树林，穿过一片沙滩，再走过一片沙滩。最后，在另一片树林里被黄昏抹掉身影？之后，我转身，学他的模样，快乐地吹起口哨，也吹一支忧伤的曲子吧？回程的路上，自己也一定会从某人窗前经过。这完全可以实现。用快乐的模样吹一支忧伤的曲子，一定也可以。

麻烦事终告结束。当晚，我就坐上到沙门的列车。后来，火车开动，我被车轮的哐哐声赶入梦乡。我在整个梦里都莫名其妙地吹着一曲生疏的口哨，醒来却想不通这个梦的含义，就像想不通事情为何变成了这样。以往来沙门，经过海滩，总会见到些孩子在潮水退去的沙滩上捡拾贝壳。倾斜的阳光在那时，总把他们的影子拖进海里。贝壳塞满他们的口袋，我知道贝壳还会铺满他们每个人的两只胖乎乎的小手。他们光着脚丫沿沙滩远去了，贝壳不停地掉下来，再捡起，再掉下……他们越走越远。远远地，还看得见他们不停地弯腰，不停地直起。然而，他们没有停下来，他们越走越远了。

只要走在那片海边，你就会看见一条木帆船。木船在那时的沙门，也已经很少见到。它好像搁浅沙滩上很久了。头顶的天空穿梭着海鸟的声音。走向那里时，我低下头，嘴里不禁飘出忧伤的曲子。可是无法快乐。船舷被海浪洗刷得斑白。白斑斑的船头上，坐着一个男孩，他细瘦的脊背裸露在阳光下很晃人眼。我是后来才知道男孩是鱼佬儿的儿子的。

沙门人说起他时，都不会忘了告诉我，谁也没见过那孩子的母亲。沙门人还说，他那个父亲啊，真真是沙门最游手好闲的鱼佬儿啦！

是很早以前的事情了。鱼佬儿背着张网，一片叶子般在秋风过后悄无声息地落到了沙门镇上。他到沙门以后在海边搭起的那个棚子还没有被人彻底忘掉。人们记得他都是每天从棚子里出来，坐在船头上晒一会儿太阳，然后，划上船到海里去撒网。那时，沙门人看到他这样一个年轻的渔人，过得竟是一种日出而作、日落而息的生活，都很不理解。大伙的生活忙忙碌碌，打鱼也都要一连出海很多个月。只有他真真是沙门最游手好闲的一个鱼佬儿啦！他们都这样说。

鱼佬儿身体健壮，他站船上，或在海边不远处撒网的身影，很长一段时间都是沙门姑娘们偷偷议论的内容。沙门人都说：鱼佬儿像是傻的，一门心思打鱼！

沙门里来人买他的鱼。他就跟人家咧嘴笑上半天，等把人家笑得不知所措了，人家才想起催他，还卖不？他把脸给你一拉，才要去棚里拿鱼。他卖鱼的价钱是凭人家给，从不争。他总说，是看得起他！一些散户想吃鱼就找鱼佬儿来买。沙门里大船外出一去几个月，回来都是些小孩大的鱼。一家吃不下一条，谁不怕浪费呢？放几天味道就不对了。所以，大鱼都被运到了一些餐馆里。家里煮来吃，还是鱼佬儿的鱼实惠。

鱼佬儿的鱼打上来就养在一只柳条篓子里，篓里放着一个盛满海水的塑料袋，来买鱼时，都还听得见活生生的鱼拍打水的声音。鱼佬儿打上来的鱼都能卖出去。买鱼的人渐渐不再介意他的外地口音，和他也不再那么拘谨。大伙熟悉以后，去那里买鱼，有些人会看着他笑得脸皮发紧，都不打断他。

你都不知道他傻的，也知道停下！有些人说。

鱼佬儿把自己看成是沙门人，但他只在沙门的海边活动，与真正的沙门人并没多少往来。每月要添生活用品了，或重要的事情发生，他才离开一会儿那片海。去镇上要经过一片沙滩，一片树林，再一片沙滩，再一片沙沙作响的树林后，走过一片低矮的房屋，之后，一条马路才会浮出来。这条路通着镇上的那些商店、邮局等等场所。有的时候，他也会看看路旁的小屋，小屋里的人几乎不会看到他，因为他就像鱼一样，顶多在你窗前一晃，连声音都没有。

沙门人在镇上看到他时，已经会跟他打招呼了。

他们会远远地跟他喊：来啦！

他的话很少，慢慢地才学会回你一句：来啦。

更多时候，你只看到他笑笑。大伙几乎还都记得他挂上脸的那种傻乎乎的笑容。大伙差不多都认识了鱼佬儿，很多年，鱼佬儿就是这么傻乎乎过的。那是很多年后的某段日子里，沙门人一见他走在这条马路上，就会问：鱼佬儿，桃花汛有信没?打鱼的，咋老不见你那海边泛过桃花汛?

沙门人话里的意思很明显。鱼佬儿一个人在那里，好像很久了。鱼佬儿那时的话多了一些，他都是跟人说：不急，不急，多打鱼……

其实，所有沙门人都想更多地了解这人的底细。因为，在自己周围有这么个怪人，多多少少让他们觉得不安。虽然，鱼佬儿的目光，看过去总温温的。

真真不急? 你啊……没等人把话给说完。他低下头，嘴里叨咕着什么，早已走了过去。越走越远，越走越小。最终，在马路尽头，那一小点儿，也被海声熄灭了。

后来，买过他鱼的人都传说鱼佬儿失踪了。

后来，没买过的人也在传说。

所有人就都知道了。等他重新在沙门人的视野里出现时，人们都看到了他身边那个男孩。人们也是第一次听见傻乎乎的鱼佬儿嘴里，时断时续传出来的口哨声。哨声吹的是一支忧伤的曲子。鱼佬儿吹口哨的样子却是快乐的。至少，在孩子面前，他总嘟着嘴，扭动着肩膀，有时还会用脚挑起沙子……看上去那么快乐。

他告诉沙门人，这是我儿子！沙门人问他：女人没来? 鱼佬儿这时候已不再那样傻乎乎地笑，取而代之的是口哨，他吹起了口哨来，你若再问他：咋没来呢? 他会咬咬牙，丢一句石头一样硬的话给你："死掉啦！"他说。

生生死死的事情，沙门人并没有多少惊讶。人们只是拍拍男孩的脑袋，略带狐疑地拿着鱼从棚子那儿离开而已。善良的沙门人，有时蹲下身去，在男孩瘦小的肩上搭一下手，叹着，可怜呢！这个男孩从来不怕生人。沙门人都爱拍他脑袋，搭他的狭窄的肩。后来，每次拍完头，他就会一边用散漫的目光看着海，一边把肩膀悄悄地靠过去，让他们搭。他喜欢听这些人说话。

对沙门和沙门人的印象，我觉得他该和我这个旅行者差不多。我到沙门的消遣是每天早晚各一次，从一片沙滩到一片树林间的散步。然后回到我租住的小屋里，趴在窗口看一会儿。也许是到中午的时候，我才能在摊开的纸上写些什么。如果，纸篓被填满了，我就会从低低的窗口蹬着写字台蹦出去，沿窗外的一条马路去沙门镇上。这算是一个小小的乐趣吧。还记得在路上走着走着，天就黑了，海潮声显得很大。我从一些沙门路人的目光里走过，他们的眼神里，透露的几乎全是陌生，而我需要一个陌生的地方（虽然，我以前来过几次）。我住的地方有一张陌生的旧写字台，一望便知是多年前的某个乡下木匠的活。一些木料随意堆砌，表面没有亮漆的写字台就摆在我的窗边。从到沙门的那个夜晚，进屋开始，桌子在灯下分明朝我闪了几下。旧写字台上放着两只杯子，杯身刻着些碎小的梅花，树枝已被磨得只剩一截一截粗粗细细的线段。沙门镇只有一个商店，它开在那条马路的后半段上。商店里应该有过很多售货员，我在沙门的日子里，其中的一位貌似我深爱过的姑娘使得我久久地在商店外的路上走来走去。我走来走去的时候，她正在店里给一个人介绍着什么。

那天，我看见一个人出现在她的店里。说起来奇怪，从外面看进去，那人的双眼是凹陷进去的，眉毛黑粗，颧骨高高突出着，双颊塌陷。他穿着一身打鱼的汉衣，有时还能在上面发现一些鱼的鳞片，迎着黄昏的阳光不停闪烁。

我只是来看看她的。我不想别的，我来沙门之前就告诉自己，不要想别的。是的，不想别的。有时候，我走来走去的行为是不是过于奇怪了？沙门人也许习惯了奇怪。他们几乎都不再看我。我走进商店，站在她面前，我买笔芯和稿纸。我只是把路边的走来走去，变成了偶尔偷看她几眼。当然，更多时候，很多人并没有意识到那是奇怪的。

突然一个声音问：“你干什么？”

“他去商店！”我听见另一个声音说。

哦？是，去商店。去商店的。我急急地走进去，回头就看见了那个穿着汉衣的人。他的身上粘着鱼鳞，在我的视野里，整个人几乎刷的亮了起来。

他还在说："就说嘛，和我一样，去商店的！"

慌乱中的我竟然问那姑娘有没有口哨卖。她看着我身后，温柔地笑笑，身后的人好像也笑了笑。她从货架上翻出个满是灰尘的盒子，在我们面前拂了拂尘土，然后打开来，里面装着一个铁哨，铁哨就绑在一条淡黄色的细绳上。

那次，我把哨子买了下来，尴尬地转身往门外走去。我尽量去想阳光照在小小的铁哨上面一定也亮亮的之类的事情。我不想别的。于是，取出铁哨一路回住处，都把它挂在脖子上。以为，自己的胸前也是亮亮的。路上的风烫脸，我越走越快，最后跑了起来，沿着马路上夕阳淡去的方向跑了起来。我回到屋后，天已经黑了，一摸才发现铁哨不见了。

我散步要经过一片树林到一片沙滩上去。小镇的生活停留在了我散步的这一边，这片沙滩之后是一片树林，再过去的话，就是属于海洋的。林子里的树木随季节的不同变换着叶片的色彩。最迷人的时候也就是我来到沙门的这个时候，眼前的绿荫弯弯曲曲循着海岸线绵延开去。我还是第一次走到树林之外的另一片沙滩，以前，我总是看着这片树林，看到天黑下来，再折回住处。

这次，我却穿过这片树林，站在了沙滩上。在不远的一个角落里，看到了那个怪人，他正抱着一个桶走进一个棚子里去。我才知道他是鱼佬儿。等我朝那里走去，头顶上一群海鸟已经飞远。就这样，走过去时，沙滩吱吱地响着。鱼佬儿出门远远地站在那里，像是看见了我。等我走近，他指着我的胸前问，哨呢？我嘿嘿地笑。我以为他是想说去商店的事。他也嘿嘿地笑。

我们算是相识了。相识以后，我意外地发现鱼佬儿几乎在我散步到树林的那个时候，会准时坐到木帆船的船头上吸他的烟。这时，视野里的他是异常平静的，双眼半开半合，像想着什么。我看到过好多次。鱼佬儿和不远处的棚子，在那一刻被镀在金红色的粼粼波光中。

一次，我站在树林前看着男孩在波光中走着，他伸伸懒腰，向鱼佬儿跟前走去了。

鱼佬儿张开眼，朝他笑，孩子坐到了船头上。他抚着男孩的脑袋。男孩趴在鱼佬儿怀里，把脸埋得低低的。传来一阵声音，仿佛有人哭泣。浮现在海边的就是这淡淡的一切。从一片林子里走出来，我的脚踏入细沙中。男孩抬头时，我正走在暮色里的身影大概也是淡淡的。他愣了一会儿，抹抹眼睛，似乎想看得更清晰，我正朝他们走来，我们的目光平静地相遇。他看我越走越近，鱼佬儿感到了什么似的扭脸看过来，他这才看到我。鱼佬儿的表情经历了一段的淡漠以后，慢慢暖了上来。最后，他生涩地露出了原来的笑容。我坐到鱼佬儿和男孩的中间。他递过来一支烟，男孩怯怯地看着我，嘴在微微地动，他没有和我说话，似乎数着脚下的贝壳。我默默地抽着烟。海鸥在慢慢暗下来的海上用翅膀划出一次次的亮色，时不时引得我抬头。

天是说黑就黑了，棚里亮起灯，棚外是两个烟头浮在海潮声中。

鱼佬儿问我，小子像我不?

我说，像啊!

哪儿像? 他问我。

太静啦，这样就有点儿怪啦! 我说。

静了不好? 静点儿好，我看。鱼佬儿像在叹气似的，接着说：孩子苦。

我问，你们为啥不住镇上?

这时，鱼佬儿沉默了：沙门人跟我们不同。再者，你说的——我们奇怪啊!

是太安静喽。我说，不晓得为个啥?

就这样。没个为啥。

很多这样的人说话，意思都是难理解的。我以前接触过不少，于是跟他说：外乡人都会回去的……

鱼佬儿说：回啦，干个啥?

没个为啥。我学着他说话。

来沙门就为了离开那儿。

为个啥?

没个为啥！老家啥也没有喽。

鱼佬儿说着说着，声音突然卡住了，再发出来时，就变得粗粗高高细细低低的：我都忘掉那儿啦……

棚里的灯光映到了海上去。浪尖举着一盏灯。灯往黑夜里退，越退越远，远得都看不见了。但我觉得它还亮着。当晚，我回到住处，在写字台上铺开了纸……

再次与鱼佬儿遇见的那天，我们走了个碰头，他正收网回来。网是空的。只是几只蚌裹在水草里。

为个啥？我学起了他的口气，说话时手指着空空的网。

爹！鱼佬儿看着跑来迎他的儿子，露出黄黄的牙齿来，他说：哪个晓得！

鱼佬儿咋个能不晓得捕鱼的？我看你啊，从不盼着逮几条大的。

大鱼，我可卖不出啊……我不是很懂鱼佬儿的话。说完，他不再言语，又走到海边去撒网。

网里又是空的。鱼佬儿的儿子跟在他身后，哼哼哈哈地笑。

亏得没听你！没望着捕来大的。

我站在他们爷儿俩背后，看着鱼佬儿再次大力地把网撒出去。网在海面上砸出一圈圈水纹。海此刻是平静的。如果网还是空的，他还会笑？我想。收上来时，网里扑通乱动的是一条不小的鱼。鱼佬儿还是笑着，他说：这不——是条大的！说完手指弯曲，塞在嘴里，呜——我听到的是一种动人的音调，从男孩哈哈笑声的空隙里传了来。男孩在沙滩上追逐着那条从怀里挣脱的鱼。孩子的笑声多快乐。笑了却并不表示说高兴，你们爷儿俩真是……鱼佬儿把视线从远处的海面拽回来，看着我说：我哪个晓得！

傍晚，我站在沙滩上看着买鱼的人，匆匆把那条大鱼买走。而他看着那人走远后依然弯着腰，笑眯眯地带上儿子吹口哨。他把男孩的手指弯成了各种形状，然后放进那张小嘴里去。

“吹！”

呼——

“这儿，别使劲。吹！”

呼——

鱼佬儿转身又去撒网。男孩站在离我不远的地方，呼呼吹着气。

我在沙门住到了冬天。海边的冬天很冷。那些天，我都没有再去散步，我想静下来，或者把那件令我痛苦的事写出来。于是，我在屋里除了躺着，就是走到写字台前，纸上留下的字迹，让我时不时地发呆。自从来到沙门，我一直在写的那个事还没有完整地浮现，以为想明白的事，突然退了回去。我一直处在这种朦胧中。窗外传来微微的口哨声时，我正探身要把严实的窗帘拉开。哨声越来越近，我以为是幻觉。当窗帘敞开，阳光“哗”地泼进屋来，敲门声也响了起来。

我让他等我一下。当我从厕所回来，他又站回了门口。他站在门口看着我，看着我身后的写字台，看着、看着露出了一排小牙，他笑着跟我说：我爹找你！

我觉得他笑得诡异，就像他爸。

就去，就去。我说。

他突然不好意思起来，笑说，铁的呢！

嗯？当时，我早已把哨子忘得一干二净了。男孩跑了出去。他不停地回头看我是不是追了上来。我在他身后。一路上，跟他跑在沙滩与树林之间。他在奔跑中吹着呼呼响的口哨，却很难分辨出是啥曲子。

鱼佬儿坐在远处的地方，再远就是海了。等我走近，问他啥事，他笑着不说话。我和他看了一会儿海。我想起每年都要来海边，做永远的过客。我有好多事都想不明白，他像看出来了似的。

不，你不必什么都明白。他说。

我们又沉默了。直到男孩从棚子里走来，他在我耳边对我喊，爹要请你喝辣！

当时，海浪声很大，他小手拢在嘴边不停晃。我问，咋个啦？后来，才知道他跑得口渴，进棚子看见一个瓶子就举起来喝。瓶里不是水，是鱼佬儿清晨特意去沙门镇上打来的酒。

走，喝辣去！鱼佬儿说。而这是沙门人的说法。

我们喝酒配的是鱼咸菜。一口酒、一口酒下肚，喝到阳光热了起来。偶尔，男孩从桌边跑过，我都觉得他嘟着嘴正盯着我。不知道为什么，我觉得他很开心，很开心，嘴上的哨声不断。鱼佬儿边喝酒，边纠正孩子的手势。他说，这样。这样。声音会集中些，那样就漏气啦。这样弯。指头这样，放进去时用舌头顶住……男孩嘴里发出的声音，还是低低的。后来，鱼佬儿晃动着脑袋，眯着眼睛，骂起来：傻的你！他的脸那么红红的。

走，咱们到沙滩上走走。

出门时，男孩偷偷看了我一眼，他爹立刻说：你再看，再看给你眼珠抠了喂鱼！你可是不知道，他说完话，头又转向我，他看着你挺可怕的！

男孩留在了棚子里。海上飕飕的冷风徐来，来风方向像结了一层薄冰，在夜晚里迎着月光，熠熠地闪烁。星光照上去，除了风声，什么都被一只突然起飞的海鸟挥动的翅膀抹了去，海鸟的叫声在头顶掠过。然后，我闭了一会儿眼，声音淡淡逝去。我们坐在了木帆船的船头上，再看天空时，鸟叫声像压根没有过。此刻，周围洒满一片阒静。

鱼佬儿红着脸看着我，我看着他。突然，他把目光从我这里收回去，他低下头，开始说话了。他从他这一辈子最大的快乐，也是最大的忧伤给你说起。你听不？就像我们都知道的，眼前的是一个沉默寡言的人。那么，他这样做，我猜是因我不是沙门人吧，我只是一个离开沙门很快就被遗忘的人。我不会留下任何痕迹，他的故事也不会留下任何痕迹。他说，我儿子是沙门人！他娘那时候啊，是沙门最美的女裁缝。裁缝店在，你看见这片林子了没有？林子对面的马路。这里离那儿不远，她常来跟我买鱼。我俩一买一卖到后来都有了那个意思。幽会了一段时间，鱼佬儿拱起嘴唇，呜——呜呜——呜——这口哨就是那时学给她的。想她了就假装从她窗外走过，口哨是暗号。她就知道，我想她了。那时练了好些曲子呢，打鱼也上不了心，只是吹，坐在船头吹啊吹，吹得嘴唇都裂了，吹的嘴唇一直拱着，回不去了……女人家是沙门的大户，而我一个外乡人。她家用风风火火把她远嫁他乡的方式表达了他们的不同意。我们的事情在她出嫁时，对方不知情。后来，微微鼓起的肚子就露了馅。那男人发了疯，她被吊上屋顶的过梁，他一个劲地拿鞭子抽她，她一次次昏过去醒过来。鱼佬儿说着，看似很平静。他说，那男人把她打得半死。我儿子命大，那么打也没事。他还说，后来那男人要打死他们娘儿俩的！听他们村里的跟我说的，有人眼见过那疯子中午吃完饭，把碗往桌上一拍，他娘就乖乖地搬着凳子进屋去。凳子放在梁下后，她把头抬起来看一会儿晃动的绳子。男人喊快点，快点！她一跃身，跨在了一段早已绑好的绳扣上。来吧你！他娘和我认识时候一样，说话时都闭上了眼。熊的……

鱼佬儿的女人是在一个梅雨季节，浑身湿漉漉地进了鱼佬儿老家的村子。生下孩子后的第三年，也是一场暴雨刚刚接近尾声时，她被夫家人五花大绑偷偷从一条泥泞的山路上硬是给抬了出去。女人少言寡语地在夫家那里度过了漫长的雨季。还有人记得那段日子，她日夜坐在门槛上，非说要把屋檐下的细沙搓成绳子。路过的人回去都说，疯啦，疯啦。后来，足不出户的人也听来了消息，知道她疯了。她疯了？可不！人们说只有疯了的人才会那样，可他们那时不知道绳子还可以做什么。

沙门人对这些事情从来漠不关心。鱼佬儿是傻的，他们仅仅知道这些。鱼佬儿每天撒网，打上鱼来再卖给沙门人。网是空的就再撒一次。偶尔，听到当年给女裁缝吹的口哨，他总能忘了收网。网拉到一半，让鱼在网里跳上半天。那时的他正微弓身体看着海的远处。有时，他会跟你说，我俩的事儿远的哩，真真够忘的！

在故乡长到六岁的男孩，只要想起来，就会追着村人问：我到底从哪块石头里蹦出来的！说呀你！人们摇着头，几乎愣在那儿，不知从哪儿说。然后，前面的回头说，他晓得！身后那人一看，有点慌张。他匆匆回头，孩子的目光被他牵向后面的人，意思是他，不是我……孩子不停地看着他们。他们没一次说出是哪块石头，就扛着锄头匆匆往山里去了。男孩看着，朝山继续喊：山里的石头？回声持续很久。

孩子吃着全村人的饭慢慢长大。大伙不停地托贩卖草绳的人捎口信出去。鱼佬儿一次也没有回来。他小时，大伙喜欢得紧，一边搓着草绳，一边搂着他，不是亲一口，就是扭一把屁股蛋。现在，大伙无法面对他的后代了。大伙怕他那张嘟起的小嘴问出的问题。大伙觉得他像他爹，小小的就把很多扎心话儿往外说。

他爹，也就是鱼佬儿小时候是这样的：

你问他：学堂、学堂，学个啥？

学搓草绳！

将来干个啥？

卖草绳！

这孩……

村里人都愿他有个出息。村里孩子活到这么大的男孩不多了，一年又一年的热病夺走了太多孩子的命，唯独他在一次又一次即将被埋掉时，又活过来。村里老人拍着他的脑袋，都说孩儿看样是有个好命。都说，这是咱村的小神儿。大伙更是喜欢得紧，边搓草绳边搂着他，也说，小神哟小神！

沙门人没有注意到鱼佬儿是深夜离开的，他是撒网的时候，突然想到了故乡。那里生活着以搓草绳为生的乡亲们。他说他们那儿很多辈子人都围绕在一条草绳上。大伙玩笑时都说，跟串起来的蚂蚱似的！鱼佬儿还想到了很多令人伤怀的事情。沙门人问他啥时来桃花汛，他从不答。其实，这让他想起很多、很多……

村里人知道只有这个如今满身腥味的人能面对，也必须面对这个男孩。村人跟他说起他女人的事，一些人就哭着在旁搭言，咋个也没追得上？熊的，跑得比兔子都快！他们说。

他在故乡只留了几天。那几天，鱼佬儿给村里每家每户都搓了一筐草绳。连夜又都摆在每家的门口。他没有和大伙打招呼。村里人都知道他是一个什么样的人。

第三天天还没亮起，他的船上坐着一个男孩驶进了沙门的海域。鱼佬儿说完，整个人好像虚弱了很多，他抽起烟，不时咳嗽几声。透过烟气，我看到他儿子，那小子坐在棚子门槛上正朝我们看呢。棚子里的灯光那时泛起了淡淡的黄色。

到沙门后——我就不再走了——你不必什么都明白——鱼佬儿又说了这么一句，你不必什么都明白。也许，我有太多的不明白。他的声音有点不连续，听上去，像在迟疑着。烟气渐渐散了。他拍了下我的肩膀，小声跟我说话，像怕声音被海风传到什么人耳朵里去：他也别想离开！嘿嘿。长大也给我当个鱼佬儿！咱还和沙门的漂亮女人相好……

这一天，我们喝了酒。鱼佬儿说的故事里飘满酒味。这让我觉得故事是模糊的，还觉得一切远了又近了，风一吹再看不见了。那个坐在门槛上用细沙搓绳的女人一路在我的脑子中，冲我发出凄惨的笑声。回到住处，我实在坚持不住，一头栽到床上。我微仰起头，写字台角上摆着的那个用草绳拴着的铁哨神秘地亮了几下。

梦里的鱼佬儿继续着旁若无人的喃喃，像个碎嘴子似的，不停地说着门槛边那个男孩长大以后的事情。我不知道自己是否还能在男孩长大后再次来到沙门。假如，我来了，我将会在一个黄昏里，从路边的一排低低的窗口前走过，穿过一片沙滩，一片树林，最终，走上那片海滩。然后，稍微把嘴嘟起，快乐地吹着口哨，不管口哨里发出的，是不是足够忧伤的曲子。

沙门的生活填充了我痛苦不堪的一段时间。是的，时间如果可以是沙子，我想那就有一个女人能把它搓成绳，再轻轻地绾在自己纤细的脖颈上。然后，让我们好好看看一副瘦弱的身体如何在呼啸的西北风中，犹如陀螺一样，以时间为轴心旋转。

（原载于《滇池》2011 年第 7 期）

成都的拉面馆

冶进海

成都的拉面馆，十年前稀少得跟有色金属似的。2000 年世纪之交，我到成都工作时，大街小巷很少看到拉面馆，更别说带清真招牌的了。父母怕我坏口，给我准备了锅碗瓢盆，让我一个人开灶。当时我的工作单位在一环路西门，属于繁华闹市区，餐厅林立，天南海北的美食数不胜数，成都的小吃，更是满街叫卖，据说便宜又好吃。按生活习惯，我要么自己开灶，要么找清真的馆子。刚来几天，几番打听，我找到了天府广场清真寺，继而吃到寺南面一家拉面馆。甘肃临夏人开的，挂清真牌子，做各种面食，味道还算可口。

从单位到天府广场，有几路公交车，但车上人挤，来回吃饭太耗时间。我就买了辆自行车，天天骑车风风火火地朝拉面馆跑，中午一下班赶去吃碗面，再折回单位，刚好赶上下午上班，也消化得差不多了。

上班十多天后，我骑车四处瞎逛时，偶然一个回头，发现单位之北的永和巷里，一家拉面馆门口人来人往，灯箱牌头以蓝天白云绿草做背景，上书“兰州正宗牛肉拉面”，旁边注“清真”二字，还印有熟悉的经文和几样面食的样品照，端的是家乡面馆的翻版。我刹那的惊喜，不亚于哥伦布发现新大陆。

这条巷道并不繁华，加上有一排绿树的遮掩，拉面馆不容易被发现。不过，后来发现，只要在这里吃过一次，就成了雷打不变的回头客。拉面馆不大，三四十平方米，稍微显得简陋，不过挺干净。饭点上，刚好能容下的八张桌子，食客坐得满满当当。我头一次走进去，就找不到座位，于是跟门口的拉面师傅聊，一聊，居然是家乡口音，一核实，原来是邻县的。异地遇老乡，虽然没有两眼泪汪汪那么夸张，但内心的欢喜，跟锅里的滚汤水样，扑腾着往外冒泡。当天吃了碗拉面，挺正宗的，牛骨熬的汤，细如发丝的拉面，吸在嘴里，气香味浓，清亮澄澈。

老板是青海化隆人，瘦高的个子，戴个白帽，鼻子高耸，清隽而干练，一到饭点上，他收钱、端面、传话，跟个陀螺样忙圆了。他听说我是老乡，死活不收第一顿的面钱，还用塑料袋给我包了几个白饼子，让我晚上饿了充饥。老板娘非常面善，包个金黄的头巾，圆脸像苹果，在后厨炒菜、炒面、炒饭，空闲了就出来透口气，一听说我是家乡那边过来的，在这里工作，就坐到我对面，问家里长短，收入几何，结婚与否，感觉碰上了多年未见的亲姐姐或好嫂子。

我跟单位一同事挤单身宿舍，无心开灶，也没时间做饭，一日三餐，几乎固定在拉面馆里。这里除了拉面这一品牌小吃外，还供应拌面、揪面、刀削面、手抓羊肉、新疆大盘鸡等西北风味的面点炒菜，以及模仿当地风味的各种家常炒菜、炒饭。我早晨小碗拉面，中午大份盖浇饭，晚上拌面或者炒面片，偶尔拌上个凉菜什么的，吃得倒也舒畅自在。这里的土豆丝牛肉盖浇饭，分量足而且味道独特，有段时间成了我的至爱。盘子吃干净后，再喝上一碗奉送的特制的大锅熬出的鲜牛肉汤，那满足和惬意，现在吃一桌山珍海味都享受不到。在成都湿润的空气蒸氲下，没过一个月，好多人说我变白了、变胖了。

我经常带同事们来拉面馆吃。只要同事一去，我就成了主人，殷勤地端汤端水，似乎到了我的家里。成都夏天长而热，大家把桌椅搬到门口，点一大份凉拌牛肉，几盘炒菜，每人一大碗拉面，吃得额头热汗直淌，嘴上却舍不得放慢进度，稀溜溜吸啜着面条，还不忘喝两口面汤。他们吃过一次后就喜欢上了这里，过个三五天，要不来这里撮上一顿，就说心头痒得慌。不过，有时食客太多，要等一阵子，他们会略感不爽，嚷着让老板扩大门面，把隔壁的菜馆兼并过来。老板也就笑笑，赶紧把风扇拿过来，让同事们吹个痛快。这时候，同事们会七嘴八舌地问我，拉面是怎么做的。

来这里的食客，天南地北，各种口音都有。我吃的时间长了，除了熟悉开饭馆的老板夫妇、面匠爱撒和跑堂的小麻雀外，也认识了一些这里的常客。其中贩虫草的尔力，每次跟几个伙伴来，吆五喝六，声音洪大，点上满满一大桌炒菜后，会邀请我们几个面熟的一起吃；大学刚毕业在一家公司当文秘的周小兵，跟我一样戴副金丝边眼镜，吃饭前会用纸巾把桌子擦了又擦，一见到我，笑眯眯地打个手势让我坐到前面；穿街走巷吆喝着卖白饼子的大嘴穆萨，吃一碗拉面，还要加几次汤，不然就会吃不饱；当地的小马哥，每次会带不同的女朋友来，来了把我们挨个儿介绍一遍。

有个撒拉族姑娘，高挑漂亮，早年移民国外，唱西北民歌的，那段时间来成都参加一个培训，也天天吃拉面馆，说家乡饭最好吃，后来跟我们聊熟了，给每人送了一张她的歌碟。她的民歌唱得不怎么纯粹，但歌碟上印的是艺术照，黑发与丝巾齐飘，大眼睛甚为动人，惹得大家好一阵子评议。

相熟了，每次吃饭，我们先来，占一张桌子，等另几个到齐了，才一起开吃。要是看不到其中的一个，我们就打电话问上一声，知晓他是否平安无事。

像草原上的一片小湖泊，拉面馆在我们游来转去的生活中，是那么的不可或缺，以至于成为我们生命的一部分。我们的生活，感觉围着拉面馆展开了。

有个女同事跟我说得来，经常陪我来这里吃饭。她柔弱纤秀，属于很有灵性的那种。我挺喜欢她的。有天下班，我俩相约去看场电影。那是场与爱情有关的电影，斑斓的色彩，撕心裂肺的情节，还有梦幻般成功的爱情。从电影院出来后，天已经黑了，空气里飘着甜丝丝的味道，我说我带你去吃饭，她顺从地点点头，轻快地跳到自行车后座上。我心底哼着爱情的调子，带她来到拉面馆门口。我很豪气地说，今晚你想吃什么，随便点！要不，吃个大盘鸡怎么样?

她从车上下来后，看到拉面馆，微微一怔。她跟我来这里吃过不少次。但这时候，她困惑地看着我说，就在这里吃啊? 我心直口快地说当然啊，我天天在这里吃。她说你不能带我换一个地方，哪怕是另外一家拉面馆也好。我说为什么，周围没有别的拉面馆。她有些不快地说，我怕在这里碰到同事啊！我当时没明白她的意思，还说同事谁这么晚还在这里呢? 她突然说我不想吃了，我们回吧。我有些纳闷，一看她有些失望的表情，突然转过弯来。一个年轻的成都姑娘，一个对爱情充满憧憬的姑娘，从小到大的生活中，虽然无数次在街边小摊光顾过，但今晚，跟一个单身男子看完电影之后，肯定想找一个灯光迷离、充满温馨情调、音乐微风般荡漾的环境就餐，而不是在一间窄小的拉面馆里，在一张碗筷来不及收拾、面汤还没擦净的桌子上，哧溜哧溜吃一碗拉面，哪怕再香！

自从那次后，我这位女同事，再也没有来拉面馆吃饭。后来，她到新加坡去给外国人教汉语，传播中国的文化去了。

后来，我为另一个漂亮姑娘心动了。那段时间她频繁来拉面馆吃饭，每次来了，一个人就占了一张桌子，其他食客不好意思坐到她对面。她惊艳的容貌、拒人千里的冷漠、睡眠未能得到充足保障的倦怠聚合在一起，如一朵妖娆盛开的罂粟花，吸引着全体食客。

我把她展现的那种感觉称为高傲，周小兵却不以为然，他哧溜哧溜吸了几口拉面，狠狠嚼咽下去说："屁！那是呛人的风尘味，与高傲无关。"

我抬头望去，她神色间若有所思。

"好端端的，何必贬低别人？"我有些奇怪。

"你看那样子，丢我们的人嘛……"大嘴穆萨有些愤慨地说。

"你怎么知道？"

"端面的小麻雀问过的，她叫索菲娅。"

小麻雀十五六岁，机灵鬼一个，见什么人都敢搭话。

我瞟了索菲娅一眼，她身上透出强烈的现代女郎的气息，跟家乡的女人大相径庭。她更像个流行的时尚女歌星什么的，外罩一件风衣，里面是红色的背心，墨绿色牛仔短裤上套一条金灿灿的腰带，冷酷而性感。如果不是那挺直优美的鼻梁和微微下陷的眼窝，我很难把她当西北姑娘。

发现我打量她时，她冲我冷冷一瞥，转头凝望门外。

"你看不出她像个坐台的吗？"大嘴穆萨努努嘴。

索菲娅明知道我们在谈论她，却毫不理睬，神情漠然。我不由得多打量了几眼，觉得她青黑的嘴唇有些发抖，心思远在天边，似乎为一幕惨烈的绞杀阵痛不已。

“什么是坐台？”我好奇起来。

“当小姐呀！”大嘴穆萨说。

“她本来就是小姐。”

“按我们家乡话说，就是‘卖皮’，任何一个男人给了钱后都可以上她。”

“不会吧？我看她不像。她挺有艺术气息的。”

“嗤——，你，就知道风花雪月。你过去问问，看她是不是？”周小兵有所图谋地笑着说。

“怎么问？”我愣然了。

“你直接问：一夜多少钱？”大嘴穆萨说。

大嘴穆萨说话就这样，跟砸锤似的，一句话砸出一个坑，恁是吓人一跳。不过，我喜欢他这点，大嘴穆萨敢说敢做敢当，一块白饼子，七毛就是七毛，多一毛不卖，少一分也不行。刚来成都，他找不到拉面馆，天天吃方便面，一吃两个半月，拉出来的都有方便面味。为此，我尊重大嘴穆萨。

我决定会会这个索菲娅。

我搬了张凳子坐到她对面，撕了些纸巾擦桌子，故意弄出些响动来，想借此引起她的注意。可无论我怎么折腾，她从头到尾，凝视窗外，没看我一眼。

跑堂的小麻雀，可能听从了周小兵的鬼主意，把索菲娅的拉面端过来的同时，把我的土豆牛肉盖浇饭也端过来，笑嘻嘻地说：“先生、小姐请慢用。”

索菲娅跟没听到一样，掰开卫生筷，夹起滚烫的面条，呵呵气，放进嘴里，细心地嚼咽。我看到她的神色像冻结的冰块，一点也不融化。

她意识到我的存在，却无视我的存在，这对一个男人来说，够难堪的。

“你叫什么名字啊？”我咳嗽一声，嗓子有些哑了样发问。

“索菲娅。”索菲娅明显不想搭理，说完这三个字，就转过头看别处。

本可以抽身而退，再作计策，可当时我头脑有些发热，觉得既然出手了，不能无功而返。正好小麻雀笑嘻嘻地给我端来一碗热气腾腾的面汤，眉梢间充满等待好戏的快乐。我顿时下定决心，今天一定要让他们瞧瞧！我看着眼前的面汤，灵机一动，神使鬼差般，模仿好早以前看过的一部电视剧里的情节，右胳膊用力扫过去，当做不小心，打翻了。

面汤像一条急遽窜动的灰色小蛇，刷地一下爬到索菲娅脸上、身上。

“呀……”她明显被蜇痛了，发出的尖叫响亮无比。

大家都转过头来，看着我们这个桌子。我张皇失措，心想下手重了点，不该泼这么多到她身上，而且还是滚烫的面汤！按我的打算，应该是替她擦掉面汤，然后赔礼道歉，笑着说不打不相识嘛！但——没等我撕下卫生纸，给她擦汤、赔礼道歉，她已端起面前的那碗拉面，没有丝毫犹豫，直接扣到我脸上。

滚烫的面汤泼到脸上，火辣辣的痛，感觉像被人用快刀在一瞬间乱砍了十七八下。我从来没经历过这种疼痛。我“啊”一声，站起来，双手拼命把脸上的面条扒拉掉，心里想，这下完了，脸肯定会受伤，说不准毁容了。这女人呀，怎么这么狠心泼辣?

一听到响动，大家围了上来，老板父母赶紧送来湿毛巾、冷水，让我敷。我难堪之极。索菲娅没管我如何狼狈，认真地擦着自己身上的面汤，不吱声，似乎一切跟她没有关系。周小兵笑着打圆场：“对不起，对不起，这是我们朋友，虽然魁梧得像个树墩子，却是四肢发达、脑子简单的，做事没心眼，手底下有些蠢笨，你别介意，要不，再来一碗拉面，我请客。”

周小兵趁机向索菲娅讨好，可她没听到一半，就自顾自地把饭钱放到桌上，卷起她的时尚杂志，甩着辫子昂头走了出去。

我眯着眼，充满仇恨地看着她的背影，心想要不是这么多人看着，真恨不得几脚把她踹到沟里去！

小麻雀则啧啧地过来："这个姐姐，真了不起，一个人闯荡，还这么横！"

"挺有纪念意义的嘛，把你脸都给烫红了。"大嘴穆萨一边用湿毛巾帮我敷脸，一边奚落我。

"我建议你快追过去道个歉，不然，别人以为你耍流氓呢。"周小兵推我。

我怒喝："道歉个牙刷。想去你自己去！"

这是我和索菲娅的初识，想起来，跟做梦一样。

面汤事件之后，索菲娅有一段时间不来拉面馆。后来还是来了，照样的冷漠与高傲，我装作什么也没发生过一样，漠视了她的存在。周小兵倒是上前跟她搭了几句话，但到底说了些什么，他笑而避开。哦，还有几次，小马哥带来的几个女朋友，跟索菲娅聊化妆什么的，谈得津津有味，最后还商定去索菲娅住处拿面膜。到底拿没拿，我也不知道。

我打算日后再也不理这个女人。

后来开斋节到了，拉面馆停业半天。我们相约到天府广场的清真寺里去，完了后就在清真寺里开斋。斋饭是当地的回民准备的。临别时，拉面馆老板邀请我们晚上迟点儿到他那儿，他们炒几个菜，一起过个开斋节。

那晚索菲娅也来了，老板娘让她跟大家一起吃顿开斋饭，她犹豫了一下，还是摇摇头走了。我们就拼了几张桌子，开心地吃饭聊天。谈笑风生间，老板说出了他的打算，他准备在成都的东边，也就是九眼桥附近选了一个门面，准备到那儿开家分店，这家拉面馆要交给他的小舅子，也就是老板娘的亲弟弟来打理了。

这话说出来，一时有些冷场。天天见面，在这里，大家都把老板当一家子里主事的老大了，遇上事会讨个主意，缺点什么伸手就要，都分不清你我了。每天在拉面馆吃饭，面不够了再加，钱没带了免单，人多时我们还帮忙跑堂，似乎拉面馆是自家开的。这时候老板突然说出不再在这里干，意味着分别在即，不由得有几分淡淡的伤感。还是大嘴穆萨脑子转得快，说这是大好事呀，多开几家拉面馆，来成都吃饭的回民可就方便了。于是我们齐声祝福老板夫妇生意兴隆。老板也高兴，说如果好的话，他还要开分店，多开几家，让来这里的回民们吃上个放心饭。他说得情真意切，我们为他的举意叫好。我说确实需要啊，不然你看，来偌大的成都，好多回民找不到清真饭馆，那岂不是遗憾？前两天一个来自西北五省教育系统的学习考察团，到这边参观重点学校，结果有几个人身上背的是小饭锅，为的是在宾馆煮方便面吃。接待单位的领导想起了我，吃清真的，就让我带他们去吃放心的清真拉面馆。他们吃完后，对我说了一箩筐的感谢话，说要不是我，他们实在找不到一家拉面馆，吃方便面吃得快反胃了。

大家都说，有钱了，凑起来开几家拉面馆，一来拉面很火，自己赚点钱，二来也是给来这边生活旅行的回民方便。如果一进成都，到处能看到拉面馆，为吃饭问题悬着的心就会放下来。当时我们问老板一年赚多少，他说除去各项开支，包括小孩上学的开支，剩下的纯利润，也就十五万左右。

我们长长地“啊”了一声。

老板娘弟弟开春后就来了，叫猴儿，为什么叫猴儿，我没怎么搞清楚。高大魁伟的大小伙，一开始负责跑堂和收钱，后来老板去忙九眼桥店装修的事了，店里的事，就全权交给他了。他和我们也熟悉了，一有空便凑上来说话，但口气有些流气、有些狂妄，跟我们当地的小痞子一般，时不时来句“找几个小子收拾一顿”什么的，让人听了有些不舒服。后来，一个中午，因为拉面里出现一块木屑，他和顾客发生了争吵。顾客说这里不卫生，换一碗也不吃了，调头出了门，不给钱不说，还骂骂咧咧的，说要给食品卫生监督局打电话。围上来一堆人。猴儿一生气，也不顾我们劝阻，一巴掌扇过去，就把那瘦瘦的顾客给扇趴在地了，还磕掉了一颗门牙。不久，警察来了，猴儿跑了，老板娘拿出了六百块医疗费，赔偿给那个吃出木屑的顾客，把此事了解了。

那几天见到原来的老板，他晒黑了，精神却不错，过去阴在房子里有些白皙的脸庞，这时黑红黑红的。他跟我们说，这次要下点本钱，把新店弄得干干净净，亮

堂点，食客进来了，看着舒心吃得放心。他还说日后有大本钱了，开家宽敞幽雅的清真大餐厅，雅座、包间都有，跟这里的大餐厅一较高下。

再不久，老板娘也到那边店去了，把面匠也带走了，原来的人，只剩下了一个小麻雀。猴儿做了老板，雇了一个新面匠，开始了他的经营。他重新装裱了门牌、店门，还粉刷了墙壁，作出大干一番的姿态。等他装修好了，我们去吃饭时发现，每张桌子上放了份 A4 页面的菜单，彩色的，加了塑模。上面面食、炒饭、炒菜、凉菜的种类没变，但价格变了。原来拉面小碗四块、大碗五块，这时变成了小碗五块、大碗六块；原来炒拉面小碗五块、大碗六块，变成了小碗六块、大碗七块。面食每样涨了一块，菜品每样涨了两块。

这个涨价，对我们来说，有丝丝的不爽。当时成都的物价，在全国算是便宜的，大街上一碗冒菜三块，三两（相当于大碗）刀削面四块，一份素菜五块，米饭吃多吃少都不要钱。跟其他同档次的饭店一比较，拉面馆里价格明显有些贵了。我们是长吃的顾客，无形中每月要多交一两百块。钱倒是其次，可心里的感觉，明显不一样了，一起说起来时，大家都觉得有些挨宰。

一块钱，对一天吆喝着卖饼子的大嘴穆萨来说，是很不开心的阴影。他做的是小本买卖，一两块钱在他眼里很重。大嘴穆萨就对猴儿说，你看啊，猴儿，这两天米面油醋菜，价格都没上调，你们的房租，五年内说好的不上调，我想跟你打个商量，我们是老顾主，长期在你这儿吃饭，你看我们七八个人，能不能按原来的价格吃饭？要不我每个月给你七百块，一日三餐包在你这儿？猴儿笑着说，你们要么做买卖，要么工作了，还在乎这点钱？我也大老远出门的人，背井离乡的，你看，也就挣这么几个钱，也主要是冲你们这些天天吃的顾客赚钱，给你们少饭钱了，我喝西北风去呀？

这话挺伤人的。我们想起原来的老板夫妇，不由得生出物是人非之感。

但面馆新老板是猴儿，我们只要在这儿吃，还得服从人家的价格标准。

大嘴穆萨很快不来这里吃饭了，他说自己把媳妇叫过来了，让媳妇给他做饭吃，反正她在家里闲着也是闲着，倒不如来这里给搭个帮手，好让他一年省下几千块饭钱。接下来本地的小马哥结婚了，得天天在家里给媳妇做饭吃，以确保她出去不乱吃。周小兵说他住的小区旁边，有一家新拉面馆开张，价格比这里便宜，做的还好吃些，又近，也就不来这里吃了。再后来，贩春草的尔力回家收购去了，给苗木场打工的黑麦跑南京给人开吊车去了，做皮毛生意的马贵祥因生意不好回家种田去了，有一段时间，我每次去吃饭，碰到的熟人，也就是让我耿耿于怀的索菲娅了。

碍于面子，我一直没跟索菲娅打招呼。

索菲娅还是那样子，我行我素，显得十分时髦。

可有一天，我发现索菲娅走到拉面馆门口，却没进来，而是稍微一拐，拐进隔壁的川菜馆，进去后好长时间没见出来。

我大吃一惊，心里沉甸甸的，问猴儿是什么原因，猴儿撇撇嘴，说那女的，鬼才管她吃什么东西呢。

这话有些毒。

后来我听小麻雀说，索菲娅不来拉面馆吃饭是有原因的。因为最后一次来时，晚上九点多，快要打烊了，索菲娅看上去有些泼烦，一个人低头坐着，还掉泪呢。猴儿嬉皮笑脸地坐到她对面，胡乱谝了一阵子，要求索菲娅给他当二房，给出的条件是在拉面馆吃饭不要钱。索菲娅当时不吭声，猴儿继续加码，说你给我当了二房，我好吃好喝养活你不说，在这里给你买套房子！索菲娅还是不吭声，自顾自地吃面，猴儿手闲不住，就去摸索菲娅的头发。索菲娅二话不说，一碗面扣过来，猴儿伸手去挡，虽然挡住了碗，可滚烫的面汤泼上了脸，呜哩哇啦喊了一阵。他一拳把索菲娅打倒了，还撞翻了几个凳子。

小麻雀很不服气地对我说，猴儿就是个大傻帽儿，看索菲娅那身打扮，是你猴儿能养得起的女人?

我跟走在乌云遮障的天气里一样，紧闭着嘴没有说话。

新来的面匠菜匠，似乎刻意在彰显自己的风格，面条硬硬的，面汤咸咸的，炒菜明显味精放多了，炒米饭干干的，咬上去跟木柴碎末似的。我给猴儿提意见，把自己的不满说了，猴儿笑嘻嘻地说，饭馆里的饭嘛，吃饱就行，你要求那么多干吗?

似乎是我的不是了。

大概又过了半年多吧，有一天我路过西门十字路口时发现，就在路口西，开了家新的牛肉拉面馆，招牌有五六米宽，绿底白字，“伊清拉面馆”几个字很醒目。门面相对比较大，一楼有八九十平方米，外面是餐桌，里面是厨房，用一层玻璃隔着，真正是明厨亮灶，二楼还大一点，隔了几个小包间。门口收钱的老板，是个络腮胡的老汉，系个腰包，见到谁都笑眯眯地招呼着里面坐。我吃了一碗面片，他给我添了三次面汤。我发现，对每一个上门的顾客，他都是这么热情。

我已经被成都的空气蒸氲得非常白了，也可以说一口流利的成都话了，这老板把我当一个路过的成都市民。可我听得出来，他应该是老乡。

我决心换拉面馆了。相对过去的那家拉面馆，这儿离得还近，同时还能吃到烤羊肉串和当场手工包的红萝卜饺子。

在这家拉面馆，我大概吃了两年。其间还碰到了索菲娅，相互留了个电话号码。后来她出事了，似乎把一个老板给捅伤了，被关在看守所里，我还送过一顿饭，送的是这家面馆的饺子和凉拌牛肉。再和她发生联系，又是两年后的事了，她在寻找一个大学毕业后走失了的男朋友。后来几年，拉面馆在成都越来越多，几乎每千米就能看到一家了，真的是遍地开花。随便走进一家拉面馆，吃上一两顿饭，你多半就能碰到一两个离得不算太远的老乡。一开始吃的永和巷的那家拉面馆，像个话不投机的朋友，跟我慢慢生疏了。谁知道，有一次坐公交车，公交车居然改线了，恰好路过永和巷，还停靠在拉面馆的对面站台上，当时正值饭点，每个小饭馆门口都摆出了不少桌凳，顾客边吃边喧哗。透过车窗，我还是特意望了一眼我在成都吃的第一家拉面馆，它的门牌已经暗淡了，敞开的门口黑乎乎的，猴儿和他雇的面匠，歪戴着白帽子，蹲在门口抽烟，似乎为不景气的生意哀叹。

（原载于《回族文学》2011 年第 3 期，《散文选刊》2011 年第 8 期转载）

PART 6

瞬·若无诗意可供栖居

戚氏

邢州开元寺僧法明，落魄不检，嗜酒好赌，每饮至大醉，惟唱柳永词……日以为常，如是者十余年。

年事渐老的古刹僧侣唱着柳词。

他痴恋凡俗的心伴随钟鸣在晓风残月的杨柳岸边，在“今宵酒醒何处”的追问之中，圆寂了。

长安古道马迟迟，高柳乱蝉嘶。夕阳岛外，秋风原上，目断四天垂。

归云一去无踪迹，何处是前期？狎兴生疏，酒徒萧索，不似去年时。（《少年游》）

汴京古道，马行迟迟。

茕茕孑立的少年最后一次感受京都的繁华昌盛，俊朗的侧脸上从来都是温和淡定的微笑，略略撇起的嘴角分明透出一股子桀骜不驯的心气。他行装落拓，但衣裳干净，尽管混迹花间、买醉青楼仍不被污染。弥漫着各种名贵香料气味的衣襟似深渊，便纵有千种风情，更与何人说？

手摇马鞭，真的要走。少年轻蹙一下眉头，如同平静湖面突然荡起涟漪，如同藕花深处惊动鸥鹭。

到底还是犹豫了，究竟什么放不下呢？他问自己，又迅速摇摇头——

第一次赴京赶考，十年寒窗，踌躇满志。眼高于顶的少年迢迢跋涉只为胸中燃烧的政治抱负，谁料路途终章不遂人愿，名落孙山喜榜之外。

第二次赴京赶考，带着短暂休整后越挫越勇。考场上，苍劲的手指用力执笔，挥毫如雨，勾勒五行。唯阅卷判官不解风雅，朱墨信飞，便又是一个落榜书生。

前途茫茫无旧路可寻，暗问花柳的情致不复失意当初的放荡不羁，身旁酒徒散开，寥寥渔火映照出单纯梦想被现实击碎的落魄挫败。他下意识地捋捋衣摆，理顺侧身麻密的纹路，继续赶路。

背后布谷声声，它们唱着：不如归去，不如归去。

那么归去以后呢？个性倔强的少年暗下决心要重回繁花似锦的京都，为屡屡受挫的梦想。

黄金榜上，偶失龙头望。明代暂遗贤，如何向？未遂风云便，争不恣狂荡？何须论得丧。才子词人，自是白衣卿相。烟花巷陌，依约丹青屏障。幸有意中人，堪寻访。且恁偎红倚翠，风流事，平生畅。青春都一饷。忍把浮名，换了浅斟低唱！

（《鹤冲天》）

市井巷陌，楼堂厅馆，怀握琵琶的歌妓、水袖盈飞的舞女，用酥软柔媚的歌声倾情演绎着失意人悒悒不得志的情怀。落榜少年非但不反躬自省，倒先赋词一曲《鹤冲天》直抒牢骚，责怪帝主疏漏贤才。自比才子词人、白衣卿相，忍把浮名换了浅斟低唱，多多少少有些目中无人吧？

歌者无心听者有意。没过几天，少年一朝兴起作的玩笑之词就传到了宋仁宗手中。宫廷里原本并不缺乏靡靡艳曲、庸俗滥调，但如此直接明白的讽喻之词倒难得见闻，偶偶失神的龙头这回可牢牢记住了少年的名字。

三年后少年第三次赴京赶考，准备充分答题规矩，只等皇帝圈点放榜加官晋爵，从此仕途坦荡。然而他万万没料到，仁宗皇帝竟反唇相讥，从名册簿上除掉少年的名字，从旁批注：

此人风前月下，好去浅斟低唱，何要浮名，且去填词！

天子震怒。少年苦笑，当年科举落榜信手拈来的嗟叹将一生变凉，自己却连原词内容都不甚记得。

伫倚危楼风细细，望极春愁，黯黯生天际。草色烟光残照里，无言谁会凭栏意？

拟把疏狂图一醉，对酒当歌，强乐还无味。衣带渐宽终不悔，为伊消得人憔悴。

（《蝶恋花》）

楼风习习，目断穹顶，青青草色掩映烟霞流彩，少年的心事无人相诉。许是玩世不恭，许是怒气难平，许是对仁宗皇帝的嘲弄讥讽，他当真频繁出入歌楼舞场流连风月，堂而皇之日以继夜地浅斟低唱。

秦楼楚馆，“论槛买花，盈车载酒，百琲千金邀妓”，那该是怎样一段极尽奢华的生活——狂舞豪放，轻摇曼妙，云鬓花颜，泪光潋滟——绿艺坊、翠薇阁……数不清的青楼之中看不尽的佳人夜夜迎来送往，玉臂千人枕，无数陌生男子来了又去，什么也留不住。情欲于他们是昼伏夜出的动物，出没在华灯初上的烟街柳巷、青楼妓馆，缓解罗裳，鱼水交欢，翌日清晨趾高气扬、惺惺作态地离开，朝堂里、府衙内又可以名正言顺、冠冕堂皇地污蔑谩骂昨夜肌体温存的枕边人。与所谓的官宦显贵、仁人君子不同，穿梭于万紫千红之间，少年是众芳群里的高枝、星月拥戴的太阳，真正懂得烟花女子的情愁爱恨与无奈苦衷。

蝴蝶迷恋花骨，才子倾慕红颜，原本该是段佳话，偏偏因为旁的因素为故事平添一段曲折。

一叶扁舟轻帆卷，暂泊楚江南岸。孤城暮角，引胡笳怨。水茫茫，平沙雁，旋惊散。烟敛寒林簇，画屏展。天际遥山小，黛眉浅。旧赏轻抛，到此成游宦。觉客程劳，年光晚。异乡风物，忍萧索，当愁眼。帝城赊，秦楼阻，旅魂乱。芳草连空阔，残照满。佳人无消息，断云远。

（《迷神引》）

十年一觉扬州梦，赢得青楼薄幸名。多年来颠沛流离的岁华不过是烟花三月里一场未完待续的春梦，轻易地花白了少年头，反身自窥，马背上的旅人已没有初涉俗世时的奕奕神采。仁宗景佑元年，他此时年近安知天命的五十，奈何手心错综复杂的掌纹不甘寂寞，再次疯长蔓延。1034 年，他进士及第。

由于青年时代沉不住气，这次他仍然得不到重用，仅被分配至馀杭做个小小县宰。途经江州，他照例流浪妓家，结识了当地才艺双绝且素来热衷唱柳词的名妓谢玉英，两人共度一段羡煞旁人的美好时光。

临别时日他聊发少年狂气，口赋新词表示矢志不渝。而玉英抬手起誓从此闭门谢客，以待故郎。

寒蝉凄切，兰舟催发。羁旅途中，无数个难眠之夜里他想起她们，他和她们一样都是世间凄苦穷魄的生命，观望她们亦借此看清自己——在世人泼满污水的肮脏巷尾，她们依然活得洒脱悠然，高歌艳曲——他甘愿将才情托付予此，吟风弄月，填写段段传世乐章：

多情自古伤离别，更哪堪冷落清秋节！

《雨霖铃》

千娇面、盈盈伫立，无言有泪，断肠争忍回顾?

《采莲令》

岸边两两三三、浣纱游女，避行客、含羞笑相语。

断鸿声远长天暮，唯他的词能匹配花楼名妓的清高桀骜。

馀杭上任，三年期满，他重返江州与玉英相会，不想她又纳新客。她始终不愿辜负这如花娇颜吧? 他怅惘地于花墙赋词一首：见说兰台宋玉，多才多艺善赋，试问朝朝暮暮，行云何处去? 之后扬长而去，且放浪形骸于青山白鹿之间，且追花逐柳于月落云收、霜天欲曙之际，满腔才情尽付了这般痴情闺怨、阳春白雪。

玉英回房见柳永词，自愧失信前盟，变卖家私为寻故郎。周折奔波过后，谢玉英终于在东京名妓陈师师家找到了故郎，两人重修旧好，合欢胜夫妻。

尽管受命于朝廷，他依旧改不了我行我素的脾性，又口出狂言得罪高官。仁宗皇帝索性罢了他的屯田员外郎，圣谕道：任作白衣卿相，风前月下填词。

“奉旨填词柳三变”，他自然不会辜负帝主的期许，更加频繁地出入风月场所。

所至，妓者爱其有词名，能移宫换羽，一经品题，身价十倍。妓者多以金物资给之。他亦乐此不疲，纵情多年，最后死在名妓赵香香家。

他生前没有家室，死后更没留下任何财产。名妓们凑齐一笔钱安葬了他，为他披麻戴孝、出殡守丧。

不愿穿绫罗，愿依柳七哥；不愿君王召，愿得柳七叫；

不愿千黄金，愿中柳七心；不愿神仙见，愿识柳七面。

半城缟素，群妓合葬柳郎。

对潇潇暮雨洒江天，一番洗清秋。渐霜风凄紧，关河冷落，残照当楼。是处红衰翠减，苒苒物华休。唯有长江水，无语东流。不忍登高临远，望故乡渺邈，归思难收。叹年来踪迹，何事苦淹留？想佳人，妆楼颙望，误几回、天际识归舟。争知我、倚阑干处，正恁凝愁！——《八声甘州》

倚阑干处，妆楼之上凝望的佳人，天际识归州，认错了几回？

少年臆想的爱情该是梅雨季节，风雨如倾时毅然抛伞，陪自己一同淋雨的倩影；年老期盼的守护该是同样的黄梅时节，同样风雨如倾，女眷莲步轻移，在两人头顶撑起一把伞，倚楼听雨。

泥暖草生的幸福。

谁人误？谁人给？

柳永（约 987—约 1053），子耆卿，原名三变，字景庄，福建崇安（今福建武夷山市）人。因排行第七，所以世称柳七。他为人浪荡不羁，仕途抑郁不得志，独以词著称于世。

柳永写过一首词《戚氏》，内容是叙述自己平生的经历。

文章结尾莫名其妙的句子是因为当时听的电台 DJ 说：爱情不是两个人共撑一

把伞，而是在落雨的时候，一个人扔掉伞陪另一个人一起淋雨。想罢，少年时代的爱情观就是如此。

柳永是这样的男子，在浮光微尘、水袖盈飞的罅隙里爱着他自己。

（原载于《新课程报·语文导刊》2011 年第 38 期）

光影流年

禾木

读一本书再读一本书，不谙世事的孩子变成了长风而立的少年；

看一场电影再看一场电影，传奇脱俗的影像变成了平淡无奇的生活；

听一首歌再听一首歌，懵懂青涩的情愫变成了忧郁沧桑的喟叹。

爱一本书、恋一首歌、赏一场电影，浪漫美好恰如于阳春三月里邂逅一个妙人，简单琐碎恰如在柴米油盐中苦寻生之真谛。书末、歌尽、剧终时，唯那些不知不觉刻上心头的深深浅浅的印记永不磨灭，让我成为如今的我。

《昆虫记》：一虫一蚁一天堂

该怎样去定义法布尔和他的《昆虫记》呢?

也许，用泰戈尔的诗来诠释最好不过——“是大地的泪点，使她的微笑保持着青春不谢。”

法布尔，法国著名昆虫学家，动物行为研究学家，作家。

读他的书，你会发现他不是那种整日戴着黑框眼镜，只会用严肃面孔说教的科学家，他字里行间有意无意透露出来的灵动和天真使他更像一个不谙世事的孩子或者想象力天马行空的诗人。他的文字里很少出现艰涩难懂的专业术语，取而代之的是极富情趣、贴切入微的描写，既充满人文关怀又具有哲学意味。

比如他笔下的蟋蟀：“……似乎清楚地懂得世间万物的虚无缥缈，并且还能够感受到那种躲避开盲目地疯狂追求快乐的人的扰乱的好处”；比如他眼中的孔雀蛾：“四十个情人来向这位那天早晨才出生的新娘致敬——这位关在象牙塔里的公主”；比如他写到一只将死的猫：“它的性格大变，它不再口中常常念念有词，不再用身体擦我们的腿了，只有一副粗暴的表情和深沉的忧郁”。他很懂得把握细节，拿捏昆虫心理，诸如此类的生花妙笔已经不知不觉渗透在全书的细枝末节，带起一个个生死轮回，微不足道却又令人动容，散发出类同璞玉的莹润光芒。

许是由于身为法国人的天性浪漫，法布尔描写的昆虫更像热恋中的少男少女，以无限磅礴的生命力和激情面对庞大未知的世界，正如作家自己——在一贫如洗、勉强温饱的境况下，依然不断进取、乐观向上的精神状态，从原始蒙昧的生物体上获得谕示，借此窥探有别于现实社会的另一个和谐世界——那里草长莺飞，飞禽走兽、蛇虫鼠蚁相伴而存，生生不息。平叙至此，我想起他笔下的蝉，破土前的内敛与日光下的张扬，冥冥之中孕育着某种厚积薄发的力量，不聒噪、不狂放，却可以作为经典永恒地流传下来。

对自然的本真面目和意识形态抱以毕生热情，以探索和揭示生态奥妙为载体达到自身完美，法布尔始终坚持钟爱的事业，从中感悟真善美，以虫性写人性，付出崇高劳动亦为此幸福与欣慰。透过那细腻朴实的笔触，其实不难发现他顺应生死的从容态度，以及其俯仰之间畅游天地的情怀。

我想，我是喜欢他的——这个浑身上下闪耀着理性光辉的西欧男子，脸庞深深的轮廓，一双敏锐智慧的深棕色眼睛，直抵人心。或者有一天，当我老了，我也会捣弄些花花草草，静静聆听花开的声音，任白日黄昏，华阳花影。有小虫子寻香而来：轻薄透亮的翅膀，是黄蜂；细长矫健的腿，是螳螂；弱小的身躯暗藏不止不息的顽强，是蚂蚁。我沉默着，不去打扰这群不告自入的来访者，轻轻合上眼睛：待到山花烂漫时，他在丛中笑。

《纳尼亚传奇：狮子、女巫和魔衣橱》：关于和平，关于爱

当战争打乱原本平静的生活，我们应该用怎样的表情去寻找幸福?

电影《纳尼亚传奇：狮子、女巫和魔衣橱》就为我们讲述了一个关于和平、关于爱的童话。

故事从一片措手不及的喧嚣慌乱中开始——硝烟、离乱、逃亡，战机轰鸣下的

城市动荡不安。烟灰色的天空在每个人脸上投下或深或浅的暗影，年轻的父母与年幼的孩子在车站站台上依依惜别。这些不谙世事的小生命即将被送到远方宁静的田园小镇躲避战乱，未来会发生什么谁也不知道。

一路奔波一路风尘，站在蒿草丛生的荒僻乡村，改变四个孩子命运的新生活悄然开始。

在一次捉迷藏的游戏中，妹妹露西无意间发现了教授家奇怪的衣橱，她小心翼翼地躲进去，纯白色的纳尼亚王国立刻在她眼前舒展开来。这是一次华丽的冒险，在白茫茫的雪地里，她邂逅了半羊人都纳，并同它成为朋友。回到现实世界的露西将她的遭遇告诉哥哥彼得、爱德华以及姐姐苏珊，可根本没有人愿意相信这听似荒诞不经的事实。夜晚，想着妹妹白天说的话，辗转难眠的爱德华跟踪露西进入了纳尼亚王国，他遇上佯装善良的白女巫，与她达成了邪恶的交易。走出衣橱，回到床上的爱德华尽管内心忐忑、明知妹妹所言非虚，却因邪念作祟依然不愿向彼德和苏珊坦白。又是一次偶然，兄妹四人在院子里玩高尔夫，不小心球打破玻璃，房间里的古董铜人被瞬间击碎。伴着女管家惊愕的叫声，他们手忙脚乱地躲进衣橱，至此，四个人的奇幻之旅终于开始——神奇的纳尼亚，白女巫坐守着比天空还要庞大的寂寞，黑暗地统治着雪白的城池，为了阻止预言成真，她不择手段；而另一边，象征光明的圣狮正集结着正义的力量，准备与恶势力决一死战。

善与恶的交锋，勇气与希望的碰撞，还有在危急关头迸发的亲情，这些感人至深的主题，均成为该片可圈可点的地方。值得一提的是，影片也获得了当年奥斯卡的多项大奖。

最耐人寻味的莫过于电影结尾：阳光重新笼罩纳尼亚祥和的大地，邪恶阵亡，四个孩子出落成大人的模样。但当他们策马扬鞭回溯来路，重新走出衣橱回到现实，发现一切还在昨天，自己竟还是曾经盼望身处战场的父亲早日回归的孩子，而平日严肃的教授正憨态可掬地对他们微笑。

是梦吗？我想不是。虚幻的战场、现实的战争，流离失所的期盼，时代烙在你我骨子里残酷阴暗的部分需要用和平去感化，用爱来包容。有段情节记得特别清楚：受白女巫诱惑的爱德华迷途知返，但由于昔日的背叛，他需要以生命作为救赎的代价，关键时刻圣狮阿斯拉挺身而出，代替爱德华接受白女巫的审判，黎明破晓，夜晚被白女巫杀死的阿斯拉复活了，他说：“白女巫不懂得牺牲的真正含义，当忠诚者愿意为背叛者死，祭天石台将会崩塌，忠诚者也将复活。”原来，这才是牺牲的真谛——大爱无私，大爱不悔。

我想我已经找到答案：当战争打乱原本平静的生活，我们应当用爱去创造和平，用和平去寻找幸福获得圆满，姿态从容地迎接明天、拥抱世界！

《思生活》：与你共枕

彼时，在听的CD是林一峰的《思生活》。

这个才华横溢的香港男子身上总是带着风尘仆仆的气息，又保持着一尘不染的干净。

他从中国香港出发，到达纽约——在曼哈顿最后的夜晚点燃一根烟，神情慵懒地躺在温水满溢的浴缸，仰头享受着烟圈和肥皂泡交替制造的甜美幻觉；在小镇酒馆与陌生人喝酒，由于天亮之后彼此今生再难有相见的机会，所以可以尽情倾诉；留下脚印带走回忆，写成一首想念的歌。他的歌，底色是普罗旺斯染上浅浅薰衣草色的天蓝，骨子里却时刻透露着香港人对于日常生活的细腻关照。他保持着独立音乐人选择吉他伴奏的习惯，清澈纯净的弦乐搭配或简单或睿智的歌词，再冠以童稚世俗的名称如《厨房》《晚睡》《两支牙刷》，折射出自己对待未知生活的欢天喜地和直白思考。

最记得那首《与你共枕》："其实有些关系你终究不得不负责任 / 尤其是当青春亮起红灯 / 你明白我总不能终此一生坚守独身 / 围观着那没结果的坚贞"，看似云淡风轻的口吻背后，欲言又止的是对爱情惴惴不安的担心。繁华如斯的城市，多少人的爱与梦流离失所，多少人因为清晨找不到昨夜枕边人温暖缱绻的手指而由衷地感到害怕？现代人对于归属感的不确定在愈发繁荣的环境中体现得愈发淋漓尽致。而到了《燃》中，他唱："我总以为很清楚自己的方向 / 知道自己要什么 / 日子一天一天又一天地过 / 生活正在过着我。"——这样的感慨是一个男子独自待在房间，面对窗外抬头就看得见的斯须改变如苍狗的浮云，提起笔准备在桌边刚刚铺展开来的信纸上写下一句亲昵问候，因突然席卷而来的空虚而不得不作罢时略带沮丧的感叹。是谁说过：时光仍在，是我们飞逝？于停顿静止的时空里，唯嘴里缓缓吐出的烟圈和弹落空中的香烟余烬具有与思想相同的形状和质地，副歌部分萦绕交叠的和声为这忧悒莫名的情绪作了最完美的诠释。

一个好的独立音乐人身上应该保留某些诗人的特质，想来，林一峰就是如此。

他带着吉他和爱出发，做一个城市旅人，行走在沉浸于黄昏中微醺微醉的街道，不时驻足凝望飞转的流云，心底潜藏的颓废如同被洗皱的格子手绢，写满柔软的韵句。他用双脚丈量从物质到精神的距离，歌有诗情词有诗意，将对人生的疑问和洞悉浓缩在薄薄不到两毫米的 CD 里，唱给每一个内心柔软敏感的归人听。

（原载于《小溪流》成长校园版 2011 年 4 月）

青春中搁浅

涅蝶

青春大抵不是能被一个色调涵盖的，像陈英雄的电影里最擅长运用的色彩——冷清的石灰色中一点电话听筒的惨红，流动中的草壤层层拥挤的绿，白色的雪地里拥抱着卧下的人逐渐在距离的挑战下凝成一个黑点，蓝到心碎的海浪在赭石上砸碎自己痛得四溅成了白色……

青春大概也不是能被生硬地打出分数的，像《挪威的森林》的书和电影——诸多名家至今对它褒贬不一，“青春文学”有之，“畅销快餐”有之，大众的认知更是在“写尽迷茫”和“情色自白”间两极分化；而电影，读过原著的心里活着自己的渡边、直子、绿子，纯观影的也在镜头和故事转换间形成了喜恶。

又或者，干脆套用张怡微的一句话：“青春，诚然是变化无常的，却总是静默无声。”

而《挪威的森林》对于我们来说，或许就是青春里欲说还休、乍醒犹梦的一段记忆：摇摆的内心、丧失颜色的信仰和丧失信仰的爱情，一点伤痛像是黑椒汁撒在如歌岁月上的，就这样渗入整段时光都“入了味”。

有情欲，即使国内已经无比和谐，直子和绿子吐出的话语还是赤裸裸的直白，但那一点纯情——“他死了之后我就不知道怎么和人交往”的直子，“如果一个人这么对我说，我就好好爱他”的绿子，“但是我知道那是我不能轻易放弃的东西”的渡边——又勾着心尖，真实地，坦然地，汹涌地，在每一个角色里绽放，甚至当初美靠在车后座闭眼的悲伤，流泪缺席，却依然把人的心撕扯开来。

故事还是村上的故事，村上一句“看过陈英雄的电影，才发现原来这是一部以女性为主题的作品，篇幅都是属于女人的”，已经足以说明电影与书的不同。

书的角度是渡边的角度，文字在表达“迷惘”、“伤痛”这样的情感心理时是影像难以匹敌的。以“万”为单位的书稿对于以“分钟”为计算的电影，最大的挑战莫过于是否能把故事说圆。

陈英雄的电影版显然给了直子更多的笔墨，导演的偏向甚至直接在男主角身上体现——直子的敏感、犹豫、恐慌铺陈完整，而绿子变成了“性感迷人、大胆直接”

的小甜心，毁掉玲子一生的经历被抹去“心目中的完美女性”女同倾向都出来了。

而在另外一方面，木月的自杀——爬到车后座，摆出睡眠姿态，和初美的死的交代——在她最绝望处用渡边的独白结束她的支线故事，则完全可圈可点。

只有一个解释，陈英雄的美学更着重于画面感和情绪爆发力与延展性。在这种程度上，直子的绝望在山野里能在浓重色调里双倍突出，木月的自杀有一种从容而淡定之感。“故事之外”的背景似的玲子的故事，在贯穿上的难度过大，对这个人物，陈英雄选择的是淡化处理，自然也就把影响人物塑造的一个重要因素删减了（但其实，玲子是原书一个很具震撼力的角色，在这个处理上我觉得陈英雄是失策的）。

关于渡边，陈英雄的处理是，他的旁白，只用来推动故事；他的心理，用环境来表达。松果、山林、海边、雪地、露珠，数量众多的景的特写穿在故事进程中，完成了各种关于疼痛、绝望、新戏、重生、坚韧的隐喻，甚至点向主题——真诚地相爱，用力地生活。而几处技巧，渡边上楼梯时旋转的取景，大片绿色草地阴影的扩散，渡边前往山中看望直子路上随着山路颠簸的景色（仿佛观众进入了渡边的眼来观察，完成了一个短暂的身份转换）。

这样的手法在电影界并不少见，特别是东南亚的导演，特别执著于美景的视觉冲击力。喜欢的人觉得心都变得柔软而敏感，不喜欢的人觉得导演自作多情地省去了书里更多应该由人物的表演而展现的情怀。

是的，《挪威的森林》在这个越南导演的镜头底下显得“湿漉漉的”，下不完的雨，干不了的露珠。朋友说起这个，一句“真是好玩，直子的问题就是太‘干’让我们都失笑。陈英雄对于《挪威的森林》，或许真的是太梦了、太矫揉了、太“湿”了，未达村上功力，也没有融会 Beatles 这歌的情趣。

至于演员。

先谈被我称作“日本演员里的大本命”的松山研一。号称“变色龙演员”，自然是演什么像什么，我对松山有着极其深厚的信任。影片一开始，松山显得“愣”，表情也少，动作更犹豫，总透出一种战战兢兢。

和直子的逐步密切里，渡边这个角色的变化，一在于和直子的交往中更果断坚定，二在于对“活着”这件事有了更加深刻的认知。越来越敢付出的渡边，再遭遇美好的绿子，不能说没有犹疑，但又因前两者生出对绿子的情感上的“残忍”。木月的故事让他对生命的态度更加透彻，而旁观初美的感情，让他在和自己的对比中被矛盾的两种情感拉扯——初美那样绝对地爱着一个人，让渡边觉得“多好啊”，而自己，直子是深爱的，绿子是“非常喜欢”的。

诠释这个角色的难度，在于那变化要显得得当而自然。

松山对于这个变化的把握是很令人欣喜的。坐在桌边准备离去（直子生日那次）的时候，说话还是讷讷的，第一封信也端着不确定；第一次见面缩着发冷的身子跟着她被动地行走，她发病后先是自己在清晨的寒气里瑟缩了两下，才敢冲上去；到后来高兴地前往，飞奔前去拥抱，甚至主动对她开口要求同居，松山的表达一点点开放，是真诚的。

对于绿子，松山嘴不软，但两端上翘的唇形，微微一笑的表情，给了“非常喜欢”一个很好的说服力。

直子死后两场戏，松山真正地豁出去了。1985 年生的年轻演员，长着一张偶像脸，憔悴成大叔也就算了，哭得口水、鼻涕、眼泪直嗒嗒地淌，海风里甚至还在兀自晃荡……身子立不稳东倒西歪，面相整个愁苦得让人在电影院里抓紧了扶手。在大礁石上躺着，哭着，眼神空了，透了——呜咽声被后期消掉，他在无声的悲苦中撕心裂肺——无疑是整部影片里最入戏的时候。

菊地凛子、水原希子放在一块说。两位女主角戏中都很是鲜明。菊池扮演的直子一直是敏感忧郁，病发时候的状况比原著有过之而无不及，她的眼神演技很到位，慢半拍的转动刚刚好是对外界封闭的最好表达，而在末期幻听时候转过身的那一刻，迷离到了极致。在崩溃之时，菊池的表现方式是“藏匿”，无论是手遮住全脸，还是深陷渡边、玲子的怀中，她所能想到的最好的方式就是封闭和索爱，但那爱又是致命的，它令她对唯一有把握的感情也怀疑起来。

陈英雄给了菊池大量的脸部特写，捕捉着她一个眨眼、一个低眉里倾泻而出的复杂情绪。菊池无疑是装着一个发动机的，在崩溃的每一次里她都把那种走投无路的歇斯底里放大无数倍呈现出来。问题就在于其间转换太过突然，爆发性的神经质有时候会令人在观影中摸不着头脑：啥刺激的她我咋没看出来?

而水原希子，不得不说是陈英雄对绿子二次创作的一个缺憾。灵动是灵动，美好是美好，坦诚是坦诚，主动是主动，但这个绿子的符号化是必须要承认的。水原是绿子甜心版本的进化，却并不足以让观众爱上她，也不足以让观众理解为什么渡边喜欢她（仅仅因为可人的话渡边是不是有点简单了）。

应该为和渡边摊牌时候的水原鼓掌。两个头部的特写，水原用喉部的演技完成得很是出色。她是骄傲灵气的小姑娘，因为伤多了所以假装不怕伤，因为哭多了所以忍着不能哭，而喉部一次次的滚动就是那些被压抑的情绪，“压抑”这样一种最不好表达的演技，就被水原轻松搞定了。

而水原最糟糕的一场戏在父亲死的时候，电话那头光线黯淡。水原那几句台词的表达本来应该充满一种委屈到没力气再悲伤的难过，但镜头偏偏给的不是特写，水原并不擅长用肢体来表达情绪。

《挪威的森林》，其实可圈可点之处甚多，但硬伤也很是明显。对于一部已经享誉已久的文学作品的改编，自然要接受两种声音。文字和影像两种艺术的交会，可贵之处是给予观者更饱满的情感体验。由是，这仍然是一部值得一看的作品，哪怕是为了将那些残忍、挚爱、坚忍立体化，让故事在视网膜上再次冲击，在脑海深处与文字带来的感应冲撞，在感慨与回忆的同时，描摹加粗彼时的打动中，属于自己的感受。

哪怕，为了对面的岸边，“青春”捎递而来的，一句抒情。

（原载于 2011 年 9 月 27 日“格拉网”优秀影评、“豆瓣网”）

若无诗意可供栖居

涅蝶

1

海德格尔说：“人，应该诗意地栖居在大地上。”

风琴的音色干燥，略带沉郁。屏幕上的Cast表象是被这样的声音悠悠地吹出来。电影已经结束，我没有变换姿势。放映人的声音在后面响起：“灯，等一会儿再开。”

他没有说原因。

“灯，等一会儿再开。”这也是我心底的声音。第三次看《死亡诗社》了，一如既往的泪点低。我还需要一点黑暗的时间晾干眼角，然后换上一个若无其事的表情。

22年前的电影，从时光的那一头伸出利器，准确地插到现实上，带着关于教育没有参考答案亦无判断标准的疑问而来，每一句试图解开的言语都只成就一个悖论，每一个试图为自己的观点创造论据的实践者，都给予对立面冲毁自己的契机。

没有一个曾作为学生的人可以逃过，因为你本身已经成为案例。

曾经悲喜怒骂怨愁恨，那些在矛盾里摇摇欲坠的选择，那些听说而来的羡慕，那些曾经堆起的理想状态，像是一个巨大的抽奖箱，隔着成年累月积攒的古旧感，在你拾取回忆片段之时，亦沾有一手灰尘。

——“灯，等一会儿再开。”

2

提到彩菱老师，你会想起什么?

我这样去问高中时代的同学，他们的一些亲历，一些耳闻。大多数她的学生和我一样，很少刻意去想起她，甚至选择性地规避回忆和讨论。哪怕高二分班之后，别的班听说我们，第一反应是“彩菱是你们班的吧？”被这样问起，“啊”、“嗯”之后，多也选择三缄其口。

因为《死亡诗社》再次想起，从记忆库里提取到的，也都是散乱的碎片。一头编起辫子还及大腿的特别长发，是不是早就宣告了她的不同？我不知道。她是第一批公派去英的英文老师，据她自己说使馆里还有她的照片。教我们的时候她大概40岁，总是有意无意地提起孩子——“我的小女儿”。课堂上总是前几节不紧不慢，一走神就不知道变换到哪个话题。然后在全年段要测试的前一节课的最后半节，像泄洪一样感觉所有记忆类知识满满盖了自己一脸。

其实更深的记忆应该是，她是那个多次在课堂上直接被学生顶撞的老师，是那个总是一开始不知所云又拖课到让人崩溃的老师，是那个害得我们英语成绩始终倒数的老师，是那个被学生课下非议重重的老师，是那个……被学生直接一封信告到校长那儿要求撤换的老师。

我完全不敢去做一次换位思考，在被当堂顶撞的时候，这样一个曾经满怀热情的老师，怀揣着要给重点中学被应试教育快要吸干的学生带来新鲜元素，引进英美式活跃课堂和百科素质的时候，遭遇学生的拆台甚至最后演化成痛恨，是怎样的心情。

但我真切地感受过那样的痛恨。身为她的课代表，因之莫名要分担来自同学的埋怨，又要面对比起其他班级显得可怜的英语分数。在非常累的时候听到下课铃，却在她没有例外地拖课下想要骂粗话——更不用说因此造成实验课迟到，被其他老师教训时那种恨不得咬谁一口的心情。要跑去别班找认识的同学借他们老师的笔记才能在下次年级测试的时候不被英语这门课目拖后腿，熄灯之后拿手电筒抄到眼花，再想起课上做的“完全无用”的口语练习和知识拓展，之前“老师再怎么样也是老师啊，怎么能直接课上顶撞”的种种同情通通被削减成一句“活该”。当然还有，最后听说她被同学一封信写到校长那儿去投诉，看着她眼睛红红地带着黑眼圈上课虽然同情，但告别时候“终于还是换老师了啊”的喜悦，还是在看她转过身的时候在嘴角勾画了弧度。

我要用怎样的词语去形容呢？我甚至没有准备好褒贬和描述的色彩，也不知道用基丁老师来类比，是冒犯了他们中的谁。

3

是的，这部片子我看了三次，每次都哭。

初中时候凌晨偷偷在书房看，戴着耳机，被轻易带进配乐的领地内，因《欢乐颂》而雀跃，因萨克斯而内心柔软，因结尾处的风琴而叹气连连。

年纪尚小的时候，特别害怕死亡，尤其是知名不具的局部。《死亡诗社》将这种回避发挥到了极致，放慢的打开窗户的动作，在白雪反照的光里戴上花环时的表情，一把开启放着枪的抽屉的钥匙，父亲枕边暗示“杀戮梦想”的剪刀，沉闷的枪声，一扇扇打开的门，一只离掉落的枪不远的手臂，办公桌后中邪似的反复叨念着“He’s all right.”的母亲。

——这样一组死亡意象带来的压抑，超过了血淋淋的尸体。导演似乎有意拖长了整个死亡的过程，从决心赴死到执行自杀再到尸体发现以至于最后的亲友悲恸，节奏被有意识地拉到很长很长，早已对死亡心知肚明。

手枪没有消音，但死亡被“消音”了。那种惊怖，其实更为残忍。

第二次在高中的电影社看这部电影，在被父亲否决到底最后说出“Nothing”的尼尔的眼神里流泪。恰逢最压抑的时间里，真真如张爱玲所言“在别人的故事里流着自己的泪”。与其说是为他伤心，不如说那泪水的成分里比重最高的那部分应该归咎于委屈。

父权的压制，学业的艰难，社会评价的标准。应承下来的每一句教导，代价都是内心深处的千万次绞杀。被期待的真实面目，是被要求和被规划，然而最痛苦的不是被封杀了其他的路，而是决意走上这条“别人给的路”的时候，赐死了千千万万个欲言的声音。如果前者还有对象可投掷怨怼，后者却只能双倍承受施者受者的痛苦，因为凶手，正是我们自己。

而这一次的哭点，一是在托德于雪地里踉跄的哭泣之时，二是在结尾处学生们站在书桌上喊出“Oh,captain.My captain”那刻。

查理有反叛的欲望，尼尔有表演的梦想，诺克斯有萌动的爱情，米克斯成绩优秀……生活在兄长光环之下的托德，是一个把原始表达能力都藏得很深很深的人。他不愿意参与读诗，写下“Seize the day”又自己揉成一团。当同伴们的故事分支精彩绝伦的时候，他只是那个每年生日都收到一样的礼物，内心孤独又略显封闭的人。是基丁在一步步感染他，是尼尔一次次拉他到热闹的世界里——哭，不仅仅是因为痛失最好的朋友，亦是一个终于建立自己小世界的人（在基丁引导之下即兴写出出色诗歌，和尼尔有了更深交流，在小团体里逐渐有存在感和融入感），再一次触碰惨白世界的哀伤。

——那片雪地就像之前的他，白，白到什么都没有。

而那些获得的颜色，又即将被剥夺。

适逢大学之后，课外实践屡次点燃我和母亲之间的战火，再一次被责难和限制砸得遍体鳞伤。忍不住紧紧盯着托德每一次摔倒，站起，又摔倒，又站起逐渐化为越来越淡的黑点，觉得眼里的湿润像是河水，一点点涨起来，水光幻影中，向前跑的那个，变成了我自己。

4

我是在高二的时候告别彩菱老师的。但直到我毕业之后和学弟学妹们说起我高一的班级，还是会被追问关于彩菱老师的传言。同情的成分也被屡次的叙述打薄，说的人和听的人都在心里先铺了层恶意，然后彼此交换批判的言语，堆积起内心丑陋的一道墙。

“是啊，毕竟高中还是课业重要啊。高考定生死嘛。”

“创新教学法也不能牺牲掉学生的成绩啊。”

“她呀，就是太超前了，和大环境不适应嘛。”

我们自以为是地批注着，心安理得地做着这样那样的结论。选择性失忆的部分包括曾经听着三十分钟的课文背景对英国皇家体制无比的兴奋，包括各种小组练习和发音纠正留下的现在在语音方面的优势，还有很多很多……真的，都不记得了。

清和说："我只愿记得你的好，请原谅我用当时的年幼为借口，无法实践，遗憾和悲伤，自然也只能自己承担。"

记忆里还有一个片段，是我在高三午休时候抱着巨厚无比的《五年高考三年模拟》走过阶梯教室，看到二三十个学弟学妹闪着晶晶亮的眼睛，和她对话。那时候她已经被"发配"去负责口语社的训练了。在制度之外，实践着她曾经意图在制度内完成的愿望。

我和抱着《语法大全》的舍友说，你看，这才对，这才适合。

我们交换了一个眼神，她很是明理地表示同意。这一趟路过，就真的，路过了。

5

很多时候，就是这样吧。

好比最认同基丁的托德，在被校长叫去谈话时，在楼梯上都逐渐地趋同了教授的脚步，和基丁的走路教学背道而驰。旧制度的受害者往往无意识地重蹈覆辙，甚至成为新制度的刽子手。而对基丁表达不满的同事，却又模仿基丁让低年级的孩子在雪地里朗诵诗歌，"走自己的路，有自己走路的样子"。

制度化的大环境，不会轻易被伤筋动骨。创新的尝试，最先反感的，也许是尝试里被给予希望的受益人。再伟大的圣贤，都不能打动所有人。所以最后站在课桌椅上的没有卡梅伦和一部分学生（即使他们在位置上低头、扶眼镜、摸后脑勺，感到无比尴尬），所以彩菱老师也没有得到我们的认可——在这种程度上，基丁是幸运的。

《Dead Poet Society》，被翻译成《古诗社》的有，《春风化雨》也有，但都没有《死亡诗社》这个直译来得精准而富有内涵。

怎么可能在新的革命里没有祭祀？诗社扉页里尼尔名字的缩写又何尝不是一个暗笔。

然而“向死而生”的信念一直在，被压制的呐喊，会在内心留下更深的印痕。

（原载于 2011 年 9 月 30 日“豆瓣网”）

永恒的ABBA

7 月 8 日，享誉全球的音乐剧《妈妈咪呀！》（Mamma Mia!）中文版在上海大剧院隆重登场，随后又在北京掀起狂潮。Mamma Mia! 音乐剧自 1999 年在伦敦首演以来，已拥有 14 个语言版本，巡演全球 240 个城市，是名副其实的“世界第一音乐剧”。一个风流辣妈和三个多情老爸的故事之所以能吸引和感动亿万观众，归功于剧中穿插了 22 首瑞典国宝级乐队 ABBA 的经典之作。

本刊派出记者组，采访了专程赶到上海参加首演礼的 ABBA 乐队成员比约・乌尔瓦斯（Bjorn Ulvaeus）。66 岁的 Bjorn 不再是我们记忆中那个穿喇叭裤、甩着长发，狂弹吉他的摇滚青年。他戴副宽边眼镜，儒雅得像个学者，用温和的语调跟我们分享了关于 ABBA 的美好回忆。

塞浦路斯岛的梦幻之旅

ABBA 的故事可以概括为：四个梦想家，两段奇姻缘。比约生于瑞典，曾是民谣乐队的歌手。班尼・安德森（Benny Anderson）曾是一支摇滚乐队的作曲兼风琴手。1966 年，两人在晚会上相识，一拍即合，开始共同创作歌曲。用比约的话说，他俩就像是音乐的引擎。1969 年春天，比约受邀参加电视演出，与美丽的女歌手阿格尼莎・法兹科格（Agnetha Faltskog）一见钟情。几个月后，班尼在广场巡演时与女歌手安妮・莱格斯泰（Anni-FridLyngstad）坠入爱河。

1970 年 4 月，这两对恋人来到地中海东部的塞浦路斯岛度假。那里是爱神维纳斯的故乡，有油画般的灿烂阳光和蔚蓝的海水。他们参加派对狂欢，为驻扎在岛上的士兵们即兴演唱。当时，比约和班尼正在制作一张名为 Lycka（幸福）的专辑，四人和声的念头灵光一闪，安妮和阿格尼莎开始尝试为歌曲做背景声。四人正式录制的第一首歌曲是 Hej,gamleman（嗨，老男人），取材于宗教神话，在舒缓的旋律中讲述救世军的故事。安妮是温和优雅的女中音，而阿格尼莎的声音高亢明丽，融合起来竟产生了奇异的美感。此后，四人爆发出巨大的合作潜力，频频登台演唱。他们的经纪人不愿再写四个繁琐的名字，就以他们名字的首字母拼成“ABBA”，一个流行传奇由此诞生！

一提到那次海岛旅行，比约的眼睛里立即绽放出光芒。他说：“像做梦一样，我们俩偶遇，闪电结婚，四个人自然而然地走到一起，沉浸在爱情和音乐中。很多乐队都是刻意组合的结果，今天缺个鼓手，明天缺个金发美女主唱。相比之下，我们简直是天作之合，太浪漫了。”

“滑铁卢”之战征服世界

1973 年，比约和班尼以自创单曲《叮铃，叮铃》（ring,ring）报名参加欧洲电视歌曲大赛，虽然在瑞典的第一轮选拔赛中就被淘汰，但意外的是，这首欢快的歌却成为欧洲最流行的歌曲之一。次年，比约和班尼重整旗鼓，精心制作了一首名为《滑铁卢》（Waterloo）的歌曲准备参赛，还特意把瑞典语版本翻译成英文。因为在那个年代，对于一个非英语国家的乐队来说，参加欧洲歌唱大赛是打入外部世界的唯一途径。《滑铁卢》旋律激越，歌词诙谐，以“滑铁卢战役”为引子，用战争的失败比喻爱情的失意。ABBA 边唱边舞的活跃风格征服了评委和观众，最终获得大奖。这首歌荣登英国排行榜冠军，并打入美国榜前十名，同名唱片总销量超过 500 万张。从此，ABBA 平步青云，连续 18 首单曲在英国排行榜上名列前茅，8 张专辑销量夺冠。他们积极探索演唱风格，尝试和弦乐、电子合成乐及西塔琴，舞台效果也更加成熟。

2005 年，《滑铁卢》以 250 万张选票当选为欧洲电视网音乐大赛 50 年历史上最美的歌曲。面对听众的厚爱，比约不无调侃地说：“就像拿破仑所说的，‘滑铁卢’不该轻易被遗忘。”英国音乐专家哈里·韦奇尔称，《滑铁卢》包含了完美流行乐必备的七要素：明朗的节奏、易记的歌词、完美的合唱、巧妙的音调变换、明确限定的结尾、精彩的舞步和服装。

暴雨中的悉尼演唱会

在十多年的演艺生涯中，ABBA 行遍 30 多个国家，举办过 1200 多场演唱会。他们穿着光彩夺目的演出服高歌，歌迷们随之狂舞。虽然 ABBA 成员的舞技平平，但他们创作出了世上最棒的舞曲，能在瞬间撼动听众的神经。1977 年，ABBA 赴澳大利亚巡演，这是乐队第一次在欧洲以外的地方举办演唱会。下了飞机，机场被人群围得水泄不通，欢呼声排山倒海。四个人才意识到，不是总统来访，而是狂热的澳大利亚歌迷在欢迎他们！从机场到饭店，歌迷一路围追堵截，有母亲竟然把孩子扔在路中间拦车，只为索要签名。

比约印象最深的，是在悉尼举办的那场演唱会。演出当日下着大雨，台下竖起千万只雨伞，就像五彩斑斓的蘑菇。歌迷们浑身湿透了，热情却丝毫不减，用手掌奋力拍打伞柄，发出阵阵尖叫。据比约透露，那天他们演出的顶棚是从披头士成员保罗·麦卡特尼（Paul McCartney）手里买来的，又大又结实。

重聚斯德哥尔摩只因 Mamma Mia！

天下没有不散的筵席。在 ABBA 的鼎盛时期，两对夫妻先后劳燕分飞，乐队于 1982 年解散，让无数歌迷扼腕叹息。然而，ABBA 的故事并未结束。比约和班尼结识了英国音乐剧创作家蒂姆·莱斯（Tim Rice），决定以 B & B 名义继续合作，将创作领域从流行乐转向音乐剧。1986 年，B & B 创作的首部音乐剧《棋王》（Chess）在伦敦西区成功上演，其中的单曲《我太了解他》（I know him so well）成为吉尼斯世界纪录中最畅销的女声二重唱。1995 年，比约和本尼又创作了一部名为《柯里斯蒂娜·弗兰·杜维马拉》的音乐剧，在瑞典连演三年。经过近十年的酝酿，著名制片人朱迪·克莱默（Judy Craymer）和剧作家凯瑟琳·约翰逊（Catherine Johnson）把 ABBA 的经典曲目打造成音乐剧 Mamma Mia!，浪漫、充满激情而富有哲思，成为 21 世纪百老汇艺术风范的代表。她们打破了传统音乐剧的创作顺序，先有音乐，而后才有故事，因为朱迪认为“ABBA 的歌曲就是最好的戏剧”。

Mamma Mia! 在全球如火如荼地巡演时，好莱坞影帝汤姆·汉克斯将该剧搬上了银幕。2008 年 7 月 4 日，22 年未曾公开演出过的 ABBA 四位成员重聚斯德哥尔摩，出席电影 Mamma Mia! 在瑞典的首映式。久未露面的安妮与阿格尼莎风采依然，活力四射，还与影片女主角梅丽尔·斯特里普在红地毯上手拉手围圈跳舞。上千名粉丝围着昔日的偶像欢呼，因为 ABBA 四人同台的景象在他们梦中演绎过太多次。

谈到 Mamma Mia! 这部音乐剧，比约感到非常幸运：“因为 ABBA 既创造流行乐，又以歌剧为载体传承了经典曲目，等于用‘两条腿走路’，其他乐队都没有这份殊荣。而且，很多年轻人不了解 ABBA，通过音乐剧和电影就可以接触到他们的音乐。”

中国之行宁静的幸福

来上海之前，比约曾在北京短期旅行，逛了故宫和长城。他说：“在这世界上，我从未见过比长城更震撼人心的建筑。登上长城，我眼前不禁浮现出一幅图景：无数劳工背着巨石艰辛劳作，年复一年创造出这个奇迹。”

在 ABBA 当红时期，比约不喜欢旅行，因为他们要奔赴各地赶场，吃饭、睡觉、上台，创造力几乎要被抹杀了。他常跟班尼躲到斯德哥尔摩群岛上一住就是数周，安静地思考和创作。而现在，他喜欢跟家人一起周游世界，享受休闲的时光。比约希望有机会能深度游览中国，体味博大精深的文化。得知国航有北京直达斯德哥尔摩的航班，他兴奋得挑起眉毛，说想尽快体验。

有人说，ABBA 属于 20 世纪 70 年代。他们不像披头士红得那么彻头彻尾，不像迈克尔·杰克逊那么富有传奇色彩，也不像一些华丽的摇滚乐团能给歌迷带来毒品般的快感，在 20 世纪 80 年代甚至受到新浪潮乐手和朋克的嘲笑，被一些评论家视为土气。但一代代年轻人在他们的陪伴下长大，浴后对着镜子手舞足蹈地扮演“舞会皇后”，失恋时听着 The Winner Takes It All(胜者为王) 躲在被窝里哭泣，节衣缩食数月只为买一张 ABBA 的黑胶唱片。

在采访快结束时，我对比约说：“对于一个摇滚乐队来说，ABBA 的歌过于清新健康了，而你们的亲和力无与伦比。”比约睁大眼睛，说这是他听过的最独特的评价!

大浪淘沙。ABBA 解散多年以后，仍不断被模仿和翻唱，其中包括麦当娜、

U2、凯莉・米洛等超级巨星。不同国家的歌迷跨过文化的藩篱，会聚在大剧院观看音乐剧 Mamma Mia!，当熟悉奔放的旋律响起，心儿随着曾经的梦飞向远方，欢乐中涌起一丝古老的忧伤。在流泪的冲动中发现，ABBA 已然成为我们生命的一部分。ABBA 永远不会过时，因为爱情、青春和梦想是永恒的。

（原载于《中国之翼》2011 第 9 期）